曼陀罗悬疑馆

给您最好看的原创悬疑小说

《女神探希娃》系列悬疑推理小说　22

Ladies'f Bane

情迷布里克

[英] 帕特丽夏·温沃斯 著

黄荣 译

贵州出版集团

贵州人民出版社

图书在版编目（CIP）数据

女神探希娃·情迷布里克 / [英]帕特丽夏·温沃斯著　黄荣译—贵阳：贵州人民出版社，2019.2

ISBN 978-7-221-14903-9

Ⅰ.①女…　Ⅱ.①帕…②黄…Ⅲ.①推理小说－英国－现代Ⅳ.①I561.45

中国版本图书馆CIP数据核字（2018）第255263号

女神探希娃·情迷布里克

[英]帕特丽夏·温沃斯/著　黄荣/译

总 策 划　陈继光
责任编辑　陈继光　唐　博
特约编辑　Echo
封面设计　源画设计
出版发行　贵州人民出版社（贵阳市观山湖区会展东路SOHO办公区A座）
印　　刷　长沙鸿发印务实业有限公司（长沙市黄花工业园3号）
版　　次　2019年6月第1版
印　　次　2019年6月第1次
印　　张　9.5
字　　数　190千字
开　　本　880mm×1230mm　　1/32
书　　号　ISBN 978-7-221-14903-9
定　　价　36.00元

她来了，女神探希娃小姐

《女神探希娃》（中文版）系列悬疑推理小说序

日本“侦探推理小说之父”江户川乱步曾说过：“要写出堪称一流的文学作品，却又不失去推理小说的独特趣味，是非常困难的事情。但是，我并不完全否认成功的可能性。”不得不说，这种可能性在《女神探希娃》系列悬疑推理小说中得以完美实现。

众所周知，第一次世界大战和第二次世界大战之间这段时期，被称为西方侦探小说的“黄金时代”。当时，仅英美两国，就出现了数以千计的侦探小说。阅读侦探故事已不仅仅是有钱阶级的一种消遣，下层阶级的人也竞相阅读起来，这无疑刺激了侦探小说作家们的创作热情。于是，密室杀人等罪案侦破题材被大家争相追捧，“谋杀案”逐渐成为了每一部小说必不可少的元素。人们热衷的不仅仅是善恶的斗争，罪犯的作案手法和动机才是被关注的重点。在那段时间里，侦探小说作家们绞尽脑汁，创作出了一部部令人拍案叫绝的优秀作品，不少别具一格的侦探形象也由此而诞生，并流传于世。

《女神探希娃》系列小说的作者帕特丽夏·温沃斯，一生亲历两次世界大战，历尽人间疾苦。她的丈夫在第一次世界大战的军舰沉船中丧生。为了养活三个儿子和一个女儿，帕特丽夏拖着病弱之躯，开始废寝忘食地进行创作，没想到一举成名，家喻户晓，成为英国密室杀人小说的开山鼻祖。是她，将密室杀人小说的模式发扬光大，使它成为最引人注目的一种推理类型。帕特丽夏也因此成为英国推理小说界的代表人物，与“侦探小说女王”阿加莎·克里斯蒂双姝并列。《女神探希娃》是帕特丽夏最为成功的系列小说，故事情节惊险曲折，引人入胜，构思令人拍案叫绝，赢得了英国民众的喜爱，在英国媒体《每日电讯》和犯罪文学协会举办的公众评选投票中名列前茅。不仅如此，该系列小说在美国、德国、法国、荷兰、意大利、葡萄牙等国家也广为流传，并跻身于各国畅销书排行榜前列。

希娃小姐是帕特丽夏塑造得最为成功的一个人物形象，说她的影响力不亚于“神探福尔摩斯”也不为过。初次拜读该系列的原版小说时，我便对小说中那个优雅老练、有点另类还带点神经质的女侦探希娃小姐的形象产生了莫名的好感。希娃小姐只是一名普通的退休家庭女教师，却干起了私人侦探的工作。她为人彬彬有礼，讲话时总是爱引用丁尼生勋爵的诗句，看起来弱小而又无害，这恰恰成为她与受害人亲属打成一片的便利条件，情报总是来得异乎寻常的轻松。她心思极其机敏，但外表波澜不惊，喜欢在倾听与案件相关的描述时有条不紊地摆弄针线活，而往往在她眼神流转之间，案情便已见眉目。这种平和安静的气场，却暗藏着出其不意的震慑力，让她自如地奔走于警察局以及名门大宅之间。不管是谎言、伪装、杀机，还是试探，在她面前都无处遁形。

生活的百般苦难使帕特丽夏洞悉了生而为人的种种原罪——贪婪、傲慢、怨恨、残暴……因而造就了她笔下人物的血肉灵性。

如果说阿加莎·克里斯蒂是心理博弈与气氛营造的大师，那么帕特丽夏·温沃斯则是剖析人性与密室设计的专家。《女神探希娃》系列悬疑推理小说，记录了种种离奇的谋杀案件，它的主角常常是柔弱的女子，身处亲情、爱情、友情的种种旋涡之中，挣扎、徘徊、抗争。小说的背景往往设置为英国的上流社会，涉案人物大抵有着复杂的身世，特权阶层中的尔虞我诈、钩心斗角，金钱腐蚀下人性的贪婪与不堪被帕特丽夏刻画得入木三分。财富与亲情，孰重孰轻？爱情与婚姻，是否等价？情感与金钱的矛盾，人性与智慧的较量，均在作品中表现得淋漓尽致，令人读时兴致盎然，读后意犹未尽。

《女神探希娃》系列悬疑推理小说，全套共32册，由于种种原因，一直湮没在历史的长河中，未曾整体翻译引进到中国内地，实为憾事。此次，应广州原典纪文化传播有限公司之邀，我主持翻译了《女神探希娃》系列小说中文版，并得到了贵州人民出版社策划部主任陈继光老师的大力支持，在此深表谢意。同时，也要感谢参与本书翻译的诸多译者，感谢他们为全球华文读者奉献了一套风格迥异、独具特色的推理小说典范。

让我们在美好的阅读时光中，记住这位神奇的女侦探：莫德·希娃！

郑榕玲

二〇一八年五月于广州

目录

第一章

伦敦偶遇

扫码听本章节
英文原版朗读音频

回望过去的经历，艾奥尼·穆尔不禁好奇，如果她选择了其他日子去城里，会发生什么事情呢？一周七天，她唯独选择了周二，这个看似平常的周二。假如她选择了其他日子，假如她早走或者晚走一周，假如她从未离开，这该有多大的不同？她会以另外的方式遇见吉姆·塞文吗？结果还会是一样的吗？或者说，如果结果不尽相同，还会令人胆战心惊吗？是否说，这些特定的人物、事件和罪行，就像一个旋涡，把你搅入其中，而你却丝毫无法抗拒？又或者说，错的是日子？错的是火车？她实在不敢确定。

她乘坐九点四十五分的火车进城。如果乘坐其他班次的火车，那么她从骑士桥站出来时，就不会碰见费妮拉·考尔德科特了。

“艾奥尼！自从西莉亚的婚礼回来，我就没再见过你了，是吧？她是一位多么美丽的新娘啊！可惜新郎的样貌实在令人不敢恭维。幸运的是，人们不会盯着新郎看——婚礼上没人会这么做——但是，可怜的西莉亚必须跟他天天生活在一起。坦白说，我不知道她怎么能做得到！其实不应该说这种话，不过此时就只有你在跟前。我非常希望他们过得幸福。令我感到好奇的是，有些女孩在结婚以后似乎就消失了。比如康沃尔，远去的人物，远去的回忆！这倒是提醒了我——爱兰歌娜过得怎样？她又是一位消失的新娘。为什么女孩们总要嫁给那种把自己带到天涯海角去的男人？”她弯下细长的脖子，看了一眼手表，微微尖叫，“亲爱的，我试衣服的时间快到了！哪怕只迟到半分钟，安德烈都会取消你的预约，尽管他从不在意自己让你等了多久！”她挥挥手，扭头说道，“俱乐部午餐见！”说完便消失了。

艾奥尼目送她离开。费妮拉丝毫没有改变，或许以后也不会改变。以前还在上学时，她那纤细而优雅的身姿，就能轻松驾驭健身束腰服，就连难看的圣·格丽泽尔达制服也不在话下。如今，穿上安德烈名牌衣服的她，美感十足。她不太算得上是自己的朋友，反而更像爱兰歌娜的朋友。

她没有答应与费妮拉共进午餐，不过想必自己也不会爽约。她之所以做此决定，那是因为她还没有时间询问，费妮拉是否听到了关于爱兰歌娜的消息。想当初，她们是多么亲密的朋友啊。

逛街时，她心不在焉。爱兰歌娜一直不爱写信。如果没发生糟糕的事情，任何人都可能懒于提笔写信。当人们在忙碌而开心地生活时，他们才懒得动一动笔头。如果发生了糟糕的事情，你早就能听到风声了。是这样的吗？或许费妮拉知道了什么——

从一点钟算起，她在俱乐部足足等了费妮拉四十五分钟。不仅如此，见面后还要听她喋喋不休地描述试衣的过程，以及她放弃蜜莎贝儿的原因。想当初，她可认为蜜莎贝儿是英吉利海峡这边唯一有想象力的裁缝啊！

“亲爱的，这简直是场噩梦！你肯定不会相信，她竟然让我穿着一件仿制品来出席克雷肖恩的婚礼，完全仿制皮帕·卡萨维安卡的出行大衣！就在巴黎，就在一个月以前！如果不是伊冯·德·科雷萨把照片寄给我，我大概会永远蒙在鼓里！那就这样结束吧！所幸的是，我邂逅了安德雷大牌子，等他制衣的人排到一英里以外了呢！”

这种话题源源不断，最后艾奥尼可算有机会提到爱兰歌娜。

“你问我最近有没有收到她的来信？亲爱的，我们压根儿不通信！过了一两年，这种母校情结就渐渐消散了，难道你不这么认为吗？不过，我确实喜欢你那迷人的姐夫——就像伊丽莎白·特雷梅恩所说的，他英俊得让人想入非非！从来没人会在意新郎，但是爱兰歌娜结婚的时候，我们都盯着新郎看！有趣的是，英俊的男人似乎不太在意女孩的长相，我真认为爱兰歌娜白花花的装束是一种错误，冷若冰霜，如同死人，你明白我的意思吗？”

费妮拉并非不近人情。生活中，她真正感兴趣的只有服装，所以她对此很看重。一想到爱兰歌娜·穆尔的婚礼，她竟然能放下两年的隔阂，清晰再现每一处细节。不过，她既无法帮助新娘伴娘重新打扮，也无法让过去随风远去。最糟糕的是，她说的都是正确的。爱兰歌娜浑身最不搭调的就是那身雪白的婚纱，这让她看起来既痛苦又悲伤，仿佛迷失在暴风雪当中。艾奥尼伤心地意识到，自己这样穿也不好看。更别提那笨重的女孩玛格特了！艾奥尼笑着说："不管怎么说，这是我最后一次做伴娘了。姐姐的婚礼，你必须做伴娘，但以后就不用了！一想到要把这么多女孩子聚集在一起，让她们套上没几个人愿意穿的难看衣服，简直太野蛮了！"

费妮拉没有笑，她本来就不怎么爱笑，反而认真地说："你太明智了，亲爱的。让我想想——有你——伊丽莎白·特雷梅恩——红头发的米勒双胞胎——超级笨重的女学生，她叫什么来着？"

"玛格特·特伦特。她是杰弗里家的亲戚，杰弗里是她的监护人。我们不得不让她参加婚礼，不过她长得真难看。"

费妮拉悲伤地摇摇头。

"女学生穿白衣服就是难看。要么就是像玛格特一样太胖，要么就是瘦骨嶙峋，露出尖锐的红色手肘。对了，玛格特还跟他们住在一起吗？简直不知道爱兰歌娜怎么能忍受！她瘦下来了吗？"

"不知道。"

"你没见到她是吗？"

"最近没有。"

"但是你见过爱兰歌娜，我还指望你来告诉我她的境况呢。你肯定见过爱兰歌娜！"

艾奥尼的脸色微微泛红。她说："不久前，我刚从美国回来。"

“美国！你去那里干吗？”

“我们在新泽西州有亲戚。我过去拜访他们，原本不想待这么久。事实上，我得到了一份工作。”

费妮拉似乎在努力回想。

“没错——你还真别说！我记起来了——西尔维娅·斯科特！她给了我一本美国杂志，上面有一张你的照片！你正在上演独角戏，就像以前在学校演唱会表演一样。据说，你在美国的人气相当高呢。”艾奥尼笑了笑。

“美国人似乎喜欢这种表演。我表亲的朋友曾经邀请我到一场大型晚宴上做过一两次表演。从那以后，其他人陆续邀请我去表演。最后，我获得了一份职业演员的工作。所以我想接下来还不如挣点儿钱再回家。”

“真不知道你是怎么做到的！”费妮拉的注意力开始转移，回到爱兰歌娜的话题上，“对了，爱兰歌娜的房子是怎样的？他们请得起用人吗？”

“但愿如此——我不知道。”

“你没去过她家吗，艾奥尼？”

“我必须去照顾我那生病的表姐。”

“婚礼之后，你就没见过爱兰歌娜吗？”

“不，那倒不是。她度蜜月回来的时候，我见过她。”

“你没跟她待在一块儿吗？”

“我没法撇下埃莉诺表姐不管。”

费妮拉摇摇头。

“照顾老妇人真可怕。她们一直苟延残喘地活着，而你注定无法解脱。”

艾奥尼笑了笑。

“我下周就去找爱兰歌娜。”她说。

不过，她心里却在想：“但愿他们不再推辞我的到访……”

第二章
漫天大雾

扫码听本章节
英文原版朗读音频

坐在费妮拉俱乐部的餐厅里，你察觉不到窗外天气的变化。一月中旬，午饭时间，屋内灯光亮着。直到慢悠悠地喝上几口咖啡，费妮拉才想起她预约去做新发型。这会儿，她们才注意到外面弥漫的大雾。

“真希望我不用丢下你啊，亲爱的。不过，我最好还是跑起来吧，天知道我能不能按时赶到！”

艾奥尼大喊：“不——不是这个方向！”然而费妮拉已经匆匆离开。她在俱乐部外面的人行道上站了一会儿，认为继续逛街没意思，还不如到最近的车站乘车回家。在那个时候，这似乎不仅仅是明智的选择，而且是非常容易做到的事情。她十分熟悉伦敦这片区域，从这儿去车站最多五分钟。然而，还不到五分钟，她就迷路了。

不知为何，她错过了一处转弯。这太简单了——回头找到它就行。她转身又走了五分钟，才知道自己走错道了。糟糕的是，这里的雾气更加浓厚。如果俱乐部前面是这种状况，她压根儿就不会走出来。事实上，她不清楚自己走了多远，也不清楚自己在哪个方向。她发现自己一无所知。哪怕黑夜再黑，也比不上迷离的大雾，因为它不仅阻挡去路，还混淆视听。眼睛能看见，但却无法看清现实。耳朵能听见，但却无法分辨远近。一切都那么反常，周围都那么扭曲。

可是，她必须往前走。伦敦的大雾浓度不一。她随时可能走出雾气最浓的地方，至少走到大路上，找个人问问方向。如果大雾一直这么浓，那么就根本不用期待公交车会运营，或者的士会跑动了，但总归能找到某个人，告诉她去车站的路。某个人？她突然意识到，已经很久没听到路过的脚步声了。

她又开始动起来了，却丝毫不知道自己在往哪里走。她发现，走直线特别困难。稍微晃晃，她的左脚就会从路缘石上滑落。摸索一下，她的右脚就会踢到房屋外墙，瘀青一片。路灯只会让一切变得更糟糕，它们就像暗淡的橙色的蚕蛹，照亮的只有这片大雾。

就在她经过其中一盏路灯时，她第一次接触到了另一个人。脚步声响起来——在侧边？在后边？她无法分辨——突然，从浓雾中伸出一只手，朝她的包包抓去。落空了！因为她及时闪到马路对面，疯狂往前逃跑，心脏怦怦直跳。当她停下来时，除了自己费劲的喘息声，再无其他声响。她就这样被吓坏了，可真愚蠢啊！

这不过是一个想抢包的小偷，或许他能成功，因为在这种情况下，他的眼睛好使多了！还好，在贼手伸出来的那一刻，她及时转身跑开了。

此后，她步入更多人的地方。每隔一会儿，旁边就有路人经过，大部分形单影只。现在肯定有四点钟了，如非迫不得已，哪会有人出来。自从碰见企图抢包的小偷以后，她决定不再问路。你能听到一个脚步声，但却无法得知任何消息。是这样吗？她发现，这些脚步声越来越有趣。缓慢沉重的脚步声，可能属于一位腰缠万贯的老商人，或者是一位六个孩子的母亲，或者是一个趁着浓雾出来盗取财物的大胆窃贼。轻快匆忙的脚步声响起，如果你对她说话，她可能会尖叫。犹豫不决的脚步声传来，或许是另一个迷路的她，又或许是另一个潜伏的贼。

事后一想，她肯定在不知不觉中拐了弯，因为再也听不到任何脚步声。街道似乎很狭窄，路灯似乎隔很远。在她眼里，这是一个寂静而荒僻的地方，四周全是门面狭窄的房子。她知道门面不宽，因为前头有栏杆，也就是许多短粗的石柱子，三四步就能走到前门。这些栏杆圈出一小块地方，恰好在地下室的窗外。她痛苦地感知这一切。左挪挪，右挪挪，这种奇怪的姿势几乎让人窒息，最后她索性向右转身，站到一扇门前面。她用膝盖狠狠地撞击它，最终大门投降，放她进去。跌跌撞撞，她往下走了好久，最终双手双膝扑倒在湿漉漉的石板上。

尽管痛苦不已，但是她却毫发无伤。帽子挂在耳朵上，长袜抽起小丝来，就连手套也变得黏黏糊糊。她摘下手套，弄正帽子，四处摸索从手里飞出的包包。刚找到它，便听到从头顶传来一个声音。钥匙转动，插销滑落，房子的前门打开了。

她的第一感觉是，有人听见了她摔下空地石阶的声音。但凡客厅有人，他们都会忍不住出来一探究竟。她不禁好奇，或许站起来会没有那么难堪。就在这时，隔空传来一个声音："我是一个可靠的男人——我只能这么说。我说一不二。没人敢说我曾经令他失望。困难中的朋友、可靠的男人——这就是我！"

渐渐地，艾奥尼意识到了三件事情。这位不时咆哮的男人操着一口苏格兰边界的口音。他借助苏格兰酒水来壮胆，以抵御漫天大雾。他以及跟他说话的人，都丝毫没有察觉到，有人刚刚迫降在地下室。

连接街道与前门的台阶几乎就在她的头顶。如果继续待着，她既不会被看见，也不会被听见。其实，她完全可以走出来，问问自己身处何方，找到通向车站的路。这位可靠的绅士甚至可能是一位可靠的向导。

确实可以——然而这只是一种直觉。如果她想说话，舌头肯定不会循规蹈矩，所以，她没有站出来。她安静地待着，如同一只唯恐被活捉的野兔。在她的头上，有人在窃窃私语，是男是女，她无法分辨。这时，苏格兰人又开口了：

"好，我走我走，我一准备好就马上踏出这扇门。这是一个不错的下午，可外面的天气——简直和伯爵的地狱马甲一样黑！但凡你还有良心，就不会在这种天气赶我走。"

屋内那人小声说了几句话，苏格兰人笑了笑。

“噢，你做事谨慎，我并不反对，我没理由反对。如果你认为在这种大雾天，把人赶出门外是合理的，那你可以想象，如果我被车撞死了，谁来帮你干脏活？你就只要想一想……好吧好吧，我走！不过我还没有答应干，我会认真考虑，然后再告诉你。不过，你可要好好想想给我的报酬。没有两千我可不干。如果干了，我自认傻瓜。我可是冒着被砍脖子的风险，两千英镑少一分我都不干。”

他大步走下楼梯，身后的门“砰”地关上了。她听到，钥匙转动，插销挂上。在轻快的曲调中，滚滚脚步从她身边碾过，朝着大街走去。这位绅士吹着口哨离开时，还在思考自己是否会被砍脖子。

“你走大路，

我走小路

我会比你先到苏格兰……”

艾奥尼在心头涌现歌词，跟着旋律一唱一和。伴随而来的是一股逃离此地的冲动，她想离开这座有人小声说话的房子，这座有人在为他的脖子讨价还价的房子。这股冲动牢牢地抓住她。她不敢想，她甚至不知道自己是否会追随它。然后，她跑上了空地石阶，逃到大路上。挡在她前面的是一扇没有门窗的雾墙。一离开那个地方，一离开那些台阶，她的方向感完全消失。她看不到路灯。在她眼里，灯突然全灭了。在这片苍白的世界里，只剩下陨落的“洛蒙德湖”音符。当它们也消失后，这里就彻底只剩她一人。

她开始狂奔，几乎就在这时，她又停下了脚步。如果要跟着他，那就绝对不能让他听见，所以她不可以奔跑。只要他继续吹哨，她就能跟着哨声走。但是，她不能离他太远。大雾混淆了视听，非常容易跟丢声音。一旦听不见，她就完全失去了向导。

事后想起来，她感到非常难以理解，为什么自己会跟随大步流星的苏格兰人而去？他肯定喝多了，她听到他谈论那笔报酬，背后仿佛隐藏着不同寻常的重大犯罪。如若不然，根本没理由跟着他。他似乎知道自己要去哪里——或许这是她最不想去的地方。他的声音充满自信，他的口哨声悦耳动听。当然，吸引她的是他的自信。他手持一根棍子，脚踏欢快的步伐，时而敲打人行道，时而击打石栏杆，饶有兴致，嘴里的口哨声没有停止过。一首《洛蒙德湖》过后，他狡黠地来上几句《苏格兰的风信子》，之后放任自由地踏上《埃尔斯群岛之路》。如果没有发出这么多声响，他就可能听到她的动静。渐渐地，她越来越自信，也就斗胆走到距离他很近的地方。他似乎知道自己要去哪里，因为他两次转弯，一次转向左边，一次在横过马路以后转向右边。

不一会儿，她内心萌生了一个想法。前提是不能让他知道，她一直在尾随他，也不能把她和那所房子、那条街联系在一起，当然它们已经被远远地甩在后头。但是，如果她能够隔着大雾经过他，稍微往前走一点儿，再折返，就能制造一次完美的偶遇，她就能问他这是何处了。内心越琢磨，她就越兴奋。尽管好奇，她并不害怕跟他说话。他可能准备从事高级犯罪，但是她非常确信，他不会抢走她的包包，也不会打到她头破血流。她一路小跑，从他身边经过。与此同时，他正在激动人心地高唱《漂亮的敦堤》。

就在她放慢脚步，准备转身的时候，她猛地撞见另一个人。她舒展的双手碰到了一件粗糙的外套。不一会儿，她脸蛋狠狠地撞了上去，围巾全跑进了嘴里。直到喘过气，把围巾吐出来，她才发觉有人扶住了她的手臂，头顶有个男人在说话："非常抱歉！你受伤了吗？"这句话打断了《漂亮的敦堤》，声音倒是挺温和。惊慌之下，她掐了掐他的手臂，踮起脚尖，尽量靠近他的耳朵，小声说道：

"就说我刚刚碰上你的。"

他说："好的。"

她轻声表示感谢，而后听到一阵洪亮而充满魅力的声音："噢，那儿有位先生！或许他知道我们在哪儿呢，过去问问他！"

大雾中弥漫着威士忌的芳香。这个曾经要求两千英镑的声音，竟然亲切了起来："你们想去哪里？"似乎他把"里"字说了三遍。

艾奥尼转身，依旧抓住旁边那人的手臂，感觉脚踝处一阵剧烈的疼痛。她有些气喘吁吁地说：

"恐怕我迷路了，不知道你能否帮助我们。"

对面传来一阵笑声。

"如果你十分钟以前问我这个问题，我还能说得出来，但是我开始在想，我可能走错路了。只有雾气非常大的时候，我才会被困住。不过我不得不承认，周围的一切都非常陌生。我大概知道在哪里走错了路，但是估计找不回那条路了。不，不——'走到大路尽头吧，走到大路尽头吧……'"他轻松哼起歌儿来，不过还没等旋律结束就及时打住了，"你明白我的意思吗？如果你一直往前走，始终会到达某个地方。如果你一直待在原地，你可能就会死去，然后被埋葬，能帮其他人省下许多麻烦事儿。”

艾奥尼紧紧握着路人的手臂，听他安静地说道：

“不管怎样，我能告诉你这是哪儿。恐怕不太准确就是了，想必在大雾散去以前，我们哪儿都去不了。”

艾奥尼又狠狠地掐了他一下。

“噢，你之前为什么不说？”

他咯咯直笑，然后说：

“你没给我说话的时间。”朝着威士忌酒味的方向，他解释说，“我刚刚碰到了这位小姐，我想她是从一条小路走出来的。”

“谁能说得清哪儿是哪儿？”苏格兰人理直气壮地说，“如果你能说出来这是哪里，我就谢天谢地了。”

“我们在比克斯伯里大道，你们知道这个地方吗？我叫塞文，是一位建筑师。我今天过来，是看看一位客户买下来打算改造成公寓的房子。我到这里的时候，大雾席卷而来，我真是个笨蛋，竟然不回家。我就想迅速看一眼，而情况却是，这里简直太黑了，我什么都做不了。所以我在四周闲逛，打开电筒，希望大雾会消散。然后，我的电池没电了，所以就成了现在这个模样。恐怕情况不太乐观。”

苏格兰人自称马格斐教授，他正在努力回想比克斯伯里大道的具体位置。此时的艾奥尼已经意识到，不管这两个男人会怎样，她肯定无法继续向前走。脚踝越来越痛，可能是在下楼梯的时候崴着了，或许是在撞见塞文先生的时候扭伤了——她真的不知道，不过也不要紧。她所知道的是，她哪儿也去不了。她打断教授提出的路线，说道：

“即使能找到路，恐怕我也走不动了，况且我确信我们找不到。我脚踝扭伤了！”

可能是因为这一整天过于沉重，可能是因为所有事情席卷而来，身心疲惫的她感觉大雾开始摇曳。于是，她一下倒在吉姆·塞文的怀里。如果不是他迅速扶住，她就已经栽在地上了。视野渐渐模糊，她开始放弃挣扎。有人在说话，有人抬起她，这一切就像慢镜头。由于大雾的缘故，所有东西几乎动弹不得。巴士停了，小车停了，在外的人儿像甲壳虫一样，摸爬滚打，期望重新踏进家门。手表慢下来，时钟慢下来，直到时间也停下脚步……

清醒过来以后，她感觉自己昏迷了好长时间。躺在坚硬的板子上，她明白至少有一个东西没有停止过运动，那就是马格斐教授那张嘴。

“如果能找到一把椅子来坐，或者找到一根烛头来点，那么我们就能舒舒服服待在这里，直到大雾消散。只需要一点儿东西，你就能撑下去，多美妙啊！还有我的老祖父，我记得可清楚了，他在小农场长大，唯一的光源就是自制的蜡烛，他们必须省着点儿用。大部分时间，他就着厨房的火光来学习。已经八十七岁高龄了，他的视力还非常好。”

艾奥尼挣扎着用手肘撑起身子。这个地方非常黑暗，但是不至于浓雾弥漫。这是一种可怕的黄黑色，但在这里比在街上更容易呼吸。原来，她躺在木板上面。撑起的手掌上布满灰尘和砂粒，她就像一位昏过去的女英雄。

“我们在哪里？”

“你好点了吗？”

“噢，没错，我好多了。我不知道发生了什么事情——所有东西一晃而过。我们到了哪里？”

“这是我所察看的一所房子。我想，直到大雾散去之前，我们哪儿也去不了，待在外面还不如待在这里。恐怕全部东西已经被拆掉了，那个角落还有点儿家具。但是你脚伤了，走不动道。即便你还能走，我们也去不了任何地方。瞧瞧，我让你平躺是因为你晕倒了。如今你清醒过来了，最好还是坐在楼梯上吧。毕竟，跳舞扭伤脚的人都是这么做的。”

他们坐在楼梯上，时间缓慢而过。艾奥尼原本靠在台阶上，过了好一会儿，她不知不觉进入了不踏实的梦乡。醒来后发现，自己枕在一个肩膀上面，还有一只手臂在扶住她。这不是教授的手臂，因为威士忌的味道似乎离这儿很远……迷迷糊糊地，她又睡着了……

这种觉让你时而清醒，时而迷糊。不论她什么时候醒来，教授似乎总在说话。他那“咚咚咚”的音调就像舞曲里面的击鼓声。此时，他就在说：

“有一个关于中国清朝官吏的冷笑话，听多了令人作呕，但是它却谈到了一个非常有趣的道德问题。如果按下一个按钮，你能杀死一个陌生人，拯救四分之三的人类，那么你的这一举动到底合不合法？”

塞文先生的声音从更近的地方传来："你怎么知道它会拯救四分之三的人类？"他的腔调带有一点儿厌倦，带有一点儿玩乐。

"这……"教授说，"你就只好假设了。"

这些话语从他舌尖上滚涌而出。艾奥尼带有几分敬畏地想了想，简直不相信世间存在这种事情！但是后来，她翻阅了典籍，发现这是真事。那时，她很快就忘了。这只不过是梦境和现实交替的一部分。地板很硬，但是她的脚踝已经不再疼痛了。她听见塞文先生说：

"四分之三人类是一个很大的数目，如果你追根溯源，我非常确信这个按下按钮的人只对当中的一个人感兴趣——他自己。他能否从中获得一点儿好处？如果按下按钮，他能否逃脱惩罚？这个问题可比刚才的有趣多了，不是吗？"

马格斐教授显然不同意，他土里土气地说了不少脏话。他说，为了达到哲学意义上的结论，有必要把问题"去拟人化"。这时候，艾奥尼又渐渐睡着了。此起彼伏的话语，"咚咚咚"的苏格兰方言，着实令人催眠。

当她真正醒过来的时候，感觉时间过了特别久。她坐起来，浑身僵硬，蜷缩在一只手臂当中。当她开始活动时，吉姆的手臂抓得更紧了，不过后来松开了。他问道：

"你醒了吗？"

她长长地吸了一口气。

"没错，我醒了。你一直抱着我——太体贴了。我不知道已经这样睡了多久——仿佛吃药了似的……"

这时候，她察觉到了好几件事呢。空气清朗，可以呼吸了。门边楣窗，灯光进来了。视野明朗，可以清楚地看到，楼梯上的第三个人不见了。

“教授呢？”

“大雾一散，他就离开了——大概半小时以前。”

“你为什么不叫醒我？我们也应该离开。”

“当时的情况看来，我认为他还是更喜欢一个人离开。”

映照在楼梯上的方形黄光并不是日光，而是来源于不远处的一盏路灯。大雾已经散去，窗外依然漆黑。

她问道：“现在几点了？”

“肯定有三点了。如果你不介意一个人留在这儿，我认为最好的方法是，我现在去把车开过来。它在一个上锁的车库里面，离这儿大概零点二五英里①。需要我载你去哪儿吗？”

去哪儿？自从摔下空地石阶以后，她可不太敢住酒店。再者说，凌晨三点找酒店也有点儿困难，如果她的衣服扯烂了，脸上沾了绿泥巴，那就尴尬了——不，去酒店不是一个好主意。她坦白地说：

“我想去酒店，但是不太合适。你瞧瞧，我从空地石阶上摔了下来，肯定是那会儿扭伤了脚踝。我实在不敢贸然出现在一位可敬的午夜守门人面前。”

“你不住在城里吗？”

“不——我只是今天过来。我叫艾奥尼·穆尔。”

“我想我已经介绍过自己，我叫吉姆·塞文。”

① 1英里=1.6093千米

“是的。至于我要去哪里——我想我可以敲开伊丽莎白·特雷梅恩或者杰西卡·索恩的家门，不过我不愿意这么做。伊丽莎白会编造一个大故事，杰西卡则会喋喋不休地说上几个星期。火车站的候车厅夜间不开门是吗？没错，那么恐怕我只能去酒店了。”

他犹豫不决地说：

“我有个公寓，家里老佣人总会给我留门。她是我最敬爱的人。”

艾奥尼笑了笑。

“凌晨三点，当你带着一个陌生女子回家时，猜猜她会怎么说？”

第三章
温暖冬夜

扫码听本章节
英文原版朗读音频

独自坐在空荡荡的房子里面，总归是有些奇怪的。艾奥尼坐在楼梯底部的第二个台阶上，擦干脸蛋，梳好头发。她从包里取出小梳子、粉盒以及洁面纸，然而她那脸蛋真正需要的还是热水和肥皂。她手上的绿泥巴只会添乱。尽管她用光了所有的洁面纸，然而借着从横梁透进来的灯光，瞧瞧三英寸①镜子里的模样，只会让人更加泄气。她眼睛底下有污点，那是因为迷失在大雾中，跌跌撞撞摔下台阶而形成的。至于那些淡绿色的痕迹，可能是因为纸巾擦散了泥巴，而没有擦干净形成的。梳完头发，她感觉自己就像一个朴素的女鬼。

她戴上帽子，又摘了下来。在此之前，她不敢相信自己的容

① 1英寸=2.54厘米

貌能糟糕到这种地步，如今事实摆在眼前。她情愿把自己幻想成另一副模样，但是就是发生了这样那样的小事情——这里踢踢，那里碰碰，搞乱了头发，破坏了妆容——让你不得不依靠他人，这种感觉让人抓狂。早晨出门时还美丽时髦的她，如今看起来就像一个女鬼，谁会愿意跟她喝上一杯呢？她把镜子塞回衣服口袋，坐回原地，等待吉姆·塞文的归来。

空幽幽的寂静开始扑向她，她也不再窸窸窣窣地制造声响。小噪音陨落在沉寂和空虚当中，为其所吞噬。她回想起了以往独自在家的时光，那时都不介意，现在还有什么可顾虑的呢？事实上，房子并不空荡。这里有沙发、桌子、椅子以及地毯——却没什么能给予你安全感。如果楼梯铺上地毯，那么坐起来就不会硬邦邦了，不过也就仅此而已。即便知道只需要穿过大厅，打开房门，就能进入一个舒适的空间，她也感觉不到一丝一毫的安全感。当然，这里并不危险。大门紧锁，除了吉姆·塞文手里的钥匙，没有人能进来。房子里只有她自己。

沉寂、空虚而寒冷。如今，这种气氛竟然奇怪地颤抖起来，似乎有某种压力正在打破它。艾奥尼开始迅速集中思绪，至少，眼前的物品清晰可见，没什么可怕的。小时候，住在一层又高又旧的阁楼里，她经常会睁开眼睛平躺着，等待平淡无奇的时光裂成碎片，放行孩子想象中的可怕事物——或形单影只在飘浮的影子，或身强体壮在翻滚的影子——突然出现的东西，突然消失的东西——它们在窥视，它们在假扮，就在周围却又让你无处寻觅。

幻想中的鬼怪活灵活现，不过她把思绪控制得很好。她很清楚，这不过是在愚弄自己，所以很快进入演员的角色，给自己上演了一场全新的独角戏。空荡荡的房子里只有她一人！如果是坐在一个明亮的大厅里，与一团温暖的火焰为伴，想必会更加舒服。然而，这场戏讲述的却是一个女孩子，误打误撞进错房子，无意间听见她并不想知道的事情。只要表演的灵感一来，她大可脱离萦绕的鬼怪。当吉姆·塞文转动门锁时，她的思绪已经飘荡了好远好远。

外面空气寒冷，她能看清所有路灯。即便在道路尽头，也只剩下一点儿薄雾，模糊的只有光线。只要她小心翼翼，脚踝就不会疼得太厉害。事实上，这里的庭院还算美丽。她看了看吉姆·塞文，而他也看了看她。撞见他那会儿，头顶传来的声音就告诉了她，他的身高不低。如今，她完全能领略他的英俊潇洒，彬彬有礼，真讨人喜欢啊！遗憾的是，她的脸蛋不够干净。真可惜，这可是第一印象啊！

吉姆·塞文眼里的她，穿着扯烂的毛皮大衣，苍白的脸蛋两边散着乌黑的头发。他知道，她的声音和别人不一样。在浓雾中听到她的声音时，他的耳朵陶醉了，他的想象开花了。这就是那种令人陶醉的声音。如今，他开始怜悯她的神色苍白，希望她不要再次晕倒。他注意到，她的眉毛就像一双倾斜的小翅膀，非常好笑。路灯底下，她的眼睛看起来黑暗而深邃。

在大雾中跌跌撞撞了这么久，如今坐在安静的汽车里就像一场美梦。能看清街道的两边和尽头，有人载着自己而不用强迫双脚走路，还不用担心接下来会发生的事情——这全都是美梦的一部分。但愿能来上一杯热咖啡，洗上一个热水澡。

他们走下车，乘坐电梯上三楼。这会儿，她才想起吉姆·塞文的老保姆。艾奥尼本来应该能完全信赖这位老妇人，然而她却不知不觉成为艾奥尼的小烦恼。她不能——实在不能假设，当吉姆先生半夜带一个陌生女孩回家时，老保姆能开心起来。

他转动钥匙，打开大门，进入一个漂亮的客厅，里面亮着一盏灯。她发现自己热切地希望，老保姆睡觉时能雷打不动。

无暇多想，希望破灭。在左边的房门中，走出一位身穿深蓝色丝质棉絮睡袍的老妇人，棕色发网下披散着一头浓密的白头发。她脸颊通红，瞪大明亮的蓝眼睛，让你感觉置身于放大镜之下。

吉姆·塞文迅速解释：

“奶奶，这是穆尔小姐。我们被困在大雾当中，恐怕她受伤了。芭芭拉的房间可以睡人，是吗？”

这双蓝眼睛转到他身上。

“它不一直都是吗？”然后，她看向艾奥尼，“晚上好，穆尔小姐。”霜冻的空气嘎吱嘎吱作响。

艾奥尼可怜地撒起娇来，“噢，奶奶，我看起来糟糕透顶，因为我从空地石阶上摔了下来——塞文先生多么友好，把我救了出来！我能——我能洗个澡吗？”

或许是这样那样的原因，或许是因为声音太轻微太颤抖，或许是因为在奶奶这双坦率的眼睛之下，她脸上的神色分外疲惫，屋内的气氛竟然明显好转起来。奶奶可能看过或者听过这样一个女孩，不管这个女孩脸上有没有绿泥巴，她就是知道，这个女孩只想要一个热水澡、一杯热饮料以及一张温暖而舒适的床。

当她左思右想，揣摩奶奶心思时，吉姆·塞文说他必须出去把车停好。

奶奶打开浴室的门。

“我们有恒温热水，这年头可不是人人都能这么说。小姐，这是你的毛巾，我去给你拿芭芭拉小姐的睡袍。她走了，当时把睡袍和拖鞋留在这里。亲爱的，你的长筒袜抽丝了——看起来无法修补了！你的大衣也被扯破了——但是还能缝一缝。毛皮衣容易烂，也容易补。”

她匆忙走开了，捎回一件奇怪的花式睡袍、一双红色拖鞋和一件特别花哨的睡衣。

“亲爱的，你可以去好好洗一个热水澡了。不必省水——两个人洗澡够用。但是你最好不要洗太久，因为吉姆先生也想要洗澡。里面的罐子里有一些芭芭拉小姐的浴用盐。”

舒舒服服地洗完热水澡以后，来上一杯热饮，加上柔软的床褥，仿佛置身于天堂。奶奶哄她睡觉，打开窗户，关掉三岁以来就伴随她入眠的那盏夜灯。艾奥尼毫不费力地倒头大睡。深睡无梦，黑夜轻轻地给她盖上了棉被。

第四章 塞文的家

扫码听本章节
英文原版朗读音频

冷漠的冰霜已经消失不见了。早上八点钟，奶奶给她倒了一杯茶，告诉她关于芭芭拉的故事。在过去大约十年里，除了奶奶，几乎没人称呼她为芭芭拉小姐，因为她已经成了卡拉达因夫人。

“汉弗莱斯先生是一位非常友善的绅士。就像芭芭拉小姐说的，他和其他绅士一样，热爱这片土地，并且擅长经营它。他们有一个八岁半的儿子、一个五岁的女儿——真是个小甜心。当然，我不能离开吉姆先生，所以就推荐了侄女过去帮忙。如果芭芭拉小姐想到城里来过夜，不用提前告诉我们，她的房间一直都准备好，随时用钥匙开门进来就行。”

艾奥尼想了想，幸好芭芭拉小姐没有在凌晨四点推门进来，不然就会发现自己床上躺着一位陌生女孩。

奶奶继续讲下去。艾奥尼穿上芭芭拉的长筒袜，来代替自己撕坏的那一双。当衣服穿好时，她知道了吉姆·塞文在一家著名的老牌建筑公司工作。他的两位叔叔也是员工，其中一位不久就要退休，吉姆拥有了升职的机会。

“吉姆先生和芭芭拉小姐还在上托儿所的时候，父亲就去世了，后来他们的母亲重新嫁人，也没有活多久，所以他们一直相依为命。”

艾奥尼边听边想。首先要打电话给沃恩曲，然后再安抚诺里斯。她昨晚既没有回家，也没有告诉他们，这当然会令他们担心。她其实应该早打电话的——即便不是在半夜，也应该在黎明时分。这个时节，大概七点四十五分才能天亮。

诺里斯是埃莉诺表姐的女仆，俨然一位四十岁的家庭暴君。她接电话时的脾气真差劲，简直把艾奥尼当成五岁的小女孩来批评。

“夜不归宿，打个电话也不是难事吧！我们都不知道发生了什么事情！如果埃莉诺小姐不是刚好生病，想想后果多严重——长这么大都不懂道理，还企图逃过我的眼睛？”

艾奥尼深深地吸了口气。从五岁起，她就了解诺里斯的为人。当她生气的时候，你就把你想说的话全部说完，直到她能听进去一些。

“听着，诺里……”

“别用我的小名来套近乎，艾奥尼小姐！有些人能够容忍眼睛里面进灰尘，有些不能或者根本就不允许！”

“诺里，听着！大雾——有——大雾。”

“我听得懂这两个字！”

“看看早上的报纸！这是迄今为止最严重的大雾了。我从空地石阶上摔下来，直到三点半，我才看到一台电话，而我又想着最好不要马上碰它。”

“料你也不敢在大半夜吵醒全屋子的人！”

“诺里——你没有告诉埃莉诺表姐吧？不，我想你没有。她一担心起来就麻烦了。”

电话那头传来轻蔑的气息。

“如果她真着急了，这又是谁的错呢？要不是我，她早就不省人事了。不过，我也不会自寻烦恼，告诉她不必要担心的事情！她只知道，这个时候我给你送茶去了。”

艾奥尼放下电话，松了口气，穿好衣服，打扮一番，谁又甘心做一个在大雾中飘荡的绿幽灵呢？芭芭拉似乎把奶奶带向了时尚前沿，因为她对艾奥尼的口红赞赏有加。她缝好了毛皮大衣的裂缝，再用海绵擦拭，按压了棕色大衣的裙摆，再整理好帽子，交给艾奥尼。穿戴整齐的艾奥尼焕然一新。

男人当然没有这种烦恼。吃早饭时，吉姆·塞文看起来就像昨晚出现在路灯下的他。有那么一刻，他们的会面似乎比昨晚的一切还要陌生。然而，昨天的这个时候，他们不知道彼此的存在。仅仅六个小时前，他们不清楚彼此的长相。如今，他们一起坐在他的公寓里面吃早饭。如果诺里斯知道这一切就好了！即便是诺里，她也会对作为监护人的奶奶表示满意。艾奥尼笑了起来。他打量起她那灵动而敏感的脸蛋，她的眼睛并不是真正的黑色，而是带有棕色斑点的灰色。

你总不可能当着一个男人的面大笑，却不告诉他原因。于是，她说出了诺里斯和埃莉诺表姐的故事，然后似乎谈到了她的美国之行。也不知道怎么的，也不知道为什么，她把自己的独角戏告诉了他。

“你的声音非常美妙，你能表达任何想说的话。回到英国，你还要继续演下去吗？”

“我得到了一些工作机会——但是我告诉过你，埃莉诺表姐生病了，她并不是一位普通的表姐，是她一手抚养我们长大的。”

“我们？”

“我有个姐姐，名叫爱兰歌娜。她嫁给了一位名叫杰弗里·特伦特的男人。我下周要去找他们，之后我要好好制订未来的计划。毕竟，埃莉诺表姐已经好多了，我不用再陪伴她了。”

吉姆·塞文皱起眉头来。

“我从哪里听过这个名字呢？噢，我好愚蠢！”

他起身走出饭厅，拿着一张折皱的报纸回来。

“我刚才挺迷糊的。这肯定是你落下的，我从昨晚的房子楼梯上捡到了它。”

艾奥尼接过纸张，摊平来看。这纸片是从报纸上随意扯下来的，脏兮兮而充满折痕，空白处的铅笔字几乎无法辨别。如果不是熟悉这名字，艾奥尼极有可能认不出来。她惊讶极了！这……这正是杰弗里·特伦特的名字！上方还有他的地址。

她盯着它看。尽管字迹模糊，但她依然能认得出来：

夫人之家

布里克

这是杰弗里·特伦特的地址，怎么可能落到吉姆·塞文的手上？她有些迟疑地说道：

“我从未见过这张纸。”

第五章
律师的告诫

扫码听本章节
英文原版朗读音频

当艾奥尼走进桑德森先生的办公室时，她内心感到淡淡的遗憾，因为自己已经结束冒险，回到了寻常地方。尽管这次冒险令人心生不快，然而回想起来也不过是虚惊一场。开始一段新友谊，并揣测它的种种可能性，总归是妙趣横生的。吉姆·塞文明显想和她成为朋友。她答应，一从爱兰歌娜家回来，就跟他共进午餐。他们尝试揣摩彼此的心思，这就像走进一所你从未进入的房子，努力找出它主人是怎样的。什么东西会受到珍视，什么东西会受到排斥。这是一所温暖、友好而宜居的房子，还是一所狭窄、封闭而没有朋友的房子？你看、你摸、你猜、你在探索。这座房子里有紧锁的大门。如果太多，就不好了。她认为，吉姆·塞文的房子干净而通风。她希望他也是这么看待自己的房子。当然，每个人都有自己的地下室和阁楼。

桑德森先生的办公气息驱逐了迷人的幻想。这里温暖而豪华，但是充斥着一股霉味、老鼠味以及一股刺鼻的家具气味。这里向来如此，桑德森先生也鲜少变化——高高的身材，灰灰的肤色，正经地穿着城市牌子的衣服，佩戴一条过时太久而重新流行的领带。自从戴上可折叠的钢制眼镜，第一次走进这家“桑德森、桑德森、希尔德雷德和桑德森”公司后，他看不到任何为了时髦角质眼镜而抛弃它们的理由。眼镜搭在小鼻子上面，总是有点儿歪歪斜斜。每当他身子前倾，近距离检查东西时，眼镜就很容易掉下来。如今，他透过老眼镜瞥了瞥艾奥尼，见到她总是让人心情愉快。

“我想起了你的姐姐，但是她似乎不太健康。”

尽管内心有千百个问题，艾奥尼还是没问出口——比如，他什么时候见到了爱兰歌娜？她上城里有什么可神秘的？姐妹俩本来能够见上一面，吃顿午餐，通过当面交流而不是烦琐的通信来敲定拜访时间。

她迅速摆脱这种思绪，而后说道：

“我想，对她而言，过来伦敦太累了。我下周去找她，希望那会儿她气色能有所好转。”

桑德森先生活跃起来。

“这对你们双方都好，不是吗？你们能够彻底谈谈。就像我告诉她的，这件事需要仔细考虑。”

艾奥尼完全不知道他在说什么，但是她希望找出所以然。于是，她平静地凝视他。

“是的，我相信是这样。问题是，我一点儿也不清楚你在说什么。法律问题总是难以解决，我想或许只有你才是明理人。”

桑德森先生感到欣慰。他刚刚接见了几位傲慢的夫人，她们坚持颐指气使，对他发号施令。相比之下，艾奥尼寻求建议的谦虚态度，令他大为欢喜。

“根据你父亲的遗嘱，财产由你和姐姐平分。但是，发生了意料之外的情况。你姐姐的财产价值急剧下跌，那时候看似丰厚的财产已经大打折扣——价值严重下滑。”

艾奥尼的情绪不寻常地波动起来，这是一种强烈的，甚至说得上是猛烈的波动。仿佛摸黑下楼，却发现底部是一个你无法涉足的台阶。令人诧异！令人震惊！不知不觉，她的脸色如火焰在燃烧，她当然没想到桑德森先生会有所察觉。他尽力从法律的角度解释说:“你姐姐过来询问受托人是否同意卖掉这些财产。当然，她说这是为了减少你的损失。现在的房子租金高昂，能够买下来就最好不过了。如果房子合适，受托人可能同意她这么做。但是，正如我告诉她的，这件事需要仔细考虑。”

艾奥尼的脸色明亮起来，她说道：

“桑德森先生，这太可怕了，我毫不知情。我一直在外面，爱兰歌娜又不跟我通信。我必须想想能做点儿什么……”

桑德森先生凝视着她，满心欢喜。她那通红的肤色，以及对姐姐的关心都令人称赞。但是，她不能匆匆忙忙就行动起来。事实上，没多少事情可做。他摘下眼镜，用一块发硬的白色亚麻手帕擦拭它，然后歪歪斜斜地戴回去。

“亲爱的艾奥尼小姐，恐怕你没什么能做的。那时候的财产分割是公平的，但是你父亲去世也快二十年了，我不用说你也知道周遭变化有多大，特别是最近几年。恐怕是我的错，理所当然地以为你姐姐跟你说了这件事。”

艾奥尼摇摇头。

“根本没有机会，爱兰歌娜在信中不会提到这种事。我下周过去找她，肯定能了解清楚。”

他稍微皱了皱眉头，然后说道：

“没错——没错。但是，千万不要被一时的激动冲昏了头脑。你也知道，你无法控制自己的财产，你的受托人不会允许任何财产转移。事实上，这是他们权利之外的事情。你真的没有必要难过，特伦特先生的收入相当不错。”他舒展眉头，透过歪斜的眼镜朝她微笑，“这么说来，你下周要待在夫人之家。这真是一个奇怪的名字——不过你姐姐告诉过我，这是福尔克纳家族遗孀的住所。最后一位男性继承人死于战争，大部分的财产已经变卖。如今，你姐姐特伦特夫人还告诉我，他们有机会以一个合理的价格买下夫人之家。当然，我也跟她说了，这件事要考虑方方面面。这些老房子……”他担心地摇摇头，“你不知道损耗有多么严重。比如，如果屋顶腐烂掉，这笔财产就会摇身变成一笔债务。除此之外，你还要考虑水管设施。就我的经验看来，老房子的质量总归不会令人满意。特伦特夫人告诉我，房子有电灯。许多乡村房屋在火灾中损失惨重，归根结底还是因为电线缺乏维护。在我对这几点感到满意之前，实在不建议受托人授权卖出特伦特夫人的财产。”

艾奥尼说："没错，我也认为不应该。"她开始感觉，真的不能再跟桑德森先生讲下去。震惊感依然存在，她需要时间来思考。她内心感到毛骨悚然，或者是因为金钱的问题，才使得爱兰歌娜无暇提笔写信。这只是一种感觉，可能不准确。但是，在这里显然无法解决问题。桑德森先生劝她不要牺牲自己做出承诺，但是她也不知道究竟怎么回事。房间似乎越来越热，让人越发不适。她说道：

"我不会莽撞——我向你承诺，我不会。"

他偏了偏脑袋，眼镜完全掉了下来，幸好有绳子扯住它。他朝她眨了眨眼睛，说道：

"无论怎样都别鲁莽行事，艾奥尼小姐，这件事必须考虑周全。"

第六章
踏上布里克

扫码听本章节
英文原版朗读音频

艾奥尼从的士窗户往外看。她有些失望，因为没人来乌雷顿车站接她，当然这背后可能有六七个合理的原因，以及至少两个编造的借口。尽管她和爱兰歌娜非常不像，但是她们却有一个共同点——对列车时刻表熟视无睹，哪怕它们承载了非常重要的信息。她认为，告诉爱兰歌娜的抵达时间并没有错，不过她也不想表现得过于教条主义。再者说，更有可能爱兰歌娜把数字反着念，或者倒着念，反正念错了。毕竟，见面也没什么了不起的。她把行李抬上的士，从这儿去布里克有两英里半的车程，可以放松自己，享受窗外美丽的风景。

首先映入眼帘的是火车站外墙的巨大海报：

下周公演

费林顿著名讽刺喜剧

伟大的普洛斯彼罗

独一无二的机会

无与伦比的享受

黄黑色的海报一闪而过，她必须探出身子才能捕捉到最后一点儿信息。它们就这样出现在火车站场上，周围全是普通的乡村景色。一月的下午天色灰蒙，海报看起来并不显眼，还有一个小时就天黑了。这张海报的制作说不上吝啬，但却非常节俭。夕阳和夜幕即将降临到附近这六条阴暗的街道上。房子越来越小，直至消失不见，周围全是农场风景。一往右拐，道路两旁开始出现灌木篱墙和土地。

爬过斜坡，穿过大路，拐进一条小道，他们来到了布里克村。即便天色阴暗，这个村庄也显得格外迷人。村道宽敞，村舍坐落在花园当中。春夏两季，花色迷人。教堂上盖有又矮又宽的塔楼。冬青树篱笆墙高高竖起，按统一标准裁剪整齐。可惜辜负了布里克这个名字，因为这里既安静又偏僻。树木挺直身躯，却无一能逃过狂风的拉扯。要知道，暴雨季节，狂风可是这个地方显著的标志。小乡村怡然自得，沐浴在灰白的日光之下。

他们经过教堂和牧师的住所，穿过灰色石柱，来到大门敞开的村舍前面。再往前驶一驶，出现一处朴素的住所。这就是目的地——夫人之家。

站在门口，她按响门铃，抬下行李，支付车钱。由于站得太近，艾奥尼看不到房子整体的模样，只能看见几面灰色的围墙和纠缠在一起的攀爬植物。不一会儿，大门打开，她走进一间小方厅，楼底微弱的灯光在两扇黑暗的饰板墙间窜动。开门的是一位小男孩，他长着一张消瘦的脸和一双明亮的眼睛。

就在这时，大厅右门推开，一个女孩跑了出来。这是玛格特·特伦特，杰弗里是她的监护人。艾奥尼一眼就认出了她来，爱兰歌娜结婚时，就不想要她做伴娘。她是一个处在青春期的女孩，肥胖而笨重，把幽默全用在玩弄恶作剧上。婚礼当天，她在爱兰歌娜的婚车上插了一个图钉，还好被米勒双胞胎的其中一人识破。她依然笨拙而健硕，粗鲁地朝着艾奥尼大喊“你好啊”！然后跑回大厅中间。

“杰弗里——爱兰歌娜——她来了！”

听到喊声，他们穿过玛格特进来的那扇门，走进大厅。

艾奥尼内心生了一股无名火，每个人都听见了车声，为何只有一个用人来开门？为什么第二个出来的是玛格特？非要听到大声叫唤，杰弗里才肯走下来吗？为什么爱兰歌娜慢吞吞地最后才出现？

爱兰歌娜到底是怎么回事，竟然没有第一个跑下来见妹妹？艾奥尼握了握杰弗里的手，摸了摸爱兰歌娜冰冷的手掌和脸颊，有个问题一直萦绕在她心头——姐姐怎么了？她向来瘦弱，苍白无力，然而如今似乎一阵风就能把她刮跑。轻飘飘的金发，没几根，还剪短来框住尖锐的脸颊。两年前，她身上有种令人难忘的优雅，灰蓝色的眼睛也有湛蓝的时刻。但如今，她整个人蒙上了一层灰。艾奥尼告诉自己，肯定是阴暗的方厅、暗淡的灯光以及爱兰歌娜涂在苍白嘴唇上那过分鲜艳的土唇膏，才让她看起来如此憔悴。但是，当他们走进会客厅时，她身上的灰色阴影仍旧挥之不去，就像一棵生病植物上的霉点。

话说回来，杰弗里·特伦特依然魅力四射！如果说刚才对艾奥尼过于冷淡，现在的举措简直能让人感到宾至如归的温暖。

“我们都开始认为，你永远不会来看我们了——是不是，爱兰歌娜？她多么想见到你啊！你知道吗，如果受托人允许，我们打算买下这所房子。这真是一个不可错失的好机会。这是福尔克纳家族的遗孀之家，是个迷人的好地方。可惜啊，又一个古老的家族走到了尽头。他们的血统可以从福尔克纳先祖罗伯特追溯到爱德华三世，后者买下土地，继承给了前者。真是遗憾啊！最后一位可怜的小伙子死于战争，只留下一位老阿姨，至今未出嫁。这所大房子在战争中被轰炸，她也住不起这里，所以愿意卖掉它。这就告诉了我们，一个人的不幸是另一人的机会。当然，我们会给她一笔好价钱，因为这正是她需要的。难道你不认为这是一个美丽的客厅吗？把灯开一下，玛格特，好让她看得清楚！”

天花板上亮起了一盏灯。在白色大理石壁炉架的两边，镀金烛台上燃起了两盏蜡烛。他们进来后，屋外天空由灰转黑，直至完全不见。屋内灯光渐渐亮起，色彩暗淡不已。这是一个温馨的房间，内有锦绸窗帘、粉彩地毯、椅子布套、宽大舒服的沙发——它们掩盖了窗帘上暗淡的风信子、玫瑰和丁香花。这么美丽的房间，正是爱兰歌娜所需要的。其实不然，在如此美妙的声调中，她就像旋律中的假音符——原本应该在曲调上的她频频跑调，没了节奏。

当听着杰弗里讲述房子的故事，以及爱兰歌娜对它的喜爱时，艾奥尼痛苦地加深了这种印象。当杰弗里请爱兰歌娜发表意见时，她只会用轻微而平淡的口吻回答“是”或者“不是”。当艾奥尼跟她说话时，她的回答吞吞吐吐。其实，爱兰歌娜向来不太会说话，话都让杰弗里说完了。突然，艾奥尼想起了伊丽莎白·特雷梅恩在婚礼上说过的一句话：“他英俊得让人想入非非。”岂止如此！“亲爱的，我打死都不会嫁给他！这就好比拥有王权！你知道吗，总有人想要把他从你手中夺走！”

她愤懑不平，把伊丽莎白抛诸脑后。但是，这句话简直让人记忆深刻！费妮拉也还记得，难道不是吗？不管怎么说，如果杰弗里认为他能够通过自身魅力来说服她，那就是在白费劲。至少目前不行，爱兰歌娜看起来就像一个失魂落魄的小鬼。

玛格特猛地冲进客厅，手里捧着一盘热乎乎的烤饼。

“打起精神来！”她嘴巴塞满了烤饼，“茶水来了！你们最好趁热吃烤饼哟，里面有真正的黄油——我看见弗拉克斯曼夫人放进去的！弗雷德，快上茶！”

杰弗里·特伦特微微转身，把手放在玛格特那厚实的肩膀上，用低沉却能入耳的声音说：

“我希望你能称呼他为弗拉克斯曼。”

她哈哈大笑。

“你真是个势利眼，杰弗里！可惜没用，我本来就不是那种人！”她把烤饼盘子推向爱兰歌娜，“尝一块，它们非常美味！”

杰弗里转回艾奥尼，脸上挂满真切的笑容。

“总有一天，她会长大的，”他宽容地说，“真可惜，她看起来比实际年龄要大。”

“你们结婚那时，她差不多十五岁对吗？”

“还没那么大，现在的她还不足十七岁。”

弗雷斯克曼走进客厅，放下茶盘，上面摆着一套茶具，这是埃莉诺表姐送给爱兰歌娜的礼物。艾奥尼心想，她从未见过呵护得如此漂亮的银制器具，冷漠的男管家显然对自己的工作了然于胸。她认为，爱兰歌娜是幸运的。这个词就像一块落水的石头，在她内心泛起涟漪。

爱兰歌娜开始倒茶。当她拿起茶壶时，双手承受不住重量，茶水洒在茶盘上，甚至牛奶壶也摇摇欲坠。艾奥尼接过她的茶壶，此时杰奎琳·德洛尼走进客厅。她知道，这是玛格特的家庭女教师，仅此而已。这个名字听起来像法国人，但是杰弗里称呼她为德洛尼小姐。当她说话时，口音跟他的一样英式。她不太清楚为何，可就是大吃一惊。或许，她期待看到的是更年长的老师，不过德洛尼小姐也不算年轻，说起话来声音深邃，轻言轻语却很有分量。事实上，艾奥尼认为，这一切都在意料之中。

她这一头柔顺的黑发，在小巧而雅致的耳朵上方，束成一两个波浪。深邃的目光似乎充满偏见，或许只是因为她的眉毛是弯的。她的脸部表情多变，看不出任何天生的特征和肤色，全靠后天打扮。她的肌肤涂满了润肤露和粉底液，看起来如同木兰一样白皙。

宽宽的嘴唇上，微微涂着艾奥尼从未见过的唇膏。除此之外，就是一条简单的黑色裙子和套头衣。

关于茶几的对话还在继续，艾奥尼渐渐适应下来。杰奎琳·德洛尼的举止毫无过失。她讨人喜欢，一言一行都恰到好处，这明显给玛格特·特伦特树立了榜样。要不是爱兰歌娜像鬼魂一样坐在那里，对于无法逃避的问题，时不时答上一声“是”或“不”，艾奥尼倒会认为这里的一切还算不错。既然如此，她就耐心地等待与爱兰歌娜独处的时光。姐姐无法避免要带妹妹回房间，或者睡觉前跟她一块儿上楼。直到后来——也就是说完最后一声晚安，独自一人回到卧室以后，艾奥尼才意识到自己用了“避免”这个词。因为姐妹俩没有独处的机会，所以这个问题一直萦绕在她心头。送她上楼的是杰奎琳·德洛尼小姐。卧室里，印花棉布窗帘再艳丽也无法完全掩盖它处在房屋最老部位的事实。况且，带她回房的人是杰奎琳·德洛尼。

“左边第三扇门是浴室。玛格特和我住在拐角处走廊的尽头。房屋结构复杂，你会慢慢习惯的。你知道吗，尽管房屋不大，这里却有七条楼梯。”

“七条楼梯！”

杰奎琳大笑起来。

“可怕吧？特伦特先生已经封闭了两条。他明天会带你参观房子，非常好玩。噢，对了，你最好锁门哟！虽然玛格特没那么调皮捣蛋了，但是她依然认为恶作剧是一种幽默，所以有可能……”

艾奥尼迅速锁上了门。她对杰奎琳那苦涩的第一印象消失了。

她似乎是一位友好的人，干着一份艰难的苦差事。她不禁好奇，玛格特是不是个正常人？

她走进浴室。令人惊讶的是，这里竟然有沸腾的热水。不知道应该感谢杰弗里还是前一位房客。在一座十四世纪就存在的房子里面，安装新水管和现代供暖系统，可要耗费一笔不菲的金钱。晚饭时，杰弗里自豪地谈起夫人之家的诞生之日。艾奥尼不禁好奇，随着热水流进下水道的，还有多少杰弗里和爱兰歌娜的钱。

她提醒自己，事不关己，还是回房为好。浴室门打开，一大块湿漉漉的海绵掉在她头上。因为她戴着浴帽，披着浴袍，所以并无大碍。但是，海绵却在地毯上留下一块可怕的黑斑点。再怎么努力擦拭，它看起来依然像血迹，让人很不舒服。其实，在任何普通房间，你都不会在意这种事，为何现在要坚持擦掉呢？这块地毯甚至不是红色的，而是褐粉色。只有在水打湿的地方，这块斑点看起来才像是血渍。

艾奥尼气急败坏，为这荒谬的幻想，更因为玛格特·特伦特是始作俑者。她反锁房门，爬上了床。只有在灯光熄灭以后，她才察觉到了房间的沉寂。乡村无疑是吵闹的，但是夫人之家却格外地安静。墙壁太厚，每个房间的声音传不出来。在这七条楼梯上，你听不到任何脚步声。你不知道楼上、楼下，甚至隔壁房有没有人走动。每当声音消逝，房间就成为一口沉寂的深井，人的思想和举动开始慢慢僵化。

即便如此，那又怎样？梦乡的潮汐缓缓地流淌而来。

第七章
夫人之家

扫码听本章节
英文原版朗读音频

吃早餐时，不见爱兰歌娜人影，据说她从不下楼吃早餐。艾奥尼想起了埃莉诺表姐的斯巴达式抚养，不由得感到焦虑。当她提出上楼给爱兰歌娜送早餐时，杰弗里笑着摇摇头。

“没有必要，我们都很讲究文明。弗拉克斯曼夫妇不在的时候，村里的女仆会过来顶替。爱兰歌娜在穿好衣服之前，实在不愿意说话，她不会在楼上待太久，同时我要向你介绍房子，它非常值得一看。”

确实如此，难怪杰弗里如此引以为豪，如此兴致勃勃。有一两次，他必须加快语速，才能赶上自己的脚步。

“我肯定很愚蠢，说得好像这是我祖先的财产一样。但是你知道吗，我渐渐有这种感觉。我向来对老房屋情有独钟，尽管听起来有些荒谬，可这个地方吸引了我。我感觉自己的根就在这儿，不过这当然不可能。”

他毫无戒备，可怜兮兮地眨眨蓝眼睛。这话从他那张迷人的嘴巴里说出来，总归有点儿风趣而忸怩的意味。艾奥尼只好微微一笑，同意这是一种荒谬的想法，但是这个地方确实能让你产生这种错觉。

杰弗里笑了。

“希望你不要介意我唠唠叨叨！这是一所庄园宅邸，是罗伯特·福尔克纳或者他的儿子小罗伯特所建——具体是哪位还有待商榷。这里有一些现代的东西，会客厅和爱兰歌娜的卧室建于十七世纪。但是除此之外，这完全是一所十四世纪的庄园，里面至少有七条楼梯，连通楼上楼下，起到防御的作用。地窖内有一口永远不会干枯的古井，以及一两间有用的土牢。所有窗户都修整过、扩大过。至于房产中介口中的现代设施，它这儿也有。事实上，我们能住在这里实属幸运。早在三十年代，一些有钱的美国人租住在这里。他们希望买下这所房子，但是年轻的福尔克纳不同意，尽管我相信他们给予了一个非常高昂的价格。其实，小福尔克纳和美国人都死于战争，后来那位寡妇独自回到了美国。在此之前，他们加装了一些高级管道，所以我们才有中央供暖系统和热水供应系统，这在大多数老房子，甚至不少现代新房子里，都是无法实现的。”

他继续滔滔不绝地介绍这所房子。

“谢天谢地，家具没有全部变老变旧。我应该保护那些十四世纪的椅子。其实，你不认为与时俱进挺好的吗？没有人愿意待在黑色年代，但是如果那是一个家族的起点，而且它有幸在这样一个地方存活数百年，我们就应该保存那个年代的物品，延续它们的风格，维持它们的样貌，直到每个时代都在上面留下印记。”他身上有股男孩般的热忱，非常迷人。

到目前为止，她既不喜欢也不讨厌杰弗里·特伦特，只是不太了解他。他只不过是爱兰歌娜在乡村派对上认识，并且三个月后以身相许的陌生人。至于他们见面的次数，艾奥尼五个手指能数完。双方家庭互相拜访后，他们就匆匆忙忙地结婚了。埃莉诺表姐的病情太严重，一个短暂的周末都没有邀请过他们，但是除此以外，他们拜访了爱兰歌娜的所有亲戚以及杰弗里的所有朋友！马里恩阿姨、海斯特阿姨、亨利叔叔以及奥利弗·韦恩表哥。除了玛格特·特伦特，杰弗里并没有很多亲戚。当然，他有许多朋友。可想而知，一位长相英俊、不缺钱花、让人想入非非的单身汉最不缺的就是朋友。宴会从未停止过，他们庆祝种族、庆祝这个、庆祝那个、庆祝一切值得一提的事情。婚礼之前，爱兰歌娜完全累垮了。但是两年过去了，她不应该看起来还是一副用光最后一点儿能量的样子。

此时，杰弗里正在向她介绍其中一个锁起来的楼梯——可怕、黑暗而险峻——她突然问道：

“爱兰歌娜怎么了？”

他突然中止了话语，似乎难以把注意力从中世纪的楼梯上抽离，于是惊讶地重复他妻子的名字：

“爱兰歌娜？”

艾奥尼原本可以跺跺脚，但是她抑制了这股冲动。她有太多冲动，总是需要好好抑制它们。冲动让生活丰富有趣，但是你一不留神就会陷入困境。她当然不想跟杰弗里吵架，不想没事挑事。于是，她真诚地看着他说：

“难道你不担心她吗？我想你应该担心的，因为她看起来糟糕透了。”

他皱皱眉头。

“她昨晚太累了。”

艾奥尼摇摇头。

“她看过医生吗？医生怎么说？”

“她看过两个医生，一个在这里，一个在城里。他们得出同样的结论——她没有病，只是不够健壮。”

她长长地舒了口气，原来他确实在照顾她。

“你认为她究竟怎么了？”

“不知道，但是我从没见过这样子的她——失去生活，失去兴趣。似乎看到我，她也开心不起来。”

他露出了可怜的笑容。

“真遗憾，恐怕这是我的错。我们闹了点儿小别扭，在你到来之前我们刚刚和好。现在不愉快都结束了，不必担心。但是爱兰歌娜就像一个小孩，如果她认为我苦恼，就高兴不起来。”

艾奥尼感觉自己说错了话，尽管语气非常友好而亲切，没给人带来不快。没想到，她企图用鼠丘堆起大山，从小事里面寻找大问题。她就是最后一位出场的喜剧演员，不会为人所记住。她就是企图在姻亲中找到一丝差错的来访者。她非常清楚应该说些什么话，而且效果往往不会太差，但愿她露出的笑容是友善的，于是她说道：

“我真不机智，应该搭乘晚班车过来，让你们有时间把问题解决好。但是，我又从何得知呢？”

他大笑起来。

“不必担心，我们的吵架从来不会持续太久。”

说话间，他锁上了狭窄黑暗的楼梯。

“我想还是锁上它吧，你觉得呢？它实在没有用，又跟另一条楼梯相隔这么近，任何人都可能走错道，或许还会重重摔一跤。你瞧瞧，这条楼梯就没那么陡峭。”

这条楼梯跟另一条类似，它大门紧锁，在两扇黑漆漆的围墙中间向下延伸。它当然没那么陡峭，或许——她并不能完全确定——这里的霉味不太严重。她突然意识到，尽管中世纪的房子值得参观，可她最不愿意做的事情就是住在里面。她随着杰弗里上楼下楼，穿过狭窄而令人迷惑的过道，不由得加深了这种印象。她非常希望住上一所现代化的大房子，里面拥有许多扇窗户，没有一处黑暗的角落。

“这里，”杰弗里说，“才是房子的精华所在。”他打开一扇门，这次出现在眼前的不再是可怕的封闭楼梯，而是一段石砌台阶，往下延伸直至一间小型的宴会厅。它只有二十英尺[①]长，却有两层

① 1英尺=0.3048米

楼那么高，上有一个漂亮的穹顶。石墙上有窗户，木板盖住了它。

门刚打开，艾奥尼就吓了一跳。这就如同站在悬崖边上往下看，这个地方布满了阴影。

杰弗里把手伸向开关，打开所有的灯。每面墙上有十盏灯，木板墙的铁制烛台上装有蜡烛。右边这扇墙的中部，红色、蓝色、金色的福尔克纳家族皇冠和盾徽在他们的头顶闪烁。颜色鲜艳亮丽，却没有过分耀眼。杰弗里正在向她介绍，前人如何小心翼翼地修复这些宝物。

“那位美国人懂很多东西。他不在乎有多么麻烦，不在乎花多少金钱。他一直在强调，必须把一切做到最好。”

石砌台阶没有扶手，艾奥尼小心翼翼地走下来。直到楼梯底部，她才说：

“你怎么知道那位美国人的故事？”

他笑了笑。

“这没什么可神秘的——福尔克纳小姐告诉了我。也就是那位最后的幸存者，我想从她手里买走这所房子，她就住在村里的一座农舍里。从这个地方搬去那个地方，简直让人大跌眼镜，可怜的老女人啊！不过，她说自己更喜欢这样。”

艾奥尼对福尔克纳小姐产生了一丝好感。与其住在中世纪，一年到头无以为生，还不如搬到村中小屋，更加舒适自在。至少在厨房的地板底下，不会出现一个刑拘室。因为她决心不慌不忙地应对杰弗里，所以把这些想法全藏在心里，欣赏着“原封不动”的老壁炉、由大量石板铺成的地板，以及带有十二把大椅子的长餐桌。杰弗里告诉她，早在英国都铎王朝时期，它们就已经存在了。

“趁你在这里，我们必须举办一场晚宴，让你见证它的光辉。角落里有个上菜口，所以食物到这里时还能热气腾腾。除非尽头的大门打开，否则从一楼通向这里的台阶是唯一的出入口。只有在继承人结婚或者去世的宴请上，那扇门才会打开，这是一大传统。我告诉过你，最后一位可怜的小伙子死在法国、埋在法国。但是，福尔克纳小姐秉持老传统，在乡村教堂为他举行追悼会，然后打开大门，村里人涌进来吃白面包，喝麦芽酒。正如庄园主去世时，他们也会这么做。”

艾奥尼感觉毛骨悚然。这个地方像古井一样冰冷，而房屋的其他地方却很温暖。

“中央暖气系统没有通到这里吧？”

“恐怕没有，福尔克纳小姐拒绝任何人碰这个地方。不得不说，她是正确的。这是典型的十四世纪宴会小厅，用手指碰一碰都是一种亵渎。当我们举行宴会时，就会在巨大的石灶台旁边堆起古老的圣诞柴。趁你还在，我们必须邀请一些人过来。如果你感到寒冷，咱们就回去吧。沿着石阶上去，顺着另一条楼梯下去，我们能看一看地窖。”

这里的地窖确实还不错。美国人把它刷白，这是常识战胜历史的一大胜利。热水系统的暖炉就在正中间，这里既不寒冷也不潮湿。大门敞开，温暖的空气在此循环。此外，这里还有许多盏明亮的电灯。

他们走向地窖末尾，随着最后一个拱门的打开，快活的心情突然消失。这扇门非常古老、非常厚重。除了一把不祥的锁头以外，生锈的钉子上悬挂着两条插销，为的是确保门内的安全。杰弗里抬起其中一条插销，向艾奥尼展示如何将其放进另一侧的凹槽当中。大门转开，寒冷而潮湿的气息冲破黑暗，迎面扑来，令人畏惧。“咔嗒”，下方灯光亮起，在磨损的石阶上投下奇怪的影子。想必这是一个非常古老，或者使用过头的地方。

艾奥尼不情不愿地走下来。如果没有下定决心，无论发生什么事情，都表现得机智老练，她宁愿放弃美国人那个温暖的白地窖，也不愿意与杰弗里在杰利科或者地下城见面。如果不是为了爱兰歌娜，她就会踩在石板路上，坚决地说“不”。不过，她还是走了下去，这是她所去过的最恐怖的地方。石头铺成的墙壁和地板正在冒冷汗，留下黏糊糊的痕迹。这里有空气流通，但是既沉重又不健康。沿着石阶继续往下走，打开两扇门，他们来到杰弗里口中的监狱和酷刑室。没想到他竟然如此兴奋，如此活跃！当他提出要带她进入这些令人作呕的房间时，她放弃了坚持，温暖地告诉他，他说什么她都信，但她哪个房间都不进。这话听起来像开玩笑，却没有给杰弗里带来伤害。不管怎样，她同意跟他去看看那口井。

然而，她又希望自己没有同意。

古井在遥远的另一端，井口由一个沉重的橡树盖子封住。杰弗里挪开它，竟然不见任何栏杆，也不见任何防护措施，这完全就是一个黑洞，径直通向隐藏在深处的泉水。

杰弗里正在告诉她，这口井有多深。

“古井深一百八十英尺，从不干涸。这就是罗伯特·福尔克纳在此建房的原因。在过去的日子里，没人知道自己是否会被困住，如果在领地里没有一口永不干枯的泉水，那么你就不能坚持到底。这里——听！”

他从口袋里搜出一个硬币，身子前倾，在井口中部扔了下去。过了漫长而令人眩晕的一段时间，艾奥尼才听到了它接触水面发出的微微声响。这回，她坚定地说：

“真恐怖！杰弗里，抱歉，我不能在井边或者地窖待下去了。我从来不喜欢地下，你还让这一切在我面前活了起来。如果你不想我大喊救命的话……”

“即便你大喊，也没人能听得见，我亲爱的妹妹。”他说道。但是他笑了，看起来挺欢乐，所以她并没有说错话。不管有没有，这个可怕的地方，她再也无法多待五分钟。

爬上半截石阶，她回头看着杰弗里把沉重的橡木盖子推回去。然后，她总算能安下心来，不用再去想那口古井和它那张气喘吁吁的黑色大嘴巴。

杰弗里站起来，拿出一张手帕擦拭双手，然后追随艾奥尼而来，脸上依然挂满笑容。

第八章
海绵恶作剧

扫码听本章节
英文原版朗读音频

“你认为我是一位称职的导游吗？”

“那当然，你让我怀疑自己是否回到了十四世纪。”

“你不喜欢那个时代吗？”

他的语调轻浮而戏谑。对此，她回答说：

“一点儿也不。”

他们走到日光底下，她大喊：

“哎呀，我手上有些脏兮兮的泥巴，我必须洗掉！”

他举起自己的手，简直无法入目。

“我本应提醒你，不要碰任何东西的。好吧，我要去洗洗手，然后看看爱兰歌娜穿好衣服了没。这个时候，她应该已经下楼了。”

洗完澡，艾奥尼心怀感激，今早的水跟昨晚的一样热乎。她回到自己的房间，一切都整理得井井有条。但是，令她不安而惊讶的是，房间还有另一人！玛格特·特伦特站在门内，盯着地毯上湿漉漉的斑块，朝着艾奥尼咯咯直笑。

“海绵砸到你头上了吗？”

“没错。”

“很大块海绵，对吧？瞧瞧这地毯上的印记，多么像一块血渍！如果有人认为这是真的血渍，那就可笑了！如果我在海绵里面倒上红墨水，效果会更好，是吧？噢，真遗憾啊——看不到那种效果！”

“这样会损坏地毯的，更不要提我那时候穿的衣物。不过，我想也不要紧。”

显然，言语讽刺对玛格特毫无作用。她瞪着艾奥尼看，这双明亮的蓝眼睛像极了杰弗里·特伦特的眼睛。

“噢，如果他们不想操心，我倒是能够送给他们一条新地毯，因为我有很多钱。”

“是吗？”

“那当然！只要我想，我能够买上一百条地毯，不过杰弗里可能不会让我这么做。在我二十一岁前，我的全部钱都由他保管。他却处处限制我！他完全清楚，我已经下定决心要买一部赛车！但是年满十七岁才能考驾照，这真是一条愚蠢的破规定。不过，我很快就十七岁了，我全都计划好了。杰弗里说，他不允许我拿自己的钱来买车！那么，弄坏一两条地毯又算得了什么？”

一想到玛格特开赛车，艾奥尼就不寒而栗。她说道：

“如果你出事了，他们可能会撤销你的驾照，好几年不让你开车。你肯定不想这样吧。”

“没错，我肯定不能这么想，对吧？”

这真是个开放而坦率的孩子，前一会儿的生气和皱眉已经消失，她的脸上堆满了笑容。

“可是现在，他总不能不让我找点儿乐子玩，对吧？”

“所以你会继续损坏地毯咯？”

她精力充沛地摇摇头。

“噢，不——这样太愚蠢了，我要想想其他办法。其实……”她笑着摇摇头，“不——不——我不会告诉你的，我不会告诉任何人，因为人们总是无法保守秘密。这个计划太完美了，我不允许任何人破坏它！”她开始无节制地笑起来，“你就——等着——瞧！”她喘了口气，似乎呛着了，发疯似的往嘴里塞了一条不太干净的手帕，跑出房间，差点儿撞上杰奎琳·德洛尼。她一路狂跑，一路大笑。

德洛尼小姐犹豫片刻，敲开了半掩的房门。

“穆尔小姐，我可以进来吗？真希望玛格特没有恶作剧，. 昨晚她给你设了一个陷阱对吧？”

“我还掉进了这个陷阱！幸好我戴了浴帽，穿了浴袍，所以脏的只有地毯。但是玛格特刚才还在懊恼，说早知道就往海绵里面灌上红墨水，现在已经太迟了。”

德洛尼小姐微微焦急起来。

“穆尔小姐，我要道歉。你洗澡时，我以为她已经躺在床上睡着了。其实，我们已经尽力在破坏她那些恶作剧了，不过她内心并没有恶意。她是一位脾气很好的女孩子。只不过，她认为这种事很好笑。这就是她对于搞笑的概念，她就是不明白为什么其他人觉得不好笑。”

艾奥尼坐在床边。

“当然她想要玩儿，每个女孩都这样。她身体健康，充满活力，为什么杰弗里不送她去学校？她需要健身、游戏和跳舞。比起批评管教来说，一周几次冰球或曲棍球更能让她消停下来。”

杰奎琳·德洛尼似乎受到了冒犯。

“从来没人批评过玛格特，她捣乱总是有她的理由。”

“捣乱还有堂而皇之的理由吗？我可不这么想。虽然这不关我的事，但是它影响了爱兰歌娜——她的身子这么瘦弱，不适合接受粗鲁的恶作剧。回到我刚才的问题上——为什么杰弗里不送她去上学？”

杰奎琳·德洛尼看向窗外，背对艾奥尼，冷冰冰地说：

“学校不肯收她。”

第九章
夫人之祸

扫码听本章节
英文原版朗读音频

杰弗里·特伦特吹着口哨，走下过道。

“你准备好了吗？爱兰歌娜刚刚下楼，客厅里生了火堆。希望你不会感觉太暖和，但是你姐姐却非常怕冷。”

爱兰歌娜就像其他乡村姑娘，整日在房子内进进出出，丝毫察觉不到外面温度的变化。艾奥尼不禁产生这种想法，此时她正跟随杰弗里进入会客厅。冬日阳光在屋内蔓延，一堆木材在灶台上闷烧。

乍看之下，艾奥尼谴责自己杞人忧天。爱兰歌娜脸颊红润，双眼明亮。她跑来亲吻艾奥尼，握住她的手，带她坐在炉火旁边的大沙发上聊天。

“你睡得好吗？我实在累坏了，不然我会来看你的。一到晚上，我就周身疲倦。并不经常，只是偶尔。只要上床睡一觉就能好。这里的床非常旧，但是曾经住在这里的美国人买了许多柔软的弹簧床垫。话又说回来，即便采用福尔克纳小姐口中的上乘鹅毛来填充，你也不能期待床垫能用上几百年。杰弗里有没有向你介绍过她？杰弗里想要买下这座房子，但是福尔克纳小姐下不了决心，桑德森先生也是——我不懂究竟是为何。任何人都可以想象，用的不全是我自己的钱。桑德森先生到处制造难题，可真是一种侮辱——仿佛我是一个大傻瓜，而杰弗里完全不值得信赖、完全不懂得顾及我的利益似的！”趁她浅浅地吸了口气，艾奥尼说道：

“律师就是这样，他们无意侮辱你，这就是他们处事的方式。”

爱兰歌娜又停下来了，昨天那个沉默而忧郁的女孩回到了她身上。艾奥尼开始松了口气，但却陷入更加痛苦的焦虑当中。她那张瘦弱的脸过于鲜艳，那说话的速度太不自然。她那眼睛左看看，右看看，既不休息，也不看艾奥尼。

突然，她们眼神交汇，看似偶然，过于短暂，艾奥尼仅仅知道内心咯噔了一下。无暇多想，她闭上眼睛，转开脑袋。尽管非常不情愿，她却慢慢意识到了，爱兰歌娜的眼睛过分明亮，里面的瞳孔却实在太小、太小、太小。

爱兰歌娜继续飞快地讲话。令艾奥尼心存感激的一点是，自己不用说什么话，更别提此时的自己思绪多混乱。沙发背后有扇窗，光线穿透进来，然后又溜了出去。灶台里的木材烧得不太旺，爱兰歌娜就在火炉栏之外坐着。其实就这种环境看来，她的瞳孔没理由收缩成这么小。可是，这背后却有着异常可怕的原因。艾奥尼内心有股冲动，不管事后怎么说，不能因为你唯一的亲姐姐结婚了，而且你在过去两年大部分的时光里都没有见过她，就装出一副世故的模样，况且你刚刚着实吓了一跳。冲动控制了她的身心，她身子前倾，抓住爱兰歌娜的双手，激动地问道：

“爱丽，你在嗑什么？”

爱兰歌娜双手冰冷，无力挣脱艾奥尼有力而温暖的一握。她的眼睫毛上下摆动，掩盖了泄密的眼睛。当艾奥尼更加坚定地重复这个问题时，爱兰歌娜转开脑袋表示抗议。

“嗑？”

“没错，这就是我的问题。”

“我不知道你是什么意思。艾尔，你弄疼我了！”

“不，我没有！我问：‘你在嗑什么？’你必须告诉我！昨晚我来到这里时，你就像一条死鱼。现在你又像在发烧，瞳孔几乎小到看不见。只有吗啡能产生这种作用，你为什么要嗑吗啡？”

爱兰歌娜把头发往后一甩，发出银铃般的笑声。

“艾尔，你太好笑了！这是我的药啊！我去伦敦看了医生，他说我需要吃药。吃完吗啡，我感觉棒极了。但是，杰弗里不喜欢我这么做。这就是昨晚我看起来如此疲倦的原因——他把药瓶拿走，锁起来了。我们刚吵完架，我当然会失落，我就是见不得杰弗里生气。除了在我吃药这件事情上，他极少生气。我认为他非常无理，难道你不赞同吗？因为我吃完药以后感觉非常舒服，难道他不应该开心吗，你认为呢？”

她瞪大过分明亮的眼睛看着艾奥尼，而这全是虹膜的效果。

“你的医生叫什么，爱丽？”

“这里的医生，还是伦敦的医生？”

“两地的。”

“这里的是维奇科特医生。他虽然年龄大，但是非常亲切。伦敦的医生——我忘了他的名字。杰弗里希望我去他那里看病，但是维奇科特医生治好了我。我只见过他一次，早就把他的名字抛到脑后了，但是他给了我这些疗效显著的药物。他说，我的身体没问题，任何人都不必担心，维奇科特医生也这么说。现在你可以放开我的手了吗，艾尔？”

艾奥尼松手，可是她并不满意——没人会满意这个肤浅而空洞的故事。她只好告诉杰弗里，跟他摊牌。爱兰歌娜明显在嗑药！不管是爱丽自己的否认，还是其他人的否认，艾奥尼都不会动摇这个想法。如果杰弗里没有一个好解释，她就准备告诉全家人。她不明白的是，为什么他会让她沦落至此，他明明知道爱兰歌娜的状况容不得半点儿忽视。她的造访经常受到推迟，理由一个接一个。突然间，他们不但邀请她，还积极簇拥她过来。难道他们就认为她是个傻瓜，不会根据事实来推理真相？还是说，事情发展得太快，杰弗里不在意她是否猜到了背后的原因？

爱兰歌娜继续滔滔不绝，从药物讲到了房子。

“它确实老得可怕，不是吗？我想这些老房子都有他们的故事。杰弗里说，这些都是无稽之谈——但是——我不知道——”她的声音开始拖拉起来。她扭头看向后方，然后回头，身子前倾，小声地说，“你知道村里的人怎么称呼这座房子吗？十八世纪的福尔克纳人建造了这个地方，后来它在闪电战中被烧毁，成了遗孀之家。那时候，他们就把它的名字从‘庄园宅邸’改成了‘夫人之家’。不过，村里人可不是这么称呼它。以前不是，以后也不会这么叫它。这都是弗洛丽告诉我的，她是白天的女仆，非常八卦。原来她不想告诉我，但是我套出了她的话。跟福尔克纳家族一样，她的先祖世代生活在布里克，所以她十分清楚。几百年前，这个大地方还没有建起来的时候，庄园宅邸就有了另一个秘密的名字，你知道是什么吗？”她把双唇凑近艾奥尼的耳朵，把声音降到最低。“他们称呼它为‘夫人之祸’。”

艾奥尼惊呆了。

“为什么？”

“噢，我也不知道，不过背后有个老故事。”她甩甩头发，再次发出银铃般的笑声，“很愚蠢吧？这种事情不可能是真的。”

“哪种事情？如果你不告诉我，我就去问杰弗里。”

一阵短暂的恐慌从她那张瘦小而尖锐的脸庞飞过。爱兰歌娜伸出双手，紧紧握住她。

“不——不——你不可以！我会告诉你，但这都是无稽之谈，你不可以多想，也不可以多说——尤其是对杰弗里，因为这会让他非常生气。我本来一个字都不该说，但是有时它会吓到我。噢，艾尔，真的非常可怕！”她再次凑前来，低声地说，“他们说——这里的女主人——会失去——全世界——她最在乎的那样东西。”

最后的几个字说得尤为匆忙。就在这时，杰弗里·特伦特走进客厅，她们没有听到开门声。如果门没有上锁，她们小声说的话会不会传到他耳里？艾奥尼认为不可能。那么，对于这种可怕的窃窃私语，他又能看出多少东西来？爱兰歌娜迅速靠回沙发一角，惊喜地呼唤他的名字。说来也奇怪，这留给了艾奥尼最差劲的印象。两年前的艾奥尼不可能像这样转变自己。她根本不需要这么做，不论面对的是这件事还是其他事。她简单、坦率、真诚、热心，而且容易受到伤害。现在的她明显变了一个人。

杰弗里明亮的蓝眼睛扫视了两姐妹，然后停留在他妻子身上。爱兰歌娜脸红了，她笑着说：

"我正在给艾奥尼讲述房子的故事呢，但我确实不应该这么做——我也这么告诉她，因为你讲得比我好多了。"

他哈哈大笑，站在炉火前面。

"想必我已经耗尽了她的耐心，但是，"他的那副热心肠又回来了，"这里确实挺有趣，不是吗？"

艾奥尼微笑着点点头。

"似乎有一位导游带我畅游了十四世纪。"

"你不喜欢吗？"

"我不喜欢地下的部分。但是我又特别喜欢这里的地窖，所以如果我半夜大喊，你就知道是什么原因了。"

之前，爱兰歌娜在焦躁不安地拉扯双手。这会儿，她终于停下来了，然后对他们说：

"你大喊也没人听得见，因为墙壁太厚了。"

如果对话就此中断，那带给人的只有恐惧。但是杰弗里说话了，他显得如此快活而热心。

“我不建议继续参观房屋内部了，不知道你想不想出去走走。这个时节，花园里空无一物，但是你可以看见土地的布局。这里有一座漂亮的岩石公园，以前是一座采石场。美国人花了上百美元，造就了非凡之景。难道你不想去看看吗？如果你来，或许爱兰歌娜也会来。她出去的时间不够长，维奇科特医生说，她应该大量呼吸新鲜空气。”

“可是外面太冷啦。”这话语、这音调，听起来就像一个焦躁的孩子。她缩回自己的角落，仿佛有股力量在竭尽全力地驱赶她。

“回来以后你会暖和很多，亲爱的。”

爱兰歌娜摇摇头，轻飘飘而金灿灿的头发飞成一团。

“不——不——我只会越来越冷，直到体内的最后一丝温暖消失！”她的眼神充满哀求，她的双手又开始互相拉扯。

艾奥尼起身。

“好好好，亲爱的姐姐，我们这次不带你出去——杰弗里，好吗？我去穿外套。”

第十章
采石场惊魂

扫码听本章节
英文原版朗读音频

穿过狭窄的石街，他们从尽头那扇门走出去，进入一个小小的封闭庭院。它的三面都被房子包围，第四扇墙的中部有个拱门。大门敞开，可以瞥见一丝绿色。首先映入眼帘的是一片石坎梯田，盆子里整齐地栽种着各种树木。然后是另外三块梯田，两块种满青草，一块布满石头。三色紫罗兰和堇菜之上，用玫瑰花床来装饰。如果是夏天，这片景色一定很动人。即便现在，三色紫罗兰也在开花，花蕾泛紫，甚至能偶遇几朵枯萎的花朵。沿着草坪缓缓往下走，一棵雪松出现在眼前。旁边还有一棵大型的无叶树，杰弗里告诉她，这是紫叶山毛榉。

她下定决心，在他滔滔不绝地介绍完这个地方以前，绝口不提内心沉重的负担。这座花园真漂亮，即便冬天的它瘦骨嶙峋，还是令人赏心悦目。走过草坪，出现一排树木。春天一到，林间空地就会长满风信子和迎春花。从林地穿出来，开阔的地面开始抬升。

“美国人把钱花在了这里，”杰弗里·特伦特说，“我说上百，但肯定至少有好几千。这个老石场的底部有一口荒废的池塘，附近居民总是把锡罐头和死猫扔进去。他请来了村里最厉害的园艺匠，瞧瞧这功夫，可不一般。这里地势平缓，石阶浅浅，错落有致，高山隐约浮现。那些小小的杜鹃花绝对是春天的调色板。池塘成了迷人的百合花池。垂柳飞扬，好不热闹。但是，真正的特色当数采石场的陡壁。它朝南出露，当万物快速生长，它就成了英格兰最优美的风景。南庭荠的颜色深浅不一，从浅紫色到深红色，就像是一张床单。藤蔓白白紫紫，就像是几片窗帘。还有各式各样的小花丛，它们拥有了扎根在此的理由。我们如此痴迷这个地方，想必你再也不会感到惊讶了吧？唯一的烦恼就是，我的资产处在低价位，如果卖掉就太傻了，因为它一定能恢复高位。除非我们能够说服你们那倔强的受托人，允许爱兰歌娜动用她的一些财产，否则就没办法了。如果我下定决心这么做，就会不断劝说他们，直到他们听到耳朵长茧。因为我很擅长劝说他人，直到获得我想要的东西为止。其实，我的话最终还是有点儿作用，因为桑德森先生明天就派人过来评估这个地方。”

至于爱兰歌娜的钱应不应该用来买夫人之家，艾奥尼可不想卷入这种讨论当中。她早就有了明确的想法，不过她现在还在杰弗里家做客，她最好还是把嘴巴闭紧一点儿。

采石场令她震撼！甚至冬眠的它都如此美丽，更不用提春天和夏天了。蔷薇色的薄雾里，杏花儿绽放。金黄色的云朵里，金缕梅芳香。冬玫瑰和鸢尾花争奇斗艳，黄茉莉和石楠属冬日开花。她全神贯注地看向杰弗里，然后说道：

“多么不可思议的地方！”

他因为兴奋而脸红起来。

“确实！希望你不会觉得无聊。杰奎琳说，我的话太多了，经常不知道什么时候住嘴。所以，如果你觉得听够了，坦白告诉我就好。”

这话听起来就像玛格特的老师。她问道：

“你认识德洛尼小姐很长时间了吗？”

“噢，不算太长，我非常感激她。玛格特是个大难题，她管教得很好。”

艾奥尼不想跟杰弗里·特伦特谈论玛格特。她微微做了一个手势，似乎推开了所有关于她的话题，然后说道：

“杰弗里，我想跟你谈谈爱兰歌娜。她在嗑什么？”

他脸色突变，笑容消失，径直朝她看去。

“你怎么会问我这种问题？”

“因为我看见了昨晚的爱兰歌娜，也看见了早上的她。我不是傻瓜，她明显受到了一种麻醉药的影响——吗啡。此外，她也向我介绍了这种神奇的药物。”

“我明白了。她有没有说，药是我给她的？”

“那倒没有。她说是伦敦医生给她的，但是你一直不让她吃。”

他转过脸，走开几步，然后回头草率地说：

“如果你了解瘾君子，你肯定知道他们都有一个共同点——说谎。”

他看见，她突然脸红了。

“你的意思是，在服药这件事情上，她没有说实话？”

“当然没有！我带她去看的是布朗克医生。”他提到了一个举世闻名的名字，“他希望她进入疗养院。她拒绝了，一直拒绝。每次谈到这个话题，她都哭得筋疲力尽。坦白说，我真的拿她没办法。”

“她提到的药呢？”

他甩甩手。

“那是维奇科特医生给她开的一种无害的补药。”

“那么，吗啡是从哪里来的？”

“如果知道，我们就会出手阻止了，但是我一点儿线索也没有。她肯定藏起来了。你知道吗，我可不认为她有多少存货。但是恐怕每次进城，她都进了一批。我跟她一块儿进城，一起吃午饭。但是我不敢闯进她和桑德森的会面。我不想他认为，是我在强迫她做决定，不管是房子还是其他事情。所以，我就把她放在他办公室门口。她说一结束就打的去俱乐部，跟我喝茶。她到得非常晚，而且心情异常兴奋。我心里一沉，完了！她发誓自己没有嗑药，还打开包包，让我摸她的口袋，真是可悲……”他突然中断，把手搭在她的肩膀上，“艾奥尼，你真的毫不知情吗？在她结婚之前，就没有发生什么事情，引起你的怀疑吗？”

她惊讶地尖叫起来：

“结婚之前？”

他相当痛苦地说：

“我们结婚不到一周，我就发现了，爱兰歌娜在嗑药。”

这简直太震惊了！她听见自己在呐喊：“不——不！”即便如此，她的内心依然在抗争，就在婚礼前那几个忙忙碌碌的星期里，她几乎没见上爱兰歌娜几面。她歇斯底里地说：

“我不知道——我不相信——”

“你认为我想这样吗？我带她去看了一位非常厉害的法国医生，他告诉我该怎么做。他说，她药瘾还不久，问题不大。我以为我们已经治好了她，但是六个月以后，她的药瘾又发作了，见鬼！”

艾奥尼竭力稳定自己的情绪。

“她没告诉你，吗啡是打哪儿来的吗？你就不能套套她的话吗？”

他冷酷地说：

“我得到的只是一连串的谎言。如果你确实一无所知，我想有可能是在一次家庭聚会上，有个人诱惑了她吸食吗啡。当晚有些人相当疯狂，但我就是猜不出来，谁能干这种缺德事。爱兰歌娜失魂落魄。女孩子一嗑药就是这副模样——轻飘飘地度过痛苦时刻，美滋滋地飞上七彩云端。”

在他说话的时候，采石场顶部响亮地传来一声“喂喂”，玛格特·特伦特身子前倾，朝他们招招手。当他们往上看时，她喊道：

“看我的！”然后顺着梯田边缘跑下来，展开双臂保持平衡。杰弗里喊道：“回去！”她张口大笑，消失在一棵挺拔的针叶树后面，树根大约有四英尺深。突然一声撞击，而后传来最为可怕的尖叫声。

“噢，天啊！”突然醒悟的杰弗里跑了起来。艾奥尼紧随其后，内心怦怦直跳，就快要喘不过气来了。

岩石公园可不是盲目乱跑的好地方。这里的石阶上上下下，还有意想不到的水塘、突然出现的急下坡。路上的巨石掩饰了意料之外的转弯。往回看，她不明白自己为什么没有摔倒滚下来。杰弗里至少认识路，才能跑这么快，不过她却在采石场的墙脚下赶上了他。

这里空无一物。

站在那儿，他扫视着视野范围内的矮树丛和小植物，它们不可能造成多大的伤害。慢慢地，艾奥尼跟随他的视线往上看。或许在这些不规则的石壁上，挂住一具撕裂而破碎的肉体。视线上移四分之三，依然一无所获。针叶树的下半圈映入眼帘，这里距离树顶不过四英尺。蓝绿色的树桩美丽而有形，直指苍穹。从它的背后飘来一阵狂风，传来一阵狂笑。

艾奥尼往后退。她必须走出悬崖底部，才能看得清楚。只见玛格特抱住树干，脸颊通红，双眼泪流。她故意屈身，笑得上气不接下气。艾奥尼几乎听不清杰弗里的呐喊：“不要动！”

但是，这仅仅激起了她的再次爆发。

“你们完全上当了吧？你们是不是以为我会死得很惨？”她斜靠在树上，甩干眼泪，“我推下去的只不过是一袋石头！就落在红浆果后面！被我的尖叫声吓坏了吧！我全都计划好了，因为腰间系了一根绳子，绑在树上，所以我想掉也掉不下去！好吧，好吧，我这就上来！瞧我的！”

她一路颠簸，爬回悬崖顶部，这动作可真算不上优雅。她的裤子背带磨破了，长筒袜脱落了，露出粗壮的粉色大腿，上面布满了刮痕。她笑呵呵地站着解下腰间的绳子，气得杰弗里大步跑回屋内。

第十一章 吉姆到来

扫码听本章节
英文原版朗读音频

“噢，不，我们从不批评她。”杰奎琳·德洛尼说道。听起来就像是一个文明社会的人在对一个野蛮部落的人说话。

艾奥尼的反应非常简单，她内心狂怒地问道：

“为什么？”

德洛尼小姐的优越感越发强烈。

“因为没有用。”

“你试过吗？”

“噢，没有，任何严厉的呵斥只会让事情更加糟糕。”

“我想你倒要看看，一顿严厉的批评能产生多大的效果。我同意，她本意并不坏，但是应该有人令她意识到这种事情不是闹着玩的。长这么大，我从没受过这种惊吓，我想杰弗里也没有。

我们没事儿，可以承受。但是，如果爱兰歌娜也在那里怎么办？你来告诉我，她适合接受这种惊吓吗，或者说她应该住在这样的房子里，有人随时准备吓唬她吗？玛格特或许不会再做这种事，但是你或者杰弗里能不能保证，她下次不会做这么糟糕，或者更加危险的事情？那根绳子可能滑落或断掉，是不是？我感觉这件事非常严重。”

杰奎琳·德洛尼的语气依然平静。

“穆尔小姐，我理解你，我和你感同身受，但是你必须知道，这件事由不得我做主。如果你愿意跟特伦特先生提起这件事，我相信他会向你保证，我们都会尽力教好玛格特。这场不幸的遭遇自然会令你难过，特伦特先生也不例外，我想最好还是过几天再跟他说说这件事。”

艾奥尼意识到，她摆错了姿态。杰奎琳·德洛尼宽容、亲切、为他人着想。作为访客的艾奥尼·穆尔破坏了这家的和谐。这种情形真让人气愤，她必须尽快走出来。于是，她亲切而宽容地摆出一张笑脸。

“可怜的杰弗里，他脖子上肯定绑了千斤石头，几乎快要窒息，难道不是吗？”

夜幕降临，爱兰歌娜沦落为昨天那个脸色苍白的小鬼。玛格特表现不错，她换上了一件剪裁入时的深蓝色丝绒连衣裙，头发梳得锃亮，双手和指甲洗得毫无污点。她时不时咯咯笑，仿佛脑子在盘算愉快的事情。总的来说，她更加克制自己了。艾奥尼不禁好奇，气汹汹的杰弗里有没有好好教训她一顿，这是她罪有应得。

这时候的他心情好多了，一跃成了快活而有魅力的主人，侃侃而谈，又不会自说自话。他到过一些不同寻常的地方，他天生擅长讲述，可以让故事听起来栩栩如生。

爱兰歌娜蜷缩在沙发一角，任由对话在空中飘浮。如果杰弗里想她加入对话，期待她给出一声回答也并非难事。然而，这却让艾奥尼痛苦不已。百无聊赖的姐姐冷血而沉默，她吓坏了，这是从未有过的事情，尽管杰奎琳·德洛尼和杰弗里·特伦特早就视而不见，甚至习以为常了。越是这么想，她就越觉得杰弗里说得有道理。这个夜晚，她也不再神经紧绷。

第二天上午十点半，艾奥尼打算到村里走走。杰弗里很抱歉不能同行。

“我想跟你去，不过我还在等一个看房的小伙子。教堂总是开着门，你能在杂货店买到图画明信片。”他笑了笑，“这真是很有趣！”

她在大门外没走多远，就看见街尾停了那辆从乌雷顿过来的的士。她饶有兴致地盯着看，好奇这位专家会如何评论夫人之家。的士停在几码[①]之外，吉姆·塞文跳了出来。艾奥尼惊讶地发现，见到他的自己竟然如此高兴。吓死了，这一切都在意料之外！是吗？

他握住她的手，忘记了松开。

“艾奥尼，你是过来接我的吗？多好啊！”

“恐怕不是。刚才我看到你吓了一大跳，因为我丝毫不知道

① 1码=0.9144米

过来的是你。”

“你的姐夫没有收到我的来信吗？”

她笑了笑。

“如果你就是他口中的‘来看房的小伙子’，那么他倒是提起了你。不过仅此而已，他没有提到你的名字。”

“我们公司接到了这份差事，我想还是自己过来为妙。不管怎么说，这是一个很有趣的地方。况且你还告诉过我，你会来这里看望你姐姐。”

就在这时，她才注意到周围人正在奇怪地盯着他们看，包括一位结实的女人，头发白花花而乱糟糟；一位老男人，牙齿间咬着一根陶土管；一个笨拙的男孩，扶着村舍围墙骑单车；当然还有那位出租车司机。吉姆·塞文依然抓住她的手不放，的士的计时器嘀嗒作响。她脸颊通红，抽出双手说道：

“你还是把车钱付上吧。你刚到这里，我来为你指路吧。”

吉姆·塞文从的士后面走开，多付了司机车钱，饶有兴致地看着这些观者，如今多了一位戴着尖兜帽的女人和一位吮吸拇指的小女孩。

他走进夫人之家的大门。

“你的姐夫似乎非常想得到这个地方。你知道吗，我们在一九三三年以前，就看过这个地方。那时，有个美国人想要买下它，但是主人不肯卖——也实在不能卖，因为继承人未成年。但是那位监护人，也就是福尔克纳小姐，给了他七年租期。其间美国人可以更新改造房屋，包括热水系统和类似的东西。我的约翰叔叔曾经亲自过来，他把那些笔记和改造计划全告诉了我。他非常着急，不愿意看到这个地方失去以往的风格。在这种老房子安装现代热水系统可不是开玩笑的，但是我想他的工作完成得非常出色。”

“这里真的有热水！”

他们开始走起来，距离太短，还没走过瘾就到了前门。

艾奥尼走向村庄，买了一些图画明信片。

回来以后，她发现杰弗里·特伦特心情大好。能够找到一位专家来分享他对于夫人之家的热情，能与如此亲切的吉姆·塞文来尽情讨论这个房子的里里外外，他明显陶醉其中。当他发现老塞文先生和这座房子的交集，以及眼前这位年轻人是艾奥尼的朋友后，他说什么也不让吉姆离开，一定要他留下来过周末。

“仅仅一两个小时，完全不可能了解这个地方。你一定要跟它同呼吸共命运，完全沉浸在此，才能提笔写报告。”

吉姆·塞文没有异议。其实，早在乌雷顿车站酒店时，他就已经想好了，如果没有其他更好的安排，他打算在这里度过周末。他可以带艾奥尼出去吃午饭，瞧瞧他们是否还深深为彼此所吸引。回首第一次见面的场景，真令人浮想联翩。他发现，自己一直在挂念着她，所以想检验一下自己的真心。有时候，这些好奇的第一感觉久久萦绕在他心头，有时候又没有。从他上次为一个女人意乱情迷以来，已经整整过去了十年，他想知道自己在想什么。一见钟情确实也存在，当然还有一听钟情。如果在大雾中，他没能看清她的脸，那么日后不论在哪儿，只要她开口说话，他就能认出她来。

第十二章
侦探之家

扫码听本章节
英文原版朗读音频

莫德·希娃小姐抬起头，从手牌看向艾玛·米朵领进来的客户。眼前这人又矮又胖，穿着最粗糙的花呢大衣和粗革皮鞋，戴着最土气的乡村帽子。希娃小姐感到有些好奇，重复着刚才的名字，“约瑟法·鲍登小姐？”

她亲切地抓住她那自由的手掌，紧紧拧住不放开。

“你好！你不知道，听到你正确地念出我的名字，我着实松了一口气。你可不知道，咕哝咕哝叫我‘约瑟夫’的人有多少，想想就令人气愤！当然，我的名字听起来像‘约瑟儿法’，你可无法想象，听见你正确喊出我名字时，我有多么开心！”

她坐在写字台旁边的椅子上，这是为她而准备的。摘下厚厚的皮革手套，她问道：

“你是莫德·希娃小姐吗？”

希娃小姐点点头。

鲍登小姐盯着她看。这双敏锐的灰色眼睛的上方，卷着眼睫毛。她那头灰色的头发呈波浪状，明显这是自然形成的。再看一眼就不难发现，即便她能打扮，也不会在乎自己的长相。即便周游全球，历经风吹雨打，她依然维持了姣好的面容，身体健康而脸色红润，这可真是难得的幸运。她看着希娃小姐的脸蛋说道：

“我过来是因为——该怎么说，我也不想拐弯抹角了——有一件很棘手的事情。”

许多人在这个房间、在希娃小姐面前诉说过棘手之事——分享疑惑、倾诉困扰，或是可怕的担忧，或是致命的恐慌。约瑟法·鲍登继续说。

“伊丽莎白·摩尔是我的一位远房亲戚，现在已经成了罗伯森夫人。她告诉我，你曾经帮了她的儿子大忙。更重要的是，她说你能够保守秘密，确实你也做到了。”

此时，房间里的气氛让人心寒。希娃小姐稍微冷漠地回答说：“顾客的秘密是不可侵犯的。”

“哎哟，我冒犯你了，这可是我最不愿做的事情！我总是不能把事情整理一遍，再好好地说出来。我所能做的就是说实话，希望每个人都能这么做。你知道吗，他们经常能直接说实话，这样让我走出了许多困境。或许你不知道，我是个旅行者。我喜欢到奇怪的地方闯荡，然后写下好几本书。”

希娃小姐的记忆没有模糊太久。她想起来了，约瑟法·鲍登小姐就是“勇敢的女探险家”“第一个尝试这种危险路线的欧洲人”。她露出了迷人的微笑，然后说：

“噢，没错，我读过你的日记，它们非常有趣。我有什么能帮上忙的吗？”

鲍登小姐坐回椅子上，眼睛扫视整个房间。这是希娃小姐的骄傲，它从未给顾客留下差劲的印象。他们时常能想起某位因循守旧的亲戚，保存着以往的家具和挂画。鲍登小姐清晰地记得，曾经有人带自己去看望一位上了年纪的姑姥姥。她拥有皱状纹理的胡桃木椅子，正如希娃小姐灶台两边放着的椅子。她也拥有两幅墙面装饰画——《再见！布莱克·布伦瑞克的新娘》和《气泡》，俨如希娃小姐壁炉架和书架上方的那两幅。

她加快了语速。

“我又无礼了，但是我很欣赏你的东西。我的珍妮特姑姥姥也有这种椅子和挂画。”

希娃小姐笑得很灿烂。

“这是我的祖父母留给我的，我非常珍惜它们。从事教育行业，用它们来装饰我的小公寓似乎不太合适。如果时机成熟，我能够换一份更加挣钱的职业，我会大胆这么做的。”

她的双眼充满感情地扫视小房间，多么明亮，多么舒服。孔雀蓝的窗帘和地毯是战争过后新换上的，延续了以往的款式和风格。然后，她的视线回到了约瑟法·鲍登小姐身上。

“你认为我能帮你吗？”

“我不知道。”

希娃小姐等了片刻，鲍登小姐突然说：

“当我说棘手时，我没有在说谎。大部分人说这不关我事，我想严格意义上来说，确实如此。但是如果你只顾自己的生活，那么可能有人就在你眼皮底下被杀死，而你什么都不想做。如果我就是被杀死的那个人，我情愿有个好管闲事的人出现在周围。”

希娃小姐温柔地凝视她。

“你认识即将被杀死的人吗？”

“但愿不是！”约瑟法·鲍登坚定地说。

希娃小姐继续充满期待地注视着她。

鲍登小姐把凳子往后推，双手撑在双膝上。

“其实，我在担心我的教女爱兰歌娜。”

这个名字对希娃小姐毫无意义，她希望听到更多的内容。鲍登小姐接着说：

“当我说这件事棘手时，我自始至终没有夸大其词。我和爱兰歌娜非亲非故，但是当我还小的时候，我干了一件最为卑鄙的事情，你永远无法想象，她母亲帮了我多大的忙。当爱兰歌娜还是个孩子的时候，她母亲去世了，但凡现在我能做点儿什么事情，告诉在天上的她，我没有忘记她的搭救之恩，我都会义无反顾去做，不论别人是否认为我多管闲事。”

希娃小姐拿起手边的白色针织物。这双宝宝毛线鞋只有两英尺长，悬挂在顶针上，就像一个小小的饰品。

“你在担心爱兰歌娜小姐吗？”

约瑟法忧郁地大笑起来。

“问题就在这儿——她不再是小姐了！她已经结婚了，我真希望自己更了解她的丈夫——他从哪里来的？他在结婚前是做什么的？他是不是真的有钱？如果有，钱是从哪里来的？为什么自从她结婚以后，就没有回复过任何信件，或者看望过任何亲戚，或者邀请亲戚上家里来做客？”

希娃小姐摇摇头。

“我不懂得如何打听某人丈夫的历史，这我实在是不在行。”

“我不想你去打听。坦白说，这是男人要做的事情，我会找个男人来干。我的嘴巴总是太笨拙，说不清楚。我想你做别的事情。我相信伊丽莎白的介绍，找到你跟前我也相信你，我就直说了吧。这个男人叫作杰弗里·特伦特，他带着爱兰歌娜住在布里克村的一座中世纪的房子里。我听说，他努力想买下那个地方，用的却是爱兰歌娜的钱。她拥有大笔财富，谢天谢地，大部分都被托管。但是她的另一位教母留给了她大笔钱，买下这个地方以后还绰绰有余。所以我想知道的是，为什么这笔钱没有用上。”

“没用上？”

鲍登小姐用力地摇摇头。

“没有。他们正在努力说服受托人，允许他们使用一笔钱。我真想知道这是为什么。人们说，她的财产正在贬值。”

希娃小姐咳嗽了一声。

“你认为其他钱已经花光了吗？”

约瑟法·鲍登狠狠地拍了拍膝盖。

“我看就是这么一回事！如果有钱，为什么不用呢？说回这所房子，我希望了解更多内容。对我而言，老房子没什么吸引力。毕竟，中世纪没人洗澡。我可不想住在这么一种地方，里面的人从出生到死亡的上百年间，从来没有洗过一次澡——真不健康！我想你做的，就是去村里住下。有位福尔克纳小姐，她经常愿意收留在自家付费膳宿的人，只要她认为他们品行不错就行了。她住在一个村舍里，但是拥有杰弗里·特伦特想买下来的这栋房子——夫人之家。她已经很多年没有收入了，最后一位福尔克纳男人死于战争，所以她应该十分希望卖掉房子，但是她就是没有卖！这又是为什么？”

希娃小姐放下针织物，打开左边的抽屉，拿出亮蓝色封面的笔记本。话说回来，苏格兰场的弗兰克·阿博特探长容易犯一个毛病，他总是怀揣永不满足的好奇心来追根溯源，比如他曾在早前那个更加多彩的世界里，追寻这些笔记本的来源，却一无所获。后来，据说有一位心存感激的顾客从老式文具行业退休，偶然间发现了几本这种笔记本，便毫不犹豫地赠给了希娃小姐。“说实话，亲爱的弗兰克，这种本子似乎能买得到。”

明亮的颜色让鲍登小姐欢喜起来。她看着希娃小姐在纸上写下福尔克纳小姐的名字、村庄的名字、夫人之家、杰弗里·特伦特夫妇，以及顾客希望得知的问题。

希娃小姐手持铅笔，抬起头来说道：

“请继续。”

“我想知道，为什么福尔克纳小姐不急于卖掉这栋房子。你记下了吗？”

希娃小姐点点头。

“老家族的幸存者经常不愿舍弃盛世时代的最后一丝痕迹。”

鲍登小姐发出“哼”的一声。

“或许是这样！我只想确定，她的良心不会过意不去。如果杰弗里·特伦特没有跟我的教女结婚，他想买遍英格兰所有肮脏的废墟我也管不着。但是他跟我教女结婚了，我就彻底被牵扯进来了。我关心的是爱兰歌娜，我可不想她住在发霉的老庄园里面！如果十四世纪存在粪池的话，说不定底下就有一个呢！说不定这个地方存在某种诅咒，或者某些特别可怕的鬼怪！”她更加用力地捶打膝盖，“我们都知道，鬼魂和诅咒只是迷信的瞎扯！但是我不愿意爱兰歌娜遭遇它们！如果我能给出建议的话，我就建议她目前不要住在里面。”

希娃小姐咳了一声。

“在这种事情面前，他们既不承认事实，也不发表观点，说不清这到底是妖怪的恶作剧还是人类的智商爆发，所以有时候令人非常不开心。”

鲍登小姐用力地点头。

“我自认为是个意志坚强的女人，我想你也是。现在是上午十一点二十分，坐在你明亮的房间里，健康而文明的我不相信有鬼魂、幽灵、幻影、食尸鬼、吸血鬼和诅咒。但是，如果半夜置身于一个闹鬼的房间，大门自动打开，蜡烛忽明忽暗，那么我不会故作矜持，我的叫喊声可能会把房子震倒。这就是一种气氛，事关它能让你相信或者不相信那类东西的存在。我见过一个非洲男人死于诅咒，他发了疯似的相信它，最后就躺下来死了。如果动物太害怕，它也会这般死去。这让我想起了爱兰歌娜。我想知道，她是不是在害怕什么东西。她非常容易受惊，这个温柔、腼腆、轻声细语而举止优雅的女孩，她的勇气和心灵还不及艾奥尼妹妹的一半。”

“她有个妹妹？”

“是的，她还没有结婚，名叫艾奥尼·穆尔。我听说，她现在就在爱兰歌娜家里。这可是两年来的第一次，不过她也一直在美国，唱唱独角戏，搞搞素描画，你也知道这类东西，引起不小反响。我听说，美国人都为她而疯狂。她回到家好一段时间了，但是直到几天前，她才见到爱兰歌娜。这又是让我担心的另一件事。她以前曾经六次提出拜访，而特伦特夫妇总是以各种理由推辞她的拜访。爱兰歌娜曾计划来伦敦见她，但却总在最后一刻发电报或者打电话告知无法赴约。我在邦德街遇过艾奥尼，逼她全说出来了。我对她说：‘实话说，你可以让我很难做，也可以让自己很烦恼，但是我希望知道爱兰歌娜的消息，你就不能拒绝我。我会一直问下去，直到了解全部事实为止。如果你能直接告诉我，我们双方都能省下不少工夫。’”

希娃小姐又开始织起袜子来。

“她告诉你了吗？”

约瑟法·鲍登点点头。

“她说我是个破城槌，真该为自己感到羞耻！我们喝了杯咖啡，她告诉我全部实情。不过也没什么好说的——她的拜访一直被推辞，爱兰歌娜的约定从来不履行。一旦我们消除了隔阂，我想她还是很开心能找人聊聊天的。我看得出来，她跟我一样担心，所以一听到她总算成功拜访了爱兰歌娜，我着实松了口气。”

希娃小姐若有所思地看向快速移动的织针。

“既然穆尔小姐住在夫人之家，能够给你带来更加全面的事实，那么你还确定需要我的服务吗？我可不敢期望能带给你更多信息。”

她酣畅淋漓地大笑起来。

“如果不确定，我就不会过来了！我想听听村里的八卦，我想知道福尔克纳小姐的想法。伊丽莎白·摩尔说你有极高的天赋，能让别人开口说话，这就是我想要的。村里人的嘴巴就像蛤蜊一样严实。我派了一个男人去四处打探，什么线索也没得到。即便在那里待上一年，而不是一天，他也打听不到任何东西。但是，如果你租住在福尔克纳小姐家，经常陪她散步和购物，周日陪她上教堂——这就不同了！如果你能带上毛衣织一织，效果就更明显了。”

希娃小姐已经习惯了鲍登小姐随意的说话方式，她放肆地笑了，说自己去哪儿都不忘织东西。

“你要多少佣金？”

希娃小姐说了一个数字，几年前这笔钱还怪吓人的。如今，鲍登小姐不假思索就接受了。

“没问题，我有的是钱，花都花不完。当你大部分时间都跟几大袋财产待在一起时，你就不会像那些不爱出门的人一样钱财乱放。或许我应该找个地方安定下来。我的祖辈留给我很多土地，说不定我在卖地时遗漏了哪一块呢。如果真是这样，我打算找到它，在上面搭一顶帐篷。地里要有柔和的泉水。如果帐篷太冷，我总能把它改造成大篷车。”她从椅子上起身，伸出强壮而黝黑的手掌，“我想你能顺利完成任务，希望你尽快动身。福尔克纳小姐有热线电话，我建议你打电话给她，就说你的一个朋友碰见了夏天和她住在一起的某个人，不知道她是否愿意接受你过去住？你最好提一下推荐人，不然她会不愿意收留你的。”

希娃小姐微微一笑。她最好能提到某一位非常完美的推荐人，在电话里就能让福尔克纳小姐信服。在敲定一些细节问题后，鲍登小姐用力地跟她握手，欢欣鼓舞地离开了，看来对她上午的工作很满意。

前门一关，希娃小姐走向电话，拨通了总机线。

第十三章
乌雷顿午餐

扫码听本章节
英文原版朗读音频

乌雷顿的乔治餐厅严格遵循乔治和维多利亚时代的艺术风格。它有一排高高的窗户，上面挂着橄榄绿的窗帘，以及一张沉重而泛黄的网帘。坚固的饭桌分散在各个角落，上方的桌布已经变旧，离地一至二英尺。有时候，桌上放着一个花瓶，内装有几朵纸花和一支常绿植物。夏天如果摆起架子来，倒能放上几株真花。然而更多的时候，你无法忽视的是桌上那个沉重的烟灰缸，上面是某知名饮用水品牌的广告。墙上雕刻着过去贵族政客的画像，他们或温柔、或严苛。年轻而小耳的维多利亚女王微笑着，从梳理端庄的头发往外瞥；艾伯特亲王曾经是欧洲最英俊的年轻人；伟大的格莱斯顿脸形消瘦而愁云满面；索尔兹伯里的侯爵长着浓密的胡子。这些褪色肖像的面容，以及为其雕琢造型的热情，它们之间总是有段恬适的距离。

艾奥尼背靠窗户笑了笑，吉姆·塞文正在为没能找到更适合的午餐地点而道歉。

“我们应该出去到乡下走走。”

“还好我们没去，不是吗？倾盆大雨，最好还是不要盲目到乡下地方。埃莉诺表姐住在村里，所以我非常清楚。实话说，碰见下雨的周日，我宁愿待在其他地方。如今，我们能够重返伟大的维多利亚时代，尽情放纵自己，而不用匆匆忙忙赶火车，多好啊！我有好多话想对你说。”

一位中年女服务员过来，为他们点菜。过后，他说道：

“我也有很多话想对你说。”

“谁先开始？”

“你来？”

“不，男人总该打头阵。”

他的身子俯过餐桌，倾向她那边：“你姐姐究竟有多想住那所房子？”

艾奥尼镇定自若地看着他。

“我认为她根本不想住在里面。或许我不应该这么想，但是这对爱兰歌娜是个错误的决定。她不够坚强，这个地方容易让她害怕。”

“那为什么……”

“噢，是杰弗里。跟他聊不到五分钟，你就能看出他爱上了这所房子，简直被迷住了。他经常以此开玩笑，但这只是表面功夫罢了。一谈到夫人之家，他几乎无法停下嘴巴，就更不用提停下脑袋了。”

多么奇怪啊，她竟然能够轻松自如地跟他谈论这个话题。他来布里克，原本只想告诉桑德森先生，夫人之家的建筑建构和大体情况良好，适合爱兰歌娜的受托人投资。但是，他们都不是从这个角度来谈论问题，而是讲到了个人和隐私的一面。他们不由自主地讲到了艾奥尼的状况，以及内心焦急不安的情绪。艾奥尼根本不敢相信，她会和陌生人谈论这些事儿。

女服务员端上两盘粉色番茄汤，打断了两人的对话。吉姆·塞文心想:“这不关我的事,为什么我不保持沉默？”艾奥尼心想:“但他不是一个陌生人,我好像一直认识他——至少他给我这种感觉。”

令人吃惊的是，热乎乎的汤水竟然不是从罐头里倒出来的。艾奥尼猜想，这是自家酿制的番茄酱，真希望拥有它的食谱。于是，她笑着说：

“有人告诉我，这里的东西很美味。也就是村里来的那位白日女仆，名叫弗洛丽·鲍耶。她还说这里的厨娘是她的阿姨，她曾经在很多上等餐厅掌厨，但是喜欢自由独立的生活。那天，她想退隐江湖，只在白天出去见一些特别的人。此时，餐厅经理请求她嫁给他，所以她从此就没有离开过。经理在秋天失去了妻子，而她也非常喜欢他的小女儿，所以她欣然接受求婚，留了下来。”

他笑了起来。

“你到底是怎么打听到的？”

“噢，还不是那多嘴的弗洛丽。”

“她也告诉了你的姐姐吗？吓唬你姐姐的人是不是她？让你姐姐害怕夫人之家的人是不是她？”

艾奥尼点点头。

“弗洛丽告诉你姐姐什么了？”

“噢，她说这所房子以前名叫‘夫人之祸’，这里的女主人会失去她在这世上最在乎的东西。爱兰歌娜身体状况不佳，哪能听这种话呢？”

“这些老房子总是充满关于鬼魂和诅咒的故事。我想，夫人之家没有鬼吧？”

“我没听说过，不过有也不出奇。爱兰歌娜真正需要的是一座明亮通透的现代房子，它拥有多扇窗户，却没有一点儿历史。”

女服务员换了餐盘，给每人上了一份烤得刚好的烤鸭，搭配美味的苹果酱、浓郁的奶油菜花酱，以及外表金黄内在柔软的小土豆球。吉姆·塞文说：

“至少弗洛丽有一件事说对了，她阿姨是天生的神厨。我原本以为这种美味已经从地球上消失了！知道它的美味还逗留在人间，我感到很欣慰！”之后，没有任何的停顿或者音调的改变，他平淡地说，“你知道吗，如果事情正如你所说，你不赞成姐姐继续住在夫人之家，这就太简单了！你只需要找桑德森说清楚就行了，他是不是你们姐妹俩的受托人？”

“没错，是的。”

“那么，你只需要去找他，说出这一切。如果你觉得这地方令人毛骨悚然……”

她迅速抬起头。

“我没有这么说。”

“你说你讨厌它。”

“这不是一回事。”

“是还是不是？”

她眉头紧锁地看向别处。

“是的——可我不知道自己说得对不对……”她咬紧嘴唇，“杰弗里对房子的狂热让人害怕。如果我背着他做这件事，我就是出卖朋友的混账。如果我告诉他，我要去桑德森先生那里阻止他买房，只能带来无法平息的家庭纷争。我不能这样做，因为爱兰歌娜。”

过了一会儿，他说：

“我明白了。”他想，眼前的她拥有非常脆弱的荣誉感。又一想，或许这不是脆弱，而是愚昧，他实在分不清。当然还有其他办法，他突然说道：

“反正桑德森会跟特伦特夫人谈。我想他不会察觉不到，她不喜欢这所房子。”

艾奥尼说：

“我不知道。她——她非常爱杰弗里，而且非常容易受他的影响。她既温柔又胆小。如果她喜欢一个人，她几乎会为他做任何事情，她一直是这样的人。如果杰弗里想要夫人之家，根本不必期待她会告诉桑德森先生，自己不愿意住在这里。这是她万万做不到的，咱们还是早早死掉这条心吧。你是不是没办法把桑德森先生搪塞过去？”

他摇摇头。

“我必须诚实地给出专业意见。我们把屋顶留到周一再看，但是房子其他地方非常牢固。前人总是知道如何建房子，后人继续住在里面，也把它维护得非常好。美国人所加装的现代设备真是令人称赞。我叔叔亲自做的计划，多么不可思议啊。除非屋顶出现了无法预料的破损，否则我只好上交一份让人欢喜的报告。”

艾奥尼长长地叹了口气。

“那我就只好告诉杰弗里，中世纪的东西会伤害爱兰歌娜的神经。他肯定听不进去，而且还会认为我是个多事的小姨子，但是也没办法了。”

女服务员再次给他们换上餐盘，放上一块看似正宗的英国奶酪、一盘自制饼干，再倒上香喷喷的咖啡。

吃完奶酪，喝完咖啡，吉姆·塞文突然说道：

“你肯定猜不到，我在楼下咖啡厅碰见谁在吃点心？”

“我认识的人吗？”

“这个嘛……”他顽皮地说，“你跟他说过话。”

“跟你？”

“跟我。”

这会儿她才察觉到，一股冷空气从她身后的窗户飞进来。吉姆·塞文说：

“你还听过他唱歌呢，我就是这样认出他来的。他喝着大杯可可酒配威士忌。他告诉我，这样的酒味非常持久，还能不时哼上一曲《苏格兰的风信子》。”

艾奥尼知道自己为何感到寒冷了。她回想起那个大雾弥漫的可怕夜晚，尾随这个为了一条性命跟别人讨价还价的男人。他吹着口哨，唱着《苏格兰的风信子》，手杖碰到栏杆扶手哐啷作响。她剧烈地喘了口气，然后说道："噢，不！"片刻过后，她问道："你没有提起我吧？"

他摇摇头。

"我不知道是否应该跟他说话，但是他径直看向我，朝我招手。我想他认出我来了。凌晨三点他离开的时候，街上的煤气灯已经非常明亮，所以他一定看见了我的模样。但是，他不过是出于友好才打招呼，丝毫没认出我来。恍然大悟的我早已称呼他为马格斐教授了，他却一直让我保守秘密。"

"为什么？"

"我完全不知道。那杯可可里面肯定灌了很多威士忌，因为他呛得泪流满面。他说这事关系他的职业声誉，大嘴巴到处乱喊的危害非常大，谨慎是安全之本。'大雾中的两个陌生人，我怎么可能遇上其中一人？除了我的职业生涯，我做人一直很诚实。到底是怎么回事呢，进入娱乐圈的我竟然没有用上与生俱来的名字，我的名字可并不差劲啊！不不，马格斐是一个体面的名字，来自一个体面的家族。但是……'此时，他呼出一口威士忌酒气，强迫我听他说下去，'但是，出于职业目的，我把名字改为雷古勒斯·麦克塔维什——雷古勒斯·麦克塔维什教授。在广告和电影票上，我的名字是伟大的普洛斯彼罗。'"

吉姆的模仿非常逼真，本应逗得艾奥尼大笑，但是她并没有笑。

相反，她感到一阵恐惧，从而脸色苍白。吉姆·塞文把手伸向桌子对面的她，说道：

“怎么了——有什么问题吗？”

“我不知道……”

他起身离开座位，坐在她身边。

“亲爱的，怎么了？”

她把冷冰冰的手放入他温暖的掌心。

“一会儿我再告诉你，或许我太傻了。”

他用另一只手帮她倒上咖啡，并推到她面前。

“趁热喝。”

喝完咖啡，她说：

“吉姆，我不想待在这里——我不想让那个男人看见我——我不想让他知道我在这里。我待在女厕所，等你开车来接我。在大厅看到你之前，我不会下楼。如果危险已过，你可以点点头，回到车里。我不想他看见我们两个在一起。”

艾奥尼度过了人生最漫长的几分钟。当她来到楼梯顶部时，没有看见吉姆·塞文。一个秃头小个子男人从侧门出来，拔出挂在大厅的老式气压表，然后消失在一条黑暗的过道中。一个女人不断推着入口的回转门，进来时显得非常犹豫。她时而站在红地毯的条纹上，时而站在简陋的棕色漆布上，不断变换姿势，伤心而无助地看向周围。三四分钟过后，她似乎丧失了勇气，穿过回转门，游荡在大雨中。

有那么几个短暂的片刻，艾奥尼开始茫然地以为，不会再出什么事情了。此时，吉姆·塞文迅速穿过回转门，抬头看向艾奥尼，简短地点头示意，然后动身出去。

突然从刚才短暂不适的梦中惊醒，她隐约感到毛骨悚然，然后开始下楼。还差两三步就到底了，在这条连接楼梯和房屋后院的走廊尽头，一扇门突然打开，一个男人闯了出来。他不在艾奥尼的视线里，她也无意回头，但是一听到歌曲的腔调，她马上确定了他的身份。

“难道他不是个恶棍、恶棍、恶棍，

难道他不是个恶棍，

风笛手敦提？”

他没有在大雾中唱过这首歌，但是即便在中国或者秘鲁，她都能分辨出这个浑厚的声音。她感觉四周萦绕着静谧的冷气。然而，她并没有特意加快脚步，而是径直穿过大厅，走出回转门。随着大门关上，风笛手敦提也就消失了。

吉姆的车在入口处停下。她坐进他旁边的位置，然后说道：

“快！我出来的时候，他就在我后面！”

他们在湿滑的路上溜掉，他问道：

“他看见你了吗？”

“没见到我的脸——尽管我认为他从来就没记得我的长相。可能我只是个大厅的过客。”

他拐进小巷。

“噢，那天晚上他看见你了。你睡着了，街灯透过门上的玻璃，明亮地照进来。他走之前打量了你一番，还说你有一张漂亮的脸。”

她愤怒地嘶吼。吉姆·塞文笑了。

“他非常尊重人，没理由你会对他怀恨在心啊！这不过是发自内心的真诚赞美。”

她低声说：

“你不明白。我们不能在这里说，赶紧逃离这些房子、这些东西，找到一条你能停车的村道。”

事实上，他们不必走很远。汽车刚驶离乌雷顿不到两英里，林村有一条美丽的绿道，路旁青草油油，中间有一口填满了鸭子的池塘。驶下村道，来到树篱背风处，他们能够隐秘地讲话，不论多久都行。暴雨模糊了挡风玻璃，狂风鞭打着大树。到了该开口的时候了，艾奥尼不禁思考她的故事是否值得一提。回顾那时，一切都发生在模糊当中，迷离的大雾就是它的背景。

吉姆·塞文转向她：“怎么回事？”

“大雾那晚，当我撞见你，请求你说我俩在一块儿时……”

他打断了她。

“你不是这样说的。你想我说，你前不久刚碰见了我。”

“没错。那是因为我不想他知道，我一直在跟踪他。”

“为什么？”

“最好还是从头说起。大雾突然降临在伦敦街头，我迷路了。我想继续往前走，总归能到达某个地方。我走到了这样一条街道，那里的房子距离大路有段距离，一级级台阶连通着它们，前面立起栅栏。大雾中，走直路相当困难。我就是个走路容易往右偏的人，突然，我发现自己抓住了晃晃悠悠的一扇门，膝盖狠狠地撞了上去，沿着空地石阶摔了下来，掉在湿得可怕的石板上——绿泥巴就是这时候粘上的——庆幸的是，我能够在那里坐一会儿，确定身上没有骨折。之后，有人从前门走出来，跟屋里人说话。因为有台阶从街道通向门口，他们都不知道我刚掉进了他们的地盘。”

“你怎么知道？”

“因为我听到了他们的对话。出来的是教授，罗伯特·马格斐——雷古勒斯·麦克塔维什——伟大的普洛斯彼罗——不论他选择怎么称呼自己。屋里人说话很小声，我实在不知道这是不是个男人。我之所以这么想，是因为教授说话的方式非常随便，一点儿也不礼貌。当然，我只能把他说的话告诉你，因为我丝毫没听到屋里人在说什么。”

“好的，你听到了什么？”

“教授开始说自己是个非常可靠、说到做到的男人，任何活着的人都不会说他曾经失信于他们。朋友碰到困难，他会出手相助。屋里人小声说了些话。我猜测，他非常希望关上门，无奈教授的脚挡在门口。教授咕咕哝哝，说竟然在漫天大雾中赶人出门，真可恶。外面如同地狱伯爵的马甲一样黑暗，我记得我们的苏格兰老奶妈曾经用这个词语来形容夜晚的漆黑。他们又说了一些其他的话——屋里人在窃窃私语，教授在评论这场大雾。然后他说：‘好吧，好吧——我走了！不过我还没有答应干，我会认真考虑再告诉你。’我不想模仿他的苏格兰语调，但是大体内容没错，我记得很清楚。他继续说，‘不过，你可要好好想想给我的报酬。没有两千我可不干。我可是冒着被砍脖子的风险，两千英镑少一分我都不干。’说完，他走下台阶，吹着口哨上路，‘你走大路，我走小路。’然后我开始跟踪他。”

“为什么？”

“他似乎知道自己要去哪里，而我只想离开那个房子和那个小声说话的屋里人。但是，我不想他知道我在跟踪他，因为这样他就会知道，我听到他说拿脖子在冒险这件事了。”

“你吓坏了吗？”

“如果你听到了，你也会吓坏，更何况当时的我被困于大雾中，无奈地坐在泥泞的空地上。”

“这些话语很容易让人联想到阴险的勾当。但是你也知道，他可能是无辜的。教授在演艺圈，我想他就是所谓的魔术师，拥有催眠术的本领，我敢说他很会玩弄把戏，能把人骗得团团转。你不认为那些拿脖子冒险的话，听起来更像是危险的绝技吗？”

“两千英镑？表演哪值这个价！”

“你那个时候在想什么？”

“我想是有人请他去杀人，而且他不打算拒绝——问题在于值不值得这么做。”

“现在你又是怎么想的呢？”

长长的沉默过后，她低声地说：

“我不知道——我很害怕……”

第十四章
最后的恶作剧

扫码听本章节
英文原版朗读音频

雨滴不再拍打乡村池塘，不再冲刷挡风玻璃。乌云飘走了，天空出现一道道细纹，而后呈现一大片苍白而秀丽的蓝绿色，这是一月赠予英国冬季天空的礼物。暴雨过后，天空澄净得发亮，弥补了这一天湿漉漉的遗憾。

他们缓慢地开回布里克，没有怎么讲话，但是非常开心。艾奥尼感到释然，她情愿相信是那场大雾，是她自己浑身颤抖，加上迷路的感觉，才让教授的话听起来有几分犯罪感。只要不再看见他，不再听到他那浑厚的声音，她愿意相信任何事情。她想起了他口中关于默默无闻的中国清朝官吏的故事——如果按下一个按钮，你能让一个人死亡，同时造福四分之三的人类，那么你的这一举动是合法的吗？她想起，吉姆·塞文曾经说过，在那场大雾中，他们在空荡荡的房子的楼梯上互相依偎，她在他那舒服的肩膀上瞌睡而又醒来——他还说过，他非常确信，那个按下按钮的人其实只在乎一个人——他自己。

回想起来，她内心充满温暖的安全感。她选择朋友的直觉很明确，也总能立马知道这段友谊会如何发展。有些人，你会从艺术、现实和个人的角度来回应他。有些人，你们很可能坠入爱河，但是同时你内心在挣扎，因为你无法想象跟他们中的一人度过余生。不过，跟吉姆·塞文在一起，你会感到亲密而安全。似乎两人已经认识很长时间了，彼此间的安全感已经得到证实，亲密感亦是无法打破的。

他们驶进夫人之家的车库——这里是由马厩改造成的，既广阔又宽敞——艾奥尼看见杰弗里的车不在这里。他说过，如果天气放晴，就带爱兰歌娜出去兜风，估计就是现在。如今，天气晴朗，云朵在地平线上堆起堡垒，整个天空神奇地呈现水洗之蓝……

吉姆·塞文把手搭在她的肩膀上。

“想要带我去花园转转吗？那里会不会太湿了？”

她抬起穿着越野鞋的脚给他看。

“地上不湿，但是杰弗里会咕哝一番，因为他肯定想亲自带你出去转转。”

他笑了起来。

“他也可以带我去啊。不用告诉他，我跟你一起转过这块地方了。天气好晴朗，大树在滴水。这些桦树看起来就像镶嵌了钻石。”

他们漫步走向梯田。回头看看房子，艾奥尼说道：

“你知道吗，这座美丽的花园几乎说服了我，以前那些美国人肯定很爱惜它。”

“美国人后来怎样了？”

“男子在战争中被杀死了，就像最后那位福尔克纳男子一样。女子回到了美国，英伦美梦就此破灭。”

“没错。”

她突然转向他。

“你还不明白吗，这所房子萦绕着古老而悲伤的故事。爱兰歌娜不应该生活在这种氛围当中。五百年间，这个家族从落败走向灭亡，天知道中间发生了多少罪行和坏事。如果你身体健康，心情开朗，意志坚强，那么你能够像杰弗里一样全盘接受。但是，爱兰歌娜既不健康也不开心，更不用提坚强了。我看得出来，这种悲伤的情绪已经渗入她体内，带着她一步步走向坠落。”

他脸色沉重地说：

“你要亲自告诉桑德森先生，亲爱的。”

过一会儿，艾奥尼说：“没错！”她感觉自己做了一个重大的决定。决定一旦做出，就必须保证完成。她的心灵膨胀起来，脸色红润起来，她欣喜若狂地转向他，这令两人都非常惊喜。

“我总是太紧张了。没有人跟我说话时，我总会这样。过来这里，好好瞧瞧美国人在废弃的采石场上建造的这座岩石公园。”

她开始告诉他，那天玛格特·特伦特在杰弗里和她身上玩弄的恶作剧。

“那简直太糟糕了，我们完全上了她的当。当我们去到悬崖底部时，发现她用绳子将自己绑在树顶，笑得前俯后仰。”

“她要永远跟你的姐姐和姐夫生活在一起吗？”

“没错，这又是我担心的地方。她不正常，这对爱兰歌娜不好，但是又无可奈何。学校不肯收她，杰弗里似乎是她在这世界上唯一的亲人。”

他们选择了另一条路走向采石场，完全不同于那天她和杰弗里选择的路线。她开始描绘，当南庭荠开满花儿，紫藤光秃秃的茎干穿上绿色柔软的外衣，薰衣草披着细长而下垂的白色流苏时，这里有多么美丽。她刚想告诉他，一小团散漫的报春花已经盛开时，却发现他并没有跟上来。他站在路边那块岩石上面，盯着悬崖的方向看。一丛杜鹃花挡住了她的视线，真不知道他在看什么。“吉姆！”她一声尖叫，吓得他跳下了石头。

“你在看什么呢？”

“有东西躺在采石场的底部。”

“东西？”

“是人！”

他像杰弗里一样狂奔起来。艾奥尼跟着他，脑子一遍遍在想：“这是个恶作剧——是个恶作剧——又是个恶作剧。”当他们穿过灌木丛，跑到那个地方时，惊呆了！玛格特扭曲着身子，手中残留一点儿破碎的绳子。再多的语言都显得苍白无力，可怕的沉默降临两人当中。玛格特玩了人生最后一个恶作剧。她的脖子断了，躺在石头上一动不动，手里仅存一点儿破碎的绳尾。

第十五章
致命的烂绳

扫码听本章节
英文原版朗读音频

杰弗里·特伦特坐在一旁，看着从乌雷顿过来的探员。他算得上面容和蔼，红润的肤色却与憔悴的外表形成鲜明的对比。

“你是说，你的侄女曾经在周六玩弄过你和穆尔小姐，就在她周日下午摔落的地方附近。”

“不完全是同一个地方。”

“这是肯定的，我们在两个地方都拍了照片。我只想知道，那个恶作剧到底有多认真。”

“当然不是认真的，这就是个恶作剧。”

“但是，如果绳子断了，那么就有可能是她认真策划的。”

“我不赞同。她就躲在针叶树旁边，那里有许多落脚点，绳子丝毫不受力。”

“是你给我看的绳子吗？”

“没错。”

“如果这是一根强而有力的绳子，那么它是肯定不会断的。但是，她这次用的是一根腐烂的绳子。”

杰弗里的脸色变得更加苍白。

“她上次——上次恶作剧之后——我把绳子收走，锁在了车库里。恐怕……”他的声音越来越小。

“另一根绳子是从哪儿来的？”

“她肯定是从盆栽棚里拿出来的，那儿有一些老绳子。园丁汉弗莱斯说……”

“是的，我现在想跟他谈话，因为他可能是最后一个见她活着的人。特伦特先生，你最后见她是什么时候？”

杰弗里打起精神来。

“跟往常一样，她随我们吃午餐。穆尔小姐和塞文先生出去了，我们其他人到会客室喝咖啡。我妻子通常在下午休息。我告诉她，如果天气及时放晴，我就带她出去兜风。玛格特和德洛尼小姐则回到起居室。”

“德洛尼小姐就是那位女教师，我知道，还没见过她呢。她在这里做多久了？”

“差不多三年。”

“你试过把侄女送去上学吗？”

杰弗里深深叹了口气。

“没错！但是他们不肯收她。她脾气好，感情真挚，可就是适应不了学校的环境。她总会开这种无伤大雅的玩笑，而他们却无法忍受。”

“看过医生吗？”

“当然。医生说，这是因为她发育停滞。”

“难道医生没有建议把她送进精神病院吗？”

杰弗里的脸色微微泛红。

“不，这种事情没有先例。她就跟小孩一样，不会伤害别人。其实，这就是真实的她——内心像六七岁的小孩，外表却罩着过分强壮而活跃的皮囊，看起来老了十岁。如果把她送进精神病院，她就会非常可怜。”

“你是她的监护人吗，特伦特先生？”

“没错。”

有一个问题，探员不愿意问，但又必须问出口。

“据说村里人都在谈论这么一回事，特伦特小姐非常喜欢炫耀自己有大笔财富，一旦成年就能用上。你能告诉我，这是真的吗？”

杰弗里皱皱眉头。

“我和她父亲是堂兄弟。他在中东挣了一大笔钱，留在玛格特名下做托管。其实，这场战争让他的财产价值大打折扣。那时候看似安全，现在变得一文不值。不管怎样说，玛格特对于金钱丝毫没有概念。”

“谁是她的受托人，特伦特先生？”

“另一位死于战争的堂兄，还有我。”

“现在这笔钱继承在谁手上？”

杰弗里长长地哀叹一声：“不幸的是，这笔钱就在我手上，因为我们家没有其他亲戚。”

对话似乎没停顿多久，所以没什么值得注意的地方。格雷森探员开始转移话题，“特伦特先生，你刚才告诉我，周日下午，你独自一人在会客厅喝咖啡。请继续说下去。”

杰弗里把头靠在手肘上。

“我来这里以后，写了几封信。三点前那一会儿，我看天气快放晴了。于是，我告诉妻子，这种空气对她身体好，应该出去走走。然后我跑去问德洛尼小姐，她和玛格特是否愿意一起出去转转。德洛尼小姐说不去，因为她还有信件要写，而玛格特已经跑到花园去了，不过她会去看看能否找到玛格特。我说等不及了，下午的时间太短暂，所以我就去开车了。等了好一会儿，玛格特和德洛尼小姐都没有过来，所以我就带妻子出去简单转了一圈，大约四点十五分回来。我停车时，小姨子跑到车库告诉我出事了，玛格特……死了……”他似乎很难说出最后两个字。

“然后呢，特伦特先生？”

“我跟随她和塞文先生去采石场，然后回到房子报警。”

“距离他们发现她的尸体，过去了多长时间？”

“只有几分钟，我认为。”

两位目击者已经告诉过他这些内容，所以格雷森没再说什么，只是简短地回复一句：

“如果可以，我想见见那位女教师。”

第十六章
仆人证词

扫码听本章节
英文原版朗读音频

德洛尼小姐走进客厅，脸色苍白，形容枯槁，穿着朴素的黑色裙子，脸上没有妆容，她的所有能耐都减弱下来。没有涂上平常的闪亮唇膏，她的嘴巴既灰黄又无形。看起来，她好像大哭了一番，似乎连脸上的泪痕都懒得擦拭。

格雷森探员对这家人的整体印象不错。尽管玛格特·特伦特令人厌烦，但是这些人似乎真的喜欢她，对她的死亡感到非常伤心。他开始询问德洛尼小姐平日在夫人之家的生活细节——包括陪伴玛格特的时间，以及必要行使的监管责任。

“她定时跟你上课吗？”

德洛尼小姐淡淡一笑。

“我不确定这算不算是上课。她所面临的困难之一是，无法集中注意力。所以，我们根本上不了课。我努力吸引她的注意力，并引导她坚持下去。我允许她表演简单的戏剧场景，以此来教她一点儿历史知识。她就是个爱表演、爱打扮的小孩。”她手里攥着手帕，紧紧压住了自己的眼睛，“她无法安静地坐下来，我实在没办法让她看书。她只想动起来、跳起来——消耗自己的能量。一年前，特伦特先生给她买了一匹小马驹。他自己骑马厉害，本以为这项运动对侄女也有益，谁知一点儿作用也没有。”

“她不上心吗？”

“她对小马简直爱得疯狂，探员！但是，她开始在马儿身上玩恶作剧，危险性还不小。有一天，小马驹带着她飞奔，摔得她一身肮脏。后来，马夫在马鞍底下发现了一根刺。没想到她却说，只想瞧瞧小马驹能跑多快！”

约翰尼·格雷森在农场长大。在他看来，这就是你所能想到最为阴险和狡诈的伎俩。他开始认为，玛格特·特伦特这么早死去，并不会给乡村带来任何损失。但是他要执行探员任务，所以他把之前问过穆尔小姐和仆人的问题摆了出来。

“每次她玩完这些烦人的恶作剧以后，你们是怎么对待她的？特伦特先生生气了吗，批评她了吗？”

德洛尼小姐脸红了起来，她瞪大眼睛，大声强调：

“噢，从不！特伦特先生是世上最好的人了。极少有父亲会这么仁慈地对待自己的孩子，更何况是叔叔。不论他内心感觉怎样，他从不在她面前展现生气的一面。最后一次，当她在采石场玩弄危险的恶作剧时，他告诉我，自己会找她严肃地聊聊。不过，她轻松逃脱了，还说他是个亲切友好的叔叔。但是即便那时……”话语戛然而止，她低头看向自己的大腿。

“德洛尼小姐——你想说什么？”

她抬起眼睛，以恳求的目光注视他。

“每当悲剧发生时，你不认为人的思维混乱，事后很难知道，那时候奇怪的感觉是真的存在，还是自己的凭空想象吗？”

他目光敏锐地看着她。

“这是不错，但是我想要听一听这种奇怪的感觉是什么。”

她耷拉脑袋，降低声音。

“我想——至少我是这么想——她太安静了。恐怕她在——琢磨——某些东西。”她匆忙加上一句，“这就是一种感觉——当人的思绪受到干扰时，难免会这么想。”

他认为她在做一些无谓的分析，索性回到眼前的问题上。

“德洛尼小姐，我想你来告诉我，周日下午，你和玛格特跟随特伦特夫妇吃饭，是吗？”

“没错。”

“然后呢？”

“我们在会客室喝咖啡，然后回到起居室里。”

“我见过那个房间——就在隔壁吗？”

“是的。”

“你们在那里干什么？”

“玛格特从画报上裁剪图片。如果天气潮湿，她会待在家做几件事，这算得上其一。”

“那时候的她神色放松吗？”

德洛尼小姐摇摇头。

“噢，不——她既没有耐心，又咄咄逼人。下雨天待在家中，她非常懊恼。庆幸的是，天气有放晴的迹象。两点四十五分，我同意她出去，前提是必须穿上雨衣和橡胶套靴，因为外面还有不少流水。”

“你没想要跟她出去吗？”

她摇摇头。

“她想一个人出去。一直以来，她都拥有这份自由。土地面积不小，幸运的是，她从没想过走到外面去。”

“所以说，她独自一人出去，你一点儿也不担心吗？”

“噢，不——她每天都这么做，因为她实在是能量过剩……”她呜咽着喘口气，纠正自己的话语，“我应该说，以前的她——原谅我，人总是没那么容易反应过来。我想说的是，我不可能赶得上她的步伐。她喜欢自由，我们想让她快乐。况且还有特伦特夫人需要照顾。想必你也察觉到了，她的健康状况非常不好。她不应该独自一人待太长的时间，我总是尽可能多地陪伴她。”

他点点头，这听起来很有道理，也很坦诚。他继续说：

“所以，那时候你继续写信？”

“是的，我知道特伦特夫人在休息。然后，特伦特先生过来告诉我，他要带夫人出去兜风，询问玛格特和我想不想去？我说自己要写信，玛格特刚出去了，但是我会去找找她。我走到梯田大喊她的名字，无人回应。特伦特先生说他等不及了，所以我就放弃寻找玛格特，回去继续写信了。”

“等一会儿，德洛尼小姐。特伦特小姐出去之后，特伦特先生过来邀请你们兜风之前，这中间隔了多长时间？”

她似乎在回想，眼睛往上看，眉毛往中挤。

“噢，没多久……就几分钟……”

“你什么时候听到意外的？”

她闭上眼睛，想了好一会儿。

“塞文先生过来告诉我，穆尔小姐跑到车库告诉特伦特先生。”

他还有一个问题：“特伦特夫人的反应如何？”

德洛尼小姐犹豫了。

“她似乎没怎么在意，当然你看不出来，因为她的病状之一就是不在乎任何事。”

就男人对男人来说，探员发现自己非常同情杰弗里·特伦特先生。似乎家里养了一个可怜的侄女还不够，就连特伦特夫人也古怪得很！回想起来，有钱并不能使你快乐，他心里不知不觉就冒出这么一句陈词滥调来。

格雷森允许德洛尼小姐离开，自己则到花园寻找老汉弗莱斯。他发现，他正在盆栽棚里面混合肥料，极其不愿意受到打扰。他们认识并非一两天，格雷森非常清楚，他一点儿也不会配合。格雷森娶了一个布里克女孩，她正是老汉弗莱斯的侄孙女。他十分清楚，老汉弗莱斯和福尔克纳家族的交集之久，他作为园丁的技术之优，以及他那顽固的怪脾气。“早上好，叔叔！”汉弗莱斯没有回应，埋头把肥料堆在一排六英尺的盆子里。好一会儿，他才咄咄逼人地回答说：

“找我也没用，约翰尼·格雷森，别拿警察那套东西来压制我，因为我不接受！哼！”他坚定地吸了一口气，用一把宽大的铁铲来拍打泥土。

格雷森笑了。

“叔叔，我跟你一样，光明正大地获得这份工作。我只想问问你，有没有在周日下午看到玛格特·特伦特小姐，或者听到关于她的消息，或者，”他匆匆补充道，“其他人。”

汉弗莱斯恶狠狠地盯着他看。

“你说‘其他人’是什么意思？弗拉克斯曼夫妇照常在周日外出。他们一点钟在家里吃午饭，两点四十五分发了疯似的从我窗边跑过，追赶前往乌雷顿的巴士。如果这就是你所谓的‘其他人’，那么我看见了！我也看见了弗洛丽·鲍耶！她像兔子一样飞奔，去见那心爱的男人。”

格雷森早已知道，周日下午两点四十五分过后，家里的仆人全都出去了，所以这番话没有一点儿意义。如果他期待叔叔能从亲戚的角度来给点儿什么信息，那么他很快就能清醒过来，因为这完全不可能。

老汉弗莱斯双手插进肥料堆。他高大而强壮，身高大约五尺一（长度单位，一尺约等于 33.33 厘米，五尺一约等于 170 厘米，即是一米七），棕色脸蛋像胡桃，灰色毛发真不少。仿佛某些植物在他的胡须和眼睫毛上生根发芽，长出了枝繁叶茂的小丛林。据了解，他在乌雷顿拥有六所房子，他的储蓄也相当惊人，再加上他那令人畏惧的脾气，使得布里克三百五十位村民无人不尊敬他，当然大部分都跟他有亲戚关系。他相继和三个温顺的女人结婚，组成了三个受人尊重和孝顺的家庭。常言道，每个妻子都能带来一些好处。如此一来，他当然不会忍受跟他山姆弟弟的女婿约翰尼·格雷森瞎扯。他站起身来，偌大的双手捧着满满的肥料，任其从指尖滑落，掉进老厨房的托盘之上，此前的那堆肥料已经渐渐矮了下来。

“你怎么知道我周日下午在干活？”

“叔叔，我可是只字没提您干活，您却知道！大雨过后，我想您会到花园翻翻土，我想您会看见玛格特·特伦特小姐——或者其他人——如果他们碰巧出现在那里的话。”

老汉弗莱斯恶狠狠地露出笑容。

“哼！我是可以这么做，约翰尼·格雷森！我也可以舒舒服服地坐在火堆旁边吸烟斗。我也可以到地里转悠，瞧瞧鳞茎从地里冒出来的模样，它们今年长得快！”

“那么，您到底做了哪件事？”格雷森恭恭敬敬地问道。

“难道你不想知道吗？”老汉弗莱斯咧开嘴笑。

“我想知道。快告诉我，叔叔，您不阻挠我，我就不会再打扰您。”

老汉弗莱斯先生迅速而准确地填好小花盆，弯腰捧起了更多肥料。

“我又没说别人不可以打扰我。”他说完继续填充花盆。

格雷森沉默地看着他。这个老顽童想要的是竞争的刺激感，但是得不到，也就只能这样了。他喜欢自己的声音，喜欢忠实的听众，这个老鬼头。格雷森倚靠在门柱上，双手插口袋，安静地等待。

这时，所有花盆已经严实地填满土了。突然，他“哼”的一声打破了沉默。

“真遗憾啊，我没有选择干警察，而是让自己做了这份又累又苦的活！像你这样身强体壮的小伙子，周一早上却无所事事，在我的盆栽棚里晃晃悠悠！也不知道你自己害不害臊！人一懒下来，肚子就会饿起来——老父亲就是这么说的！他在这里做了五十年园丁，从年少到年老，仅仅主管就做了四十年！我发誓要超越他！”

透过盆栽棚敞开的大门，格雷森聚精会神地往里看。他发出一种模糊的声音，听起来最能激怒刚刚发表演讲并渴望震撼观众的人。在眉毛后面，明亮的小眼睛闪烁着恶意的光芒。

“周日下午，我在炉火旁边抽烟喝酒，我的老太婆就在旁边的小风琴上弹奏赞美诗。哼！”

“所以说，你完全没有看见玛格特·特伦特小姐。”

他恶狠狠地盯着他看。

“你不要把这些话塞到我嘴里，更不要塞到别人嘴里，约翰尼·格雷森！这可不像其他地方，警察可以为所欲为！我们可不欢迎这些诽谤的勾当！你最好不要轻易尝试！如果你这么干，我可能会说出一些令你反感的话来！比如，我真同情你的妻子！嫁给你之前，她多么玲珑小巧！”

探员了解他的性情，只有发脾气，老汉弗莱斯才能开心起来。

他轻松地笑着说：

“多好的赞美啊，叔叔——我会告诉她。既然我不能把话塞进您嘴里，或许您就应该自己说出来。周日下午，您有没有见过玛格特·特伦特？”

要不是还剩下几个花盆要填，他早就不想跟约翰尼·格雷森无聊地瞎扯。思索片刻后，老汉弗莱斯说道：

“周日下午，我在厨房的炉火旁边吸烟喝酒，你的玛丽阿姨在起居室弹奏小风琴。大门有时敞开有时关上，看我个人的意愿。两点四十五分，大雨停了。我外出呼吸新鲜空气——大雨过后，我总会出去转转。我从这边走，看见了那个淘气的女孩……”

“那时候几点，叔叔？”

“约翰尼·格雷森，你的问题在于，我讲什么你完全听不进去！我不是说了两点刚过四十五分吗？你可以不要再插嘴吗？我看到这个淘气的女孩走出我的盆栽棚，一个劲地傻笑。我原本把钥匙放在一个花盆里，上面铺满碎屑，有一半是旧商标。它和其他花盆一起，摆在草坪上面。‘你怎么能拿到我的钥匙？’我问她。她捧腹大笑，把钥匙扔给我。真应该狠狠打一顿她的屁股！瞧瞧报应来了吧！哼！”

“没有人纠正她的错误吗？”

“省了棍子，宠坏孩子——他们就是这么做的！”

“叔叔，她手上拿了什么吗？”

“她的雨衣底下鼓了起来。‘你藏了什么东西，可恶的臭屁孩！’我说完就捡起她扔下的钥匙，显然她没有锁门。我走进棚里，发现她没有动什么东西——除了角落里的一卷老绳子。她抽出来，弄乱了，恐怕是偷走了其中一根。似乎就是这么一回事。我卷起绳子，放在一边，就继续回地里干活儿了。”

“您有没有去采石场？”

老汉弗莱斯摇摇头。

“淘气的孩子就是往那里去的，我可不想再碰到她。”

“您再也没见到她了吗？”

“不，我可不想！”

“您还见到其他人了吗？”

“我听到了女教师在呼喊她的名字。”

“具体几点？”

“教堂的时钟刚刚敲了三下。”

“您看见她了吗？”

“没有。”

“特伦特先生呢？”

“没有。”

“其他人呢？”

老汉弗莱斯的火气上来了。

“我谁也没看见——除了那个从我盆栽棚里偷走绳子的淘气女孩！如果她拿走好东西，我自然会追上去，但是这不过是一堆破垃圾，我就放过她了，亏我英明！不论在哪儿，那个女孩只会给人招惹麻烦！既然她死在自己的恶作剧里，我觉得警察不必再深究，家族不必再自责！多好的解脱，约翰尼·格雷森，她就是这么一个人，我全说了！”

第十七章
村舍闲谈

扫码听本章节
英文原版朗读音频

格雷森探员把情况汇报给警务长。

“就我的调查看来，一切都直观明了。这个女孩不太正常，到处惹是生非，但是他们似乎非常喜欢她，也对她的死亡感到特别伤心。厨娘和男管家夫妇俩、白日女仆弗洛丽·鲍耶都说，没有人批评过她、呵斥过她——她肯定把他们玩弄得团团转。没有其他可疑之处，只是特伦特先生会由此得到一笔财产。他说，以前它的价值相当可观，现在已经大大贬值了。”

“确实没什么疑点。”警务长说。

在这轻松愉快的一小时里，福尔克纳小姐村舍的窗帘拉上了，暗淡的灯光柔和地抚摸着花饰陶瓷和银制茶壶。两位探员在对话，两位女士也在谈论这个话题。在福尔克纳小姐家里，两个房间打通，两端窗户对流，几根黑橡木柱子撑起沉重的二楼横梁。里面有些漂亮的家具，以及许多贵重的陶瓷，或许它们并不适合出现在村舍里。然而，地毯已经磨损，窗帘也失去了以往亮丽的色泽。

福尔克纳小姐消瘦高挑，和颜悦色，就像是一匹劳作多年后放归自然的马儿。她的双眼温和而突出，门牙细长，肤色暗淡，头发散落。她对希娃小姐说，在她年轻时，家里人都称呼她为“姜儿”。她的盘发虽然量多，但却不太整齐，总是从发髻底下滑落。里面一根白头发都没有，这是一种柔和的姜色。她正在邀请希娃小姐喝一杯茶：“舟车劳顿，想必你累坏了。”

希娃小姐欣然接受。她正在欣赏安娜皇后茶壶，以及边上的牛奶盅、糖罐子，还有花饰茶杯那通透的陶瓷质地。尽管福尔克纳小姐住在以前工人的村舍，尽管她那灰色花呢裙和自制羊毛衫破旧无形，但是她一生都习惯了精致的银器和上乘的陶瓷，所以她才不会放弃使用它们呢。

就在希娃小姐伸手拿茶杯时，她愉快地发现，这次旅程并不算遥远。

“马车上的人很友善。有几个乖巧的孩子来看望祖母，他们的奶妈非常和蔼。还有一位迷人的年轻牧师，他最近刚从赤道附近的非洲回来。”

福尔克纳小姐高兴地大喊：

“你知道吗，我非常确定，他就是我表姐霍普·温德林的小儿子。她住在乌雷顿的另一边，已经足足等了他一个星期。起初，当他提出去非洲执行任务时，她伤透了心。这位小伙子非常优秀，才华横溢。他们说，他能成就任何一番事业。但是，我们不能给别人安排他的前程不是吗，可至少他还活着。”她发出一声叹息。

希娃小姐迅速回到愉快的话题上。

“他对于共事的非洲本地人非常感兴趣。”

再谈论一会儿克利福德·温德林牧师的品行以后，她们认为温德林夫人的其他儿子“没那么优秀，没那么有才华，但是都非常亲切”，她那唯一的女儿“婚后生活幸福而舒适”。此时，希娃小姐拿出针织物，解释说这是一双灰色毛线长筒袜，现在拆了针，就能送给她侄女博克特夫人的大儿子约翰尼。

“艾舍尔有三个正在上学的孩子，让他们有袜子穿可不简单。幸好我织衣物很快，但是经常一双还没有织完，她就想要第二双了。”

原本害怕陌生人来访的福尔克纳小姐，感觉有希娃小姐的陪伴非常惬意。她了解亲爱的克利福德，不仅有侄子，还对传教士工作感兴趣，真是个淑女。于是，福尔克纳小姐那温柔而腼腆的个性马上卸下防备，不由得谈到了夫人之家那起悲惨的事故。

“这件事发生在周日下午，可真悲惨！当然这也是造成事故的原因——我的意思是，没有人听见那个可怜的女孩在呼喊。男管家和他的妻子总是会赶上周日两点四十五分的巴士去乌雷顿，弗洛丽·鲍耶是朝来夜去的女仆，下午和晚上都不在。老汉弗莱斯只有工作日才待在花园里，他跟我们干了不下五十年，还经常给我带植物，多好的人儿。他手下有两位园丁——那位英俊的美国人在战争爆发的四年前，曾经是我们的房客——当然，事情的发展谁又说得准呢。他们也就工作日来干活，周日两位小园丁都不在。住在小屋的老汉弗莱斯，总喜欢一边抽烟管，一边听着妻子在风琴上弹奏赞美诗。所以你瞧瞧，周围根本就没有人。”

希娃小姐织衣物的速度飞快，她的双手摆得很低，显然这是大陆编织手法。

“她的家人在哪里呢？”她问道。

“特伦特先生带妻子出去兜风了。这是个下雨的早上，但是两点半过后开始放晴了。女教师在写信，特伦特夫人的妹妹穆尔小姐跟随塞文先生出去吃午饭了，后者最近一直待在村里。雨一停，玛格特就跑去花园。那时，花园里空无一人。她肯定是从盆栽棚里面拿走了老绳子，用来爬上采石场的岩壁。仅仅一天前，她刚玩了一个非常危险的恶作剧，但是那会儿拿的绳子是好的。特伦特先生当时没收了那根好绳子。”福尔克纳小姐的脸上微微泛红，“你肯定会好奇，为什么我会知道这么多，在那里工作的弗洛丽·鲍耶是我那好朋友鲍耶夫人的女儿。二十五年前，她曾经是我们的烧饭女佣。如今，她天天过来照顾我。真不知道，没了她我该怎么办。我向来不精通厨艺和家务，当你不再年轻的时候，要知道怎么做家务可真不容易。”她靠向希娃小姐，推心置腹地说，“我会烧坏东西，包括烤炉布、吐司、手指等。鲍耶夫人说，我最好不要再继续尝试。所以她经常过来，跟我分享她生活中经历的事情。这一切似乎很自然，仿佛这就是她应该做的事情。”

希娃小姐连连表示赞同。弗洛丽会告诉她母亲夫人之家所发生的一切事情，她母亲会一五一十全告诉福尔克纳小姐——这位看似很会保守秘密的夫人。此时，希娃小姐正在听她讲述，玛格特·特伦特在家人和其他人身上玩弄的各种恶作剧，这可真是个淘气的女孩。其他人出现在她周围可真是一种不幸。

“他们总说，她像个孩子一样，不会伤害别人，”福尔克纳小姐说完，不以为然地摇摇头，“但是，她往兰德尔小姐的猫尾巴上系了一个空罐头，可怜的小猫蹦蹦跳跳，几乎快疯掉了。她还会在黑夜的树丛里跳出来吓人，想想就可怕！老斯普雷夫人为此整整病了一个星期。人们心有余悸，也开始说这是不正确的行为，必须采取行动加以制止。老汉弗莱斯到处说，人们应该在她身上玩弄恶作剧。我相信，没有人骂过她。我不知道，他们怎么能对她如此耐心，不过他们向来如此。如今她死了，他们似乎伤透了心。”

“他们喜欢她？我还以为，像特伦特夫人这么病恹恹的人，应该会觉得她很烦人呢。”

“我不知道可怜的特伦特夫人怎么想。她似乎不怎么在意这些事情。弗洛丽说她会盯着炉火或者自己的手，一连坐上好几个小时。听到她妹妹要过来住一段时间，我非常开心，因为她似乎不应该总是孤单一人。当然，特伦特先生对她非常好——他对谁都这么好。我相信他对侄女的疼爱、他对侄女死亡的伤心，以及德洛尼小姐的种种行为，都能让人看出，玛格特是他们的掌上明珠。当然他最为困扰的事情，莫过于继承玛格特的那笔财产。”

希娃小姐一边编织，一边接上话说：

“那个不幸的女孩居然有钱？”

“没错，她还非常喜欢到处炫耀，等她年龄一到，她就要用这些钱来干什么。她告诉弗洛丽·鲍耶，会赠予一百英镑作为她的结婚礼物。如果弗洛丽还在指望这件事，那就太傻了。”

关于特伦特夫妇的话题还在继续……

第十八章
庭审现场

扫码听本章节
英文原版朗读音频

希娃小姐非常开心，因为福尔克纳小姐拥有种种理由出席玛格特·特伦特的庭审现场。她提出陪女房东一同前往，对方欣然接受。这样一来，希娃小姐就拥有观察杰弗里·特伦特和他家里其他成员的好机会。当前，他们肯定处在巨大的压力之下。他们所照顾的年轻女孩，就在他们的看管之下走向突然而惨烈的死亡。不论他们的行为多么问心无愧，他们也难免反思过去的责任，接受这不堪重负的打击。只有在这一刻，人的性格才会凸显。克制的人会更加克制，伤感的人会痛哭流涕，而企图隐藏事实的人则会处处留心，以免吸引别人的注意。

这么多年来，作为村里第一淑女的福尔克纳小姐，从来不会为了争取好位置而有半点儿犹豫。她讷讷地说：“谢谢——谢谢。”

但是人们真难察觉这是给她让路的信号。在乡村大厅的第三排右边末尾，她站着等希娃小姐从身前经过，然后才安坐下来。这是最适合希娃小姐的地方，她能清楚地看到台上法官的桌子，以及左边两三排留给证人的座位。这里没有陪审团，说明警察认定这是一起意外。

大厅很小，福尔克纳小姐解释说，这是战争前她的美国人租客慷慨赠予乡村的最好礼物。“多么适合办演唱会、演戏和跳舞啊。当然，村里的女人协会也在这里见面。”

当夫人之家的成员走进来时，福尔克纳小姐亲切地向她介绍了起来。

“这是特伦特先生，原本多么英俊的男子啊，今天上午竟然如此憔悴，他肯定是吓坏了！这可是审判现场啊！我没想到他的妻子会过来，但是她来了，就是穿着毛衣、戴着黑色贝雷帽的那位。坐在她旁边的是妹妹艾奥尼·穆尔，她在美国的独角戏和素描画轰动一时。我不知道你会不会认为她好看，但她确实与众不同，难道不是吗？”

希娃小姐表示同意。特伦特夫人那张苍白如蜡的小脸面无表情，相比之下，她妹妹的脸蛋更容易引起人的注意。尽管艾奥尼·穆尔也脸色苍白，但她的内心似乎是明亮的。她的双眼闪烁着智慧，当她低头对爱兰歌娜说话时，都是一副深情款款的模样。她把手搭在姐姐的手上，任何看到的人，都能体会到当中的温暖和关怀。

杰弗里·特伦特坐在妻子的另一边。希娃小姐老练的眼睛一下子就看出来了，他明显在强行克制自己。艾奥尼·穆尔旁边坐着德洛尼小姐，她的头微微弯曲，双手紧紧抓住大腿。她是唯一穿着严肃黑衣服的人，看起来就像是死者最亲近的家属。她没有化妆，只是稍微涂了点儿粉，这只会让她的脸色更显苍白。

家人后面那一排，最靠外的椅子上端坐着一位穿着工作服的老男人。他的靴子上沾满泥土，就连搭在膝盖上的大手也不例外。

“噢，亲爱的，”福尔克纳小姐心神不宁地低声说道，“他真不应该穿成这样就来的，真不应该！他应该换一件衣服，这是对法官的大不敬，真的！”她更加小声地说，“这是我们的老园丁汉弗莱斯，就是我向你提起的那位。我想，他的妻子肯定有让他换衣服，但是这只会适得其反。她是他的第三任妻子，他们至少结婚十五年了，但是她和其他妻子一样，都管不住他。她也是个寡妇，原本还以为她有过类似经历，能更好地驾驭男人呢。不过，这更加证明了他是个顽固的老男人。”

就在法官进来这一刻，福尔克纳小姐不再谈论关于老汉弗莱斯的话题，反而匆匆谈了谈康登先生。他进来时，全体起立，她讷讷地介绍说：“他是乌雷顿的律师，非常受人爱戴。”他一入座，全体跟着坐下。

康登先生干练而敏锐，“开庭了，肃静——肃静——肃静！”这话听起来真像“定了——定了——定了”！然后，现场开始严肃而正式起来。法医、特伦特先生、德洛尼小姐、爱德华·汉弗莱斯分别陈述了证词。

希娃小姐饶有兴致地听着。她在观察脸色、声音和举止的细微变化，聆听玛格特·特伦特热衷玩弄的恶作剧。德洛尼小姐伤心而平静地描述，为了转移玛格特的兴趣点所采取的各种办法。当法官问她，是否用过批评或者惩罚的方式来纠正她的错误时，她泪如雨下。她双手戴着黑手套，紧紧握住不放松，一双湿润的眼睛径直看向康登先生的脸庞。

“噢，不，从来没有！这是错误的做法。如果你纠正了，只会让她脑子混乱。我们必须重新开始，用亲切、耐心和关爱来感化她。”

法官嘴唇紧绷，他的家中有四个孩子，全都在严肃的规矩之下长大。他可没有耐心“放任自由”，不过别人的家事也与他无关。根据警务长的说法，很多人都认为他们对这个女孩太宽容了。他们肯定没有严厉地打骂过她，以至于让她自寻死亡。

老汉弗莱斯先生毫无保留地表达自己的观点。

“真是一个淘气的小顽童！总是拿我的工具或植物来玩把戏！”

他说在周日下午，看见她走出盆栽棚，在雨衣下面藏着一根绳子。

“当我进去查看她到底干了什么坏事时，发现老绳子被扯下，四散开来！你问这绳子好用吗，不，没一根能用，她真不应该去碰它们！这是一堆腐朽的老古董，当我想要嫁接植物时，才会用它们来填充底料。”

“你没有追上她，瞧瞧她拿了什么东西吗？”

“我非常清楚，就是一根老绳子。况且这是属于我的周日下午。她喊了一些脏话，我就没再搭理她，直接锁门回家了。”

法官说，这起意外无疑令人惋惜。这些绳子原本锁在了合适的位置，这个不幸的女孩完全清楚自己没权动它们。绳子的另一端已经被发现了，就在采石场边缘的一棵树上。她可能想抓住绳子滑下悬崖壁，但是刚滑落几英尺，绳子突然中断，她就掉了下来，当场死亡。当人们发现她尸体的时候，她手里还残留了绳子的其他部分。他认为这件事与其他人无关。

庭审结束，人们成群结队地走出大厅。

希娃小姐控制脚步，刚好走在夫人之家这群人的前面。在门口拐弯时，她径直看向了爱兰歌娜·特伦特那张瘦小苍白的脸，那双空虚无神的眼睛，着实吓了她一跳。

她继而瞥向艾奥尼·穆尔、德洛尼小姐和杰弗里·特伦特。杰奎琳·德洛尼手里紧紧攥着一条手帕。然后，她突然举起手帕，不是擦眼睛，而是擦嘴唇！她似乎在有意地掩饰什么，看起来有点儿过火。就在这时，她刚好看向门口，察觉到了希娃小姐审视的目光。睫毛落下，遮住黑色的眼睛。希娃小姐不禁好奇，在眼睫毛落下的前一刻，她究竟看见了什么？

第十九章
城里闲逛

扫码听本章节
英文原版朗读音频

葬礼结束，吉姆·塞文回到伦敦，艾奥尼·穆尔依然住在夫人之家。她似乎不可能离开爱兰歌娜，但是留在这里是她最不愿意做的事情。如果说她之前已经讨厌这个地方，那么现在的理由就更加充分了。但是令她惊讶的是，杰弗里和爱兰歌娜都没有这种感觉。福尔克纳小姐悲伤地告诉希娃小姐，可怜的特伦特先生现在肯定不会急于买房子，他自己都在极力抗拒这个想法。此时的他正在跟小姨子商量，或许更确切地说，是小姨子主动找他说话的。

“不买房子？”他惊讶地看着她，瞪大的双眼从未如此湛蓝，“就因为可怜的玛格特死在这里？这算什么原因？英国的每座老房子都死了那么多人，也没人说里面不应该继续住人。如果你仔细调查，我相信这个地方发生了非常可怕的事情，但是现在没人愿意再提起它们了。”他坦诚地看着她，“你真令我感到吃惊，竟然有这种病态的想法。亲爱的小姨子，即便这个房子有人死了，你又能怎么办？我听说有人会维持房间原貌——不使用，甚至不打扫。那么你认为，人们多久后就会开始议论，这是一个闹鬼的地方？我不允许人们这么说我的小玛格特，我不仅希望，而且坚持认为，你不能向爱兰歌娜的脑子里灌输这种思想。”

事实却是，爱兰歌娜没有任何病态的想法。

“我不知道，为什么你会认为我介意住在这里，就因为玛格特死了吗？毕竟，没人真的在乎她，不是吗？她经常给家里人添麻烦，年纪越大就越捣乱。我经常担心，她会从门后跳出来吓唬我。她曾经干过一次，这也是杰弗里真正批评她的一次。他说，如果她再这么做，就把她送去一家管教严格的精神病院。”

“那是什么时候的事情？”

“大约两年前了。”爱兰歌娜模糊地说。

“后来她还这么干了吗？”

“没有，不过我总是担心她会继续干。”

艾奥尼出去寻找杰弗里，结果在书房里找到了他。她站在火炉旁边说：

“你说得没错，我认为爱兰歌娜不喜欢夫人之家，但并没有因为玛格特的事情就更加厌恶它。”

他饶有兴致地看向她。

“你跟她聊过了吗？”

她声音低沉，不耐烦地说：

“那是自然，我必须了解她的感受。现在我已经清楚了。事故发生前后，她的感觉没多大变化，只是——她现在精神更好了。”

他点点头。

“我找到了她藏吗啡的地方。这所老房子有些藏东西的好地方。我不敢全部没收，但是我在控制她的量，逐步减少。她现在吃的药片不是她以为的吗啡。我告诉了维奇科特医生，他帮了我们很大的忙。我很庆幸，你察觉到了其中的不同。”

她弯腰伸向火焰，似乎在温暖双手，然后轻快地说：

“德洛尼小姐不在这里干了吧？”

她没有看他，但却察觉到了他的惊讶。

“杰奎琳！怎么会？她跟你说什么话了吗？她不想离开这里，难道不是吗？”

艾奥尼起身转开。他痛苦不安地看向她。

“杰弗里，她是玛格特的老师，她的工作已经结束了。”

他温暖地说：

“我不同意。你知道吗，爱兰歌娜就像玛格特一样需要她，如今德洛尼小姐能花更多时间来陪伴她。难道你没看出来吗，这就是我们需要的——有人给予爱兰歌娜应有的关爱和陪伴，保证她不再得到那些害人的药片。”

这却让艾奥尼很不愉快，她想起了一件不太明白的事情。后来，她渐渐知道自己困惑的源头了。当杰弗里谈到杰奎琳·德洛尼，以及她的陪伴会给爱兰歌娜带来的好处时，他的语调与当初对夫人之家的赞美之情如出一辙。这甚至给人更加深刻的印象，因为自从玛格特死后，他明显受到了惊吓，一直非常沉默。直到现在，艾奥尼才能再次感受他的好脾气和激情，这是杰奎琳·德洛尼的魔力。艾奥尼极力抗拒这种想法。杰弗里就是这样，既容易垂头丧气，又容易被新鲜事物焕发精神。他对爱兰歌娜的进步表示欣慰，也认为德洛尼小姐的照顾有益于妻子走向更全面的康复。于是，艾奥尼说道：

“我当然认为，爱兰歌娜不应该一个人待着。整日坐着无所事事对她不好，她需要活动起来。我们今天早上可以去乌雷顿逛逛街。”

他突然愁云满面。

“我今天早上有很多事情要忙——没办法载你们……”

艾奥尼笑了起来。

“这就是我的意思啊，杰弗里。爱兰歌娜需要自己主动做事，而不是让别人替她做，所以你完全不必载她去。我们从教堂坐巴士去，这对她有好处。她需要新衣服，你可不想她再穿着冬天的棉绒外套了吧，我们都不是这么困在屋子里长大的。对了，如果她喜欢，我们就在乔治餐厅吃午饭。”

她会做好这一天的行程安排，但是他始终放心不下。最后，令她失望的是，他说要载她们去乌雷顿，把信件暂时搁置一边。

“如果你们愿意，随时可以坐巴士回来，今天做这点儿尝试就足够了。”

当她和爱兰歌娜走进车里时，艾奥尼惊讶而失望地发现，杰奎琳·德洛尼也在车里。她原本只想舒舒服服地带爱兰歌娜逛逛街——或许能唤回她们过去共有的回忆。她不希望有第三个人，不想有陌生人潜入爱兰歌娜的情感深处。她的脸上肯定丰富地写满了这种情绪，至少流露了蛛丝马迹，才让德洛尼小姐匆匆说道：

“我不会打扰你们，穆尔小姐。我只去一个地方，特伦特先生非常亲切地答应送我去。”

她在车站下了车，艾奥尼和爱兰歌娜则在横街和高街的交叉路口下车。天气不错，空气中弥漫着二月的温柔气息。横街上，大约有六所老房子在苟延残喘，小小的密闭花园里面长着几株雪莲花和一两朵黄色的番红花。因为战争爆发，房子紧缺，让它们暂时躲避了被拆除的厄运。里面没有任何便利设施，但却让人赏心悦目，雪莲花勇敢地绽放。爱兰歌娜注意到了它们，驻足欣赏片刻。

这里的高街与其他千万条高街并无差别。大商店吞噬了周边商铺，小商店还没有完全被挤死。平板玻璃窗内摆上了优雅之物，包括一顶看似异国花朵的帽子和一段闪闪发亮的锦缎。小小的钱包被红黄相间的著名商场所吸引。人行道上照常停了许多婴儿车，路边石撑起了许多自行车。在人群拥挤的街道上，公共汽车一股劲地往前冲。

高街的第一商店名叫“肯洛”。它白手起家，逐步发展成为一家拥有闪亮玻璃门面的大型商店，里面的商品琳琅满目，你能想到的这里都有，包括新娘用品、婴儿用品、男学生和女学生用品、居家用品。不论你的需求是什么，肯洛几乎都能满足你。

艾奥尼想起伦敦小公寓需要重新装饰，可以借此吸引爱兰歌娜对窗帘底料的注意。如果她无法接受某种东西，大可把它舍弃。一想到这里，艾奥尼准备做出一番自我牺牲。令她大为惊讶的是，这一切都是没有必要的。肯洛的布料特别精美，而且价格不算离谱。爱兰歌娜开始打探起来。她摘下一只手套，触摸这些材料，并请求拿到灯光底下看看。这就是以前的爱兰歌娜啊！艾奥尼不禁心头一暖。

“你知道吗，亲爱的，”爱兰歌娜说，“如果我是你，我就不会匆匆决定买东西。你确定要住在公寓里面了吗？”

“没错，这是路易莎·布伦特的公寓。她实在住不起，但是也不急于搬走，所以我不必急于做出各种决定。”

爱兰歌娜活跃了起来。

“那我来告诉你，你要做的事情！回到城里，量好尺寸。他们会给你这些上好布料的样板，你能够带回去现场比对，这样效果非常明显，然后你再回来下订单。”她问售货员，“请问能够给我们一些样板吗？”

只要顾客开心，肯洛愿意做任何事情。

令她们惊讶的是，时间过得特别快。现在已经十二点四十五分了，去乔治餐厅吃顿午饭的想法简直太美妙了。

当姐妹两人走出人行道时，爱兰歌娜说道：

“我太惊讶了，杰奎琳竟然想跟我们出来。”

“为什么？”

“她最近很烦躁，你知道吗？玛格特的一些东西不见了。”

她的语调照常恍恍惚惚，似乎根本不在乎自己说过了什么话。

“爱丽，我完全不知道你在说什么。”

爱兰歌娜一脸茫然地看着她。

“噢，我没有告诉你吗？这个烦人的女孩以前有本日记，她时不时会突发奇想，往上面写点儿东西。我曾经读过一点儿，看起来就像一个八岁孩子写的，里面的拼写错误多得可怕。就在她从采石场摔下来的那个下午，她还在写日记呢。杰基很担心，因为她不知道里面写了什么内容。”

艾奥尼有点儿轻蔑地说：

“她还能写什么呢？”

爱兰歌娜似乎没什么兴趣，她的声音开始冷漠起来。

“噢，我不知道。但是她非常生气，因为杰弗里没收了她的绳子，可能她在日记里面数落杰弗里呢。”她古怪地侧眼看看艾奥尼，“可能里面的内容与我有关。”

“她会说你什么呢，爱丽？”

爱兰歌娜生气地说：

“她发现了我藏起来的东西，真是个可怕的孩子！你不知道，她死了我有多庆幸。”

“对谁也不能这么说，爱丽。”

爱兰歌娜脸红了。

“我没有——这话只对你说过！我不想再继续谈论这件事了。如果不是好奇为什么杰基没有待在家里，好好找找那几页撕下的日记，我一个字都不会提呢。你知道吗，她猜想玛格特把日记藏在你的房间里面了。以前，玛格特非常喜欢去你房间，如果你不在家，她就能好好搜搜这个地方了。”

就是这种事情，让艾奥尼意识到爱兰歌娜还远非常人。她很惊讶，自己竟然会满腔怒火。她并非对可怜的爱丽生气，而是一想到杰奎琳·德洛尼搜查她的房间，她就气不打一处来。这到底是为什么呢？就为了一个不正常女孩的乱涂乱画？她立马说道：

“你说有一些撕下来的日记，那么其他日记呢？还在杰弗里那吗？”

爱兰歌娜摇摇头。

“噢，没有，杰奎琳和杰弗里烧掉了。”她的说话方式一板一眼，让人信服。

她们安静地走下人行道滑坡。

高街底部是十字交叉路口，这里是乌雷顿最中心、最繁忙和最吵闹的地方。一座可怕的钟塔在安全岛中间竖起，旁边伴有象征性的雕像。就像大部分类似的建筑，越少人评论就越好。幸运的是，几乎没人注意过它们。上面经常站满平安到达安全岛，再由此过到马路对面的人群。

爱兰歌娜紧紧地握住艾奥尼的手臂。

“这是世上最可怕的马路，真的！当红绿灯变化时，我都不清楚车辆往哪个方向走。”

艾奥尼笑了起来。

“不要紧！肯定会有一帮人过马路。如果我们抱团行动，就没人会来撞我们。”

行人实在太多，安全岛位置太小。艾奥尼和爱兰歌娜站在前排，不仅被人群挤压，更面临着被推下路边石的危险。但是，红绿灯眨眼会变，所以她们很快就能穿过马路。事后回想，艾奥尼感到迷惑，后面的人到底能看到什么？他们能看见，爱兰歌娜和她被人群挤压，但是他们能否看见是爱兰歌娜握住她的手，而不是她握住爱兰歌娜的手？她不断地回想，然后认为，后面的人并没有察觉到这样。爱兰歌娜体形瘦小，抓住的是艾奥尼的手腕，别人肯定看不见。没错，肯定是这样——但是她并不确定。

一切正在剧烈改变，一切让人心生迷惑。红灯马上转绿灯，一辆大型的双层巴士飞驰而来。就在它从面前驶过时，艾奥尼感觉后面有人推了一把。她下意识地靠向爱兰歌娜那边，爱丽的手松开了。艾奥尼稳住自己，唯恐从路边石上掉下。就在这时，爱兰歌娜已经跌跌撞撞地倒向了大马路……

第二十章
安全岛惊魂

扫码听本章节
英文原版朗读音频

只听见两个女人在尖叫，一个男人在警告，人群就此四散开来。还没等艾奥尼恢复平衡，一只花呢手臂伸了出来，一根带钩的手杖拉住了爱兰歌娜敞开的手臂，将她猛拉回来。她晃晃悠悠一两步，然后倒下了。红绿灯又变，人群再一次蜂拥而来。艾奥尼坐在路边石上，爱兰歌娜的头埋在她的大腿里。那只花呢手臂和带钩的手杖已经消失了。在人群的嘟囔声中，她们听到了平静而亲切的问候：

“穆尔小姐，我叫到了一辆的士。福尔克纳小姐告诉过我，乔治酒店舒适而安静。如果我们带你姐姐上那里，就能看看是否可以请到医生。不过我相信她只是被吓坏了才晕倒的。”

艾奥尼满怀感激地往上看，发现这位稍带严肃的人正是福尔克纳小姐家的租客。

在的士司机和另一个男人的帮助之下，爱兰歌娜被抬上车。当车慢慢驶离安全岛时，希娃小姐依然陪伴在左右，艾奥尼一点儿也不感到惊讶。尽管刚开始受惊记不起她的名字，但是最后她还是想起来了。福尔克纳小姐在村里商店介绍过她：“在一年当中最荒凉的时刻，希娃小姐亲切地过来陪我过冬，拥有一个不怕冬天的租客真好。”

艾奥尼不禁好奇，希娃小姐有什么害怕的东西吗？周围的人都在喘气、拥挤和尖叫，她不仅非常平静，而且还拦下一辆的士。握住爱兰歌娜的手腕，她轻轻咳嗽一声，似乎在吸引希娃小姐的注意。

“她的脉搏很稳定，不必担心。”

就在她说话时，爱兰歌娜睁开眼睛，轻轻呜咽一声，然后努力坐起来。

“噢，发生什么事了？”

艾奥尼说：

“没事，我们被推下了路边石，然后你摔倒了。”

“我记不住了——我受伤了吗？”

“估计没有。你感觉哪里不舒服吗？”

她这次坐起来了，扭动脑袋，活动手脚。最后，她近乎失望地说：

“不，这不是真的！”她俯视双手，“噢，我把手套撕烂了！”

当她们来到乔治酒店时，她只需要艾奥尼的搀扶，就能走到餐厅吃午饭了。

她们温柔地邀请希娃小姐留下用餐，她照做了。希娃小姐一直有些话，希望能找到机会说出来。一顿丰盛的午餐最合适不过了。她们进入一间小而温馨的包厢，女经理保证这里没人会打扰她们。她甚至给爱兰歌娜盖上一条毛毯，方便她在沙发上休息。艾奥尼温柔地哄姐姐入睡。等到她和希娃小姐喝完咖啡时，爱兰歌娜已经完全进入了梦乡。

艾奥尼稍微靠向希娃小姐，低声地说：

“到底发生了什么事？你就在我们后面吗？你看见了什么？”

希娃小姐遗憾地摇摇头。

“恐怕我几乎没看见什么。我前面站着一个穿着老式圆领披风的大男人。当然，是他救了你姐姐的命。那时候，没人能及时抓住她，不过他用手杖钩住了你姐姐的手臂。”

艾奥尼吸了一口气。

“我没看见他的模样，”她说，“只能看见他的手臂和手杖，他肯定已经走远了。”

希娃小姐带有几分揣测地说：

“可能他并不想受到感谢吧。”

艾奥尼非常认真地问：

“你见到他了吗？你能描述一下他吗？”

希娃小姐饶有兴致地注视着她。

“他体形魁梧，披风让他显得更加庞大。我那时候没有看见他的脸庞。但是或许有两点，你会感兴趣……”

艾奥尼打断了这个看似可靠的推断。

“没错，是什么？原谅我这么鲁莽，但是你无法了解，这对我有多重要！”

希娃小姐和蔼地笑了笑，年轻人总是容易着急。

“他操着一口苏格兰口音。”她说。

“你听到他说话了吗？”

“一个小孩问他时间，他回答说：‘抬头看看钟塔，小伙子。’”

艾奥尼感觉，自己一直在等待一扇门的开启。如今，她最期待的事情莫过于永远关上这扇门。然而，它不会关上，不论是为了她还是其他人。她拖拖拉拉地继续问道：

“你说有两件事，那么另一件事是？”

“我们穿过街道，走向安全岛时，我就在他身后。那时，他正在哼小曲。”

“你知道曲调吗？”

“噢，没错，这是一首非常有名的苏格兰民歌，我一下子就听出来了，它的名字叫《苏格兰的风信子》。”

复仇之门剧烈打开，外面的东西令人恐惧、让人费解。每个直觉都指向危险，每种危险都指向教授。她知道，他就在乌雷顿。她知道，他就是伟大的普洛斯彼罗，出现在每一张广告板上。她知道，他在过马路时哼唱《苏格兰的风信子》。她知道，他就站在她和爱兰歌娜的背后。她不知道的是，大雾弥漫那天，他到底在为了谁的性命与人讨价还价？是不是爱兰歌娜的性命？但是他救了爱兰歌娜。他手杖的把柄把她从死亡边缘拉了回来。难道他推了爱兰歌娜，然后又后悔了吗？有时候，的确会发生不可思议的事情，促使我们去收回没说出口的话，放弃没有出手的行动。难道正因为如此，爱兰歌娜就得救了？可是，这就意味着他们在大雾中讨价还价的，就是爱兰歌娜的性命！她清晰而坚定地告诉自己：“这全是瞎扯！”不过，她又想起了玛格特的死。玛格特是个累赘，或许爱兰歌娜也是个累赘。

她察觉到了，希娃小姐正在仔细地看她。这种眼光深邃而贪婪。她感觉，仿佛有盏灯照亮了她的所思所想，这盏灯和蔼、友善而异常坚定。奇怪的是，她竟然不反感。她说道：

“希娃小姐，我想最好还是告诉你，我知道你到这里的原因。”

希娃小姐依然面带微笑。

“是什么呢，亲爱的？”

“约瑟法·鲍登写信告诉我了。她是个古灵精怪、爱管闲事的人。我其实……很生气。”

“这是自然，穆尔小姐。”

“然后，我见到了你，发现你并不是我料想的那种人。约瑟法真没权利插手如此棘手的家庭问题，但是她一直很关心爱兰歌娜。如果你非常爱一个人，就不可能袖手旁观，全然不知道对方过得怎样。我不希望你认为，爱兰歌娜在家里受到了忽视。抚养我们长大的表姐生病了，我不可能离开她。我一直在美国，回来却发现她徘徊在生死边缘。当她身体好转以后，我真的想回去看我姐姐。我们每次都有理由见面，可就是见不上。当我提出拜访时，内心是绝望的，但是这次真的实现了。显然，约瑟法也非常绝望，这时候的她特别容易大惊小怪。有时候，我真希望她能够卷入诽谤诉讼，或者造谣中伤的案子当中，因为她完全不在乎自己说了什么话。”

希娃小姐从自己的角度表示赞同。

“她也许很容易火急火燎地行动起来。当她第一次提出时，我也怀疑该不该接手。后来一想，我认为过来一个星期也无妨。如果发现鲍登小姐的恐惧纯属空穴来风，特伦特夫人跟丈夫幸福地生活在一起，她没有因为夫人之家而过分承受压力，那么鲍登小姐就会不再害怕，我的服务就是值得的。从另一方面来说，如果有任何不对劲的地方，那么关心特伦特夫人的人就应该有所了解。”

艾奥尼认真地看着她。

“你的结论是什么？”

“我渐渐发现，你姐姐在嗑药。”

艾奥尼脸色刷地红了起来。

“我知道！但是她好多了，希娃小姐，她确实好多了。结婚前，肯定有人匆忙让她服下那东西。杰弗里在蜜月期间就发现了，他全告诉了我。他带她去看了法国医生，以为治愈了她，谁知她又突然嗑起来了。今天，他告诉我，他找到了她藏吗啡的地方，而且他和维奇科特医生正在逐渐减少剂量，好让她彻底戒掉。比起我刚到这里时，她已经明显好多了——我那时候根本不知道她发生了什么事情。当然，这就解释了她不肯见我的原因。”

希娃小姐说：“没错。”然后，她双手叠放在大腿上，径直看向艾奥尼。

“穆尔小姐，玛格特·特伦特这一死，你满意了吗？”

第二十一章
乔治餐厅的午后

扫码听本章节
英文原版朗读音频

她感觉到一股刺痛的震惊感，提到爱兰歌娜的脸红已经消失了。她不确定地问道：

“你这话是什么意思？”

希娃小姐咳嗽了一声。

“这无疑是场意外。这个女孩太粗心，背后没有其他更高深的动机。我从很多人嘴里听过这个女孩，大致给我的印象就是，她的心智只有七八岁，全然不顾自己的行为。这个符合你自己的判断吗？”

“没错，我认为是这样。许多七八岁的孩子都比她更讲道理，而她似乎没什么理智。”

“假设在这种情况下，有人建议她去拿老绳子，到悬崖壁上玩恶作剧，你认为她会有什么反应？”

“希娃小姐！”

“她会不会受到吸引呢？”

“当然会，她会立马上当的，任何了解她的人都知道。但是没人——没人会干这种事！说出来都可怕！”

希娃小姐温和地表示同意。

“但是，我相信可能发生了这件事。接下来的话，我不会重复第二遍。正如你所言，这个建议非常糟糕，但是玛格特·特伦特死了。如果安全岛那人没有出乎意料地救特伦特夫人，那么她会面临同样的命运。眼下不可能将两件事紧密地联系在一起，但是今天早上发生了这种事情，我感觉不应该再对你有所隐瞒。”

她的这番话触动了穆尔小姐的内心。她对她微笑，就像在教室里鼓励迟疑的学生一样。它百试百灵，现在也不例外。这是一种支持，这是一种承诺，任何困难都会迎刃而解。她继续和蔼地对艾奥尼说道：

“老汉弗莱斯，也就是夫人之家的园丁，昨晚过来看福尔克纳小姐。我就在客厅的另一头，虽然我当时没察觉，可现在我确信了，他并不知道我坐在那里。他送来三株刚刚盛开的风信子，每株上面有四个花球，强行让福尔克纳小姐收下。福尔克纳小姐表现得非常懊恼，并告诉他，不应该使用特伦特先生的花球，不应该拿温室之热做借口来强行送花。汉弗莱斯非常直率。每个人都知道他对福尔克纳小姐多么忠诚，但是他确实没什么礼貌。”

“可能在她还小的时候，他就记住了她。”

希娃小姐笑了，但是声音中透露出一丝反对。

“噢，没错，他在这里待了五十年，他父亲也是。那时候，他突然勃然大怒：‘您大可不必介意，小姐！几朵花对特伦特先生算得了什么？他来花园的时候，我当面告诉他了——福尔克纳小姐会像以往一样收到她的花球。’然后他说，‘这没问题，汉弗莱斯。’”

“没错，我想也是。”艾奥尼说。

“福尔克纳小姐说，她会好好感谢他。此时，汉弗莱斯说了特别奇怪的话。那时候，我坐在客厅另一边深深的手扶椅上。我能确定，他不知道我就在那里。他说：‘特伦特先生不想受到感谢，小姐，多言惹祸啊！庭审现场，我嘴巴紧闭，因为我既受不了律师的盘问，也受不了他们那一摊破事儿。’”

“他这话是什么意思？”

“我吓坏了，相信福尔克纳小姐也不例外。她马上问他什么意思，还警告他说，如果他在审讯时没有和盘托出，就犯了很大的错误。他站在那里摇摇头，说舌头是自己的，他根本不接受律师那一套。他说，有些话还是不说为好，福尔克纳小姐非常失落。我看得出来，她是担心这个老男人对女孩做了什么坏事。我相信汉弗莱斯也意识到了这一点，因为他突然改变音调。‘别激动，小姐，’他说，‘这事与我无关。我告诉律师，那个淘气的女孩无礼地对我叫嚣，但是他从来没有问过我，她到底说了什么话，不是吗？如果他不问，我就不会说，所以我选择了沉默。但是我不想对您隐瞒，因为小姐您是如此的通情达理。我跟上去，对那个女孩说：‘你在雨衣里面藏着我的绳子，我能看见它的尾端在晃动。’她对我做起了鬼脸，大声喊道：‘杰弗里说我可以拿它。’然后捧腹大笑地离开了。”

艾奥尼急剧地倒吸了一口气。

“希娃小姐，他不可能这么说！”

希娃小姐咳嗽了一声。

“我们也不知道他是否说了这话。老汉弗莱斯逮到她从棚子里拿走了某些东西。她说这是特伦特先生的差使，难道这不是很自然的事情吗？”

“我不知道。如果审讯时被查出来，杰弗里就会非常窘迫。”

希娃小姐表示赞同。

“结果肯定很难看。福尔克纳小姐非常伤心。她说没错，汉弗莱斯闭紧嘴巴是正确的。这听起来像是一个淘气女孩会说的话，可能完全是假的。她希望他不要告诉任何人，因为这会对特伦特先生造成很大的伤害。汉弗莱斯说：‘我就是这么想的，小姐。’然后离开了。”

一阵奇怪的沉默过后，艾奥尼问道：

“你为什么要告诉我？”

“我想你知道为什么，穆尔小姐。”

“没错，我知道为什么。但是你——我明白为什么你认为有必要告诉我。不过有一些事情，我还没告诉你呢。”

“你会告诉我吗？”

“没错，我必须告诉你。”

希娃小姐专心地听她讲述迷失在大雾中的故事，以及摔下某间房屋台阶后听到的对话。

“我只能听到一方的说话内容，因为屋里人一直在压低声音。外面这人说话非常大声。他说自己是个可靠的人，从来没有让任何人失望过，自己说到就能做到。他操着一口浑厚的苏格兰口音，而且总是重复尾音的部分。他的一只脚还在门里，说自己只有准备好以后才会采取行动。里面那人急于甩掉他，这也难怪。不过他就是站在那里，喋喋不休地讲下去。他没有醉酒，但是喝了许多威士忌，我听到他说：‘竟然在这种大雾天把人赶出门外，你就想想，如果我被车撞死了，谁来帮你干脏活？不过我还没有答应干，我会认真考虑再告诉你。不过，你可要好好想想给我的报酬。没有两千，我可不干。如果干了，我自认傻瓜。我可是冒着被砍脖子的风险，两千英镑少一分我都不干。’然后他离开了，嘴里吹着《苏格兰的风信子》这首曲子。”

希娃小姐脸上露出了恐慌的表情。

“然后呢？”

“我跟着他。因为我迷路了，但是他似乎知道自己要去哪里。”

接下来，她讲述了碰见吉姆·塞文，他用钥匙打开一个空房子，三人坐在楼梯上等待大雾散去的故事。

“我躺在吉姆的肩膀上睡着了，但我醒来过一次，听见苏格兰人说他的名字叫罗伯特·马格斐教授，还有一次——至少我认为还有一次——他在争论关于中国清朝官吏的老问题。你听过吗？假如按下按钮，杀死这个清朝官吏，你就能拯救四分之三的人类，你会这么做吗？吉姆·塞文说，这个按下按钮的人肯定在好奇自己能否逃脱，才不会担心其他人呢。当我继续睡下时，他们还在讨论这个问题。当我最后清醒过来时，大雾已经散去，教授已经离开。但是在玛格特被杀死的周日，吉姆和我就在这里吃午饭，他在咖啡厅撞见了教授。他说，罗伯特·马格斐只是他的私人名字，在这里，人们都称呼他的职业名字‘雷古勒斯·麦克塔维什教授’或者‘伟大的普洛斯彼罗’。”

希娃小姐说：

“这确实很有趣。福尔克纳小姐和我昨天下午去看日场演出，他就是一位魔术师，表演非常好看。当我们横过马路抵达安全岛时，我一下子就认出他来了。”

艾奥尼身子微微前倾。

“希娃小姐——他有没有推爱兰歌娜——这有可能吗？”

希娃小姐摇摇头。

“我无法告诉你他有没有推她。当然他有可能这么做，因为宽敞的披风遮掩了他的手臂。但是，如果他推了你姐姐，为什么又会救她？你真的相信，他要推的人是你姐姐吗？你自己没有任何感觉吗？”

希娃小姐身穿黑夹克，头戴第二号的帽子，耐用的毛毡布料已经抵御了多个冬天的冲击，这淡化了她那可靠、和蔼的家庭女教师形象。这套衣物似乎已历经诸多时日，仿佛置身缩小镜之下。因为房间较为温暖，她脱下黄色的软毛披肩，放在椅子的扶手上。坚韧的黑色羊毛手套则整齐地叠放在她的大腿上。这个破旧的手提包见证了多次效果显著的服务。狭长的远景图上，这些都成了小模型。在艾奥尼眼里，一切都在晃动，一切都不稳定。

希娃小姐伸出纤细而小巧的手来，握住艾奥尼的手。

“低头休息一下吧，亲爱的，一会儿你就能好起来。”

艾奥尼按照她说的做了。后来，她感觉一切恢复了正常。

“我没事了，只是被吓到了。你问我，自己有没有感觉。我当然有！我感觉有人从左边推了我。我们被后面的人挤压着，我担心被推下安全岛，所以就向右挪了一步，抓住了雕像的一条腿。如果没有的话，那就……”

希娃小姐严肃地说：

“这一推会直击你的两肩之间。”

又是一阵沉默。过了很长一段时间，艾奥尼才问出口：

“他想推的人是我？”

“如果你没有走开，那么被推下去的人就是你。”

“我明白了……”

“穆尔小姐，你愿意告诉我一些事情吗？”

“什么事情？”

“鲍登小姐告诉我，你和你姐姐都有钱。”

“没错。”

“如果你死了……”

“这笔钱会给爱兰歌娜……”

“如果特伦特夫人死了呢？”

“这笔钱会给我。”

“那么，特伦特先生就不存在杀害妻子的动机。”

“当然不可能——希娃小姐，你怎么可以这么说！”

希娃小姐平静地说：

“那么，凶手就不存在杀死特伦特夫人的动机了。可怜的玛格特死了，她那一大笔钱会落入特伦特先生手中。如果你也死了，背后也能找到动机。因为你拥有大笔钱，死后会落入你姐姐手中。”

艾奥尼脸色苍白，无言以对。她瞪大黑色的眼睛，几乎快要窒息。

“不——不——这太可怕了。”

第二十二章
管家的请求

扫码听本章节
英文原版朗读音频

杰弗里·特伦特正在书房写信。他眉头紧锁，笔尖沙沙作响。一封信写给他表哥的律师，谈论关于遗嘱一事。一封信写给玛格特的老奶妈，这个又傻又温柔的老女人以为，她还是多年前那个健健康康、蹦蹦跳跳的孩子。一封信回复爱丽丝·莫利的“祝贺”。他曾经和她有过片刻的暧昧，也曾经为她而心醉。这种女人到处阿谀奉承，还不忘撒撒毒药。他想告诉她自己对她的印象，但是又不想唤醒她那条致命的毒舌。就在他完成落款时，发现弗拉克斯曼端着咖啡盘就站在他旁边。

“不知道您有没有空，先生……”

当任何人这么说的时候，肯定意味着不愉快的事情——要么是家庭争吵，要么是提交辞呈。他的内心困惑不已。弗拉克斯曼夫人是个优秀的厨娘，弗拉克斯曼先生是个高效的管家。他们的工资虽然很少，但是一切都井井有条。他振奋精神，倾听着弗拉克斯曼夫人的不安。“小姐死后，先生……”让他松了一口气的是，尽管对话遵循长久以来的主仆关系，却朝着完全不同的方向发展。

“我在想，先生，您是否考虑给弗拉克斯曼夫人和我加薪？”

他放下盘子，退到桌子的远端，恭恭敬敬地站着。穿着灰色的亚麻家居服，他那瘦长的身材显得非常干练。身后窗户透进来的阳光，让他那嶙峋的体格显得更加黑暗而凸出。

杰弗里尽量表现出怀疑，“这个嘛——”弗拉克斯曼夫妇把两年最好的时光贡献给了这个家，而他们的工作也令人非常满意。所以，他认为应该给他们提薪，否则他们就会想去别的地方干。但是，他并不想太轻易就答应，所以他尽力表示出怀疑的态度。

“我不知道啊，弗拉克斯曼。”

弗拉克斯曼走向炉火，开始撩动它。

“我们已经干了两年，原以为您会考虑考虑。小姐的死亡让弗拉克斯曼夫人震惊不已。并不是说我们想离开，特别是我们曾经受过您的恩惠。”

“有你们真好。”杰弗里有些茫然地说。

“这不算什么，先生。我们只是一直遵循这条座右铭罢了——雇主利益摆在首位。”

杰弗里猛地吓了一跳，弗拉克斯曼这番话是否暗含其他意思？他认为有，所以尖锐地问：

“你到底想说什么？”

弗拉克斯曼从炉火旁转身，拍拍手上的灰尘，耷拉着双眼。

“雇主利益摆在首位。”他说，“如果我没有把这句话作为我的座右铭，那么我就会在审讯的时候站起来说一些话。”

“什么？快说出来！”

“先生，我是告诉您，我并不想把这些话对其他人说。您是个绅士，知道该如何正确地对待我们。玛格特小姐摔死的周日下午……”他突然停下来，不是犹豫，而是似乎给杰弗里时间来做准备。

杰弗里·特伦特几乎正对窗外的阳光，也许感觉自己处在非常不利的位置，他把椅子往后拉，然后转身坐到桌子的侧面。他把头靠在手肘上，掩盖一边的脸庞。这套动作很自然，这个姿势更从容。

弗拉克斯曼依然站在灶台旁边。杰弗里说：“你还是说出来吧。”于是，他继续恭恭敬敬地说：

“玛格特小姐摔死的那个周日，先生，也许您记得那个上午一直在下雨。”

杰弗里·特伦特当然没忘记。他说：

“是的。”

“弗拉克斯曼夫人和我正在赶巴士，也就是两点四十五分从教堂经过的巴士。弗拉克斯曼夫人不喜欢匆匆忙忙，我们提前半小时就到了。就在这个时候，天气开始放晴。她穿着厚重的橡皮布防水衣，顶着猛烈的太阳，感觉不太舒服。于是，弗拉克斯曼夫人说，她无法穿着两件厚重的外套跑去乌雷顿，我还有时间，可以回家取她那件黄褐色的轻薄外套。那时候，她感觉非常热，先生。我说：‘我可不想错过巴士。’我们就开始有点儿争执。泰德·博尔特刚好骑自行车经过，他说巴士在西埃尔登耽误了，至少到三点才能过来布里克。这就意味着我还有很多时间，所以我就把夫人厚重的外套拿回家，并取下她要的那一件。恕我说一句，女人的衣服真是烦人。我顺着过来的路回去，刚好玛格特小姐从我身边跑过。她自个儿乐呵，我猜想她一定心有诡计。她喊道：‘我以为你已经离开了，弗雷德。不要告诉任何人你看见了我！’我看了看手表，还差一两分钟才到两点四十五分，所以我还有足足十五分钟，于是我想看看她去干什么。她朝着汉弗莱斯先生的盆栽棚走去。我想，如果她在那里玩恶作剧，老汉弗莱斯肯定会疯掉的。她肯定知道钥匙放在哪里，因为我过去时她已经进去了。教堂时钟刚过四十五分，她笑着跑出来，雨衣里面藏了某种东西。她没看见我，我也不想为此耽误自己的时间。我还在想，这没什么大不了的，然而汉弗莱斯先生跑了出来。他恰好逮住了她，但是不论他说什么，玛格特都哈哈大笑。我正打算离开时，他说：‘这是我的绳子，不许拿！’她做了个鬼脸，朝他喊道：‘杰弗里说我可以用！’我没有再听下去，因为不想冒着错过巴士的风险。”

杰弗里·特伦特看向炉火那边的弗拉克斯曼。他的脸色苍白得可怕，玛格特死去的那天，他就是这副神色，吓坏了每个人。平常活泼开朗、神采奕奕的人，一旦变成这样，就会让人瞠目结舌。然而，弗拉克斯曼似乎丝毫不受影响。如果特伦特先生需要时间来思考，那么他会给他时间——不着急。到最后，他就会悟出中间的所以然。毕竟，他们的利益是一致的。

杰弗里努力克制自己的声音。

“毫无疑问，我没有对玛格特小姐说过这种话。我想都不敢想，怎么可能允许她去碰那些绳子。如果她说了你所听到的话，这不过是她逃脱的伎俩。如果她说了，那么汉弗莱斯为什么不说？他也如实陈述了与她的对话，并没有提到玛格特听命于我，跑去拿绳子。”

他渐渐恢复了以往的脸色，伸直手肘，离开桌子，两眼盯着弗拉克斯曼的脸庞，浮现一种难以言喻的满足感。

弗拉克斯曼巧妙地回答说：

“雇主利益摆在首位，先生。汉弗莱斯先生为夫人之家服务了很长时间。我相信，他完全靠得住，不会说出这句话来。”

杰弗里·特伦特脸上的满足感更加明显了，他说道：

“你是在敲诈我吗，弗拉克斯曼？”

他从未如此惊讶，“特伦特先生！您怎么能说出这样的话！”

杰弗里的眉毛头皱起来。

“你不也轻易说出口了吗？”

“特伦特先生，我从没这么想过！我只是认为，您应该知道这件事。”

杰弗里狂笑起来。

“天啊，不要一板一眼，像语法书中一样说话！我从来没有允许我那可怜的侄女去拿绳子。我确实跟她谈了谈那天她在穆尔小姐和我身上玩弄的恶作剧，希望她能有所感悟。似乎效果并不好。她就是个随风倒的人，可怜的孩子。我当然没有让她去拿绳子。老天啊，它们都烂透了！”

“这种故事会非常伤人，先生。”弗拉克斯曼面无表情地说，“就我而言，您完全可以相信我不会出卖您。”

“雇主利益！”杰弗里的声音里充满了嘲讽的意味。

弗拉克斯曼脸上浮现一丝痛苦的表情。

“没错，先生——雇主利益。但是，我相信没必要提醒您，这种事情一般都是互惠互利的。一方忠诚，另一方应报以慷慨和信任。其实，先生，如果您愿意相信我的话，双方都能享受好处。”

杰弗里·特伦特甩开脑袋，愤怒一笑。

“噢，我相信你，弗拉克斯曼，我相信你！你不必担心——你已经把话说得很清楚了！问题在于，你希望我给多少钱才能封住你的嘴巴！”

“特伦特先生，我必须请您注意自己的言语。我已经表明自己是一位忠诚的仆人，只以您的利益为先。我想，要求涨工资并非不合适。”

“你想怎么‘涨’？”

他马上坚定而恭敬地说：“弗拉克斯曼夫人工资翻倍，我的工资保持不变，以及一份双方商定的额外奖金。”

说完，他走出房间，关上房门。

第二十三章
厨房的争执

扫码听本章节
英文原版朗读音频

这一刻，杰弗里·特伦特感到释怀。弗拉克斯曼离开了，杰弗里并不打算马上采取行动。他被敲诈了——多么有技巧、多么有心机、多么冠冕堂皇。这种敲诈会带来多种惩罚，如果他这时打通警察的电话，控告弗拉克斯曼，其结果只会是双方各执一词。毫无疑问，弗拉克斯曼会不卑不亢，给出完美的解释。弗拉克斯曼夫妇已经为特伦特先生服务了两年多。他们希望自己的工作令人满意，也认为自己值得获得更多工资。至于玛格特小姐提到绳子一事，如果特伦特先生没有拒绝加薪，弗拉克斯曼肯定不敢提出来。

这句话本来有可能被人说出来。如果他派人去请警察，自己说出口，那么这就覆水难收了。“玛格特小姐说：‘杰弗里说我可以拿绳子。’”这句传闻的话，恰恰是玛格特可能说出口的话。就在汉弗莱斯朝她咆哮的时候，她向他做鬼脸，并扔出了这句话。有可能她只是随口一说，但是如果不断重复提起，它就不会为人所忘记。不论到哪儿，他都能听到这些悄悄话。“这个可怜的女孩，在他的监护之下，用烂绳爬上了悬崖，摔下来当场死亡。他们说，她告诉了园丁，特伦特先生让她这么做。她原来拥有大笔金钱，现在都落在他手上。”这种话在法庭上可能站不住脚，但是人人口耳相传，却足以毁掉他。这种事情真让人头疼。他内心已经意识到，自己无法面对这种情况。

弗拉克斯曼走进厨房，吹着口哨，看起来非常开心。弗拉克斯曼夫人好奇，这到底是为何。她正在不慌不忙地制作一个蛋糕。在她看来，匆匆忙忙只会煮坏食物。她本来可以成为一位大厨子，但是这并不适合她——因为太忙乱了。她喜欢放松心情，用最好的食材来烹饪美味佳肴。她的眼神离开那盘顺滑而浓郁的面粉团。

“你怎么了？我都记不起来，你上次吹口哨是什么时候了。”

他好声好气地问：

“好奇吗，老太婆？”

她继续打探。

“你的意思是，我最好不要过问吗？”

“这是你的意思，不是我的。”他从桌上拿起一粒无核葡萄干，一点儿地咬着。

她开始放水果进去。当黏稠度恰到好处时，她把和好的面粉团放进一个涂了黄油的饼模里，再推进烤炉中。然后，她回到桌子旁，用围裙擦擦双手。

“你最好有话可说，弗雷德。”

他双手插进口袋，玩弄里面的几张钱，说道：

“我为什么要这么做呢？”然后，他突然话锋一转，“弗洛丽在哪儿呢？”

她盯着他看。

“现在是她的半天假，你不和我一样清楚吗？刚过一刻钟，她就走了。”

通向厨房的路上还有两扇门，他一一打开它们，然后笑着回来。

“一切都还没定下来。玛丽，你听我讲！我没有准备干什么，你也不要用这种眼神来看我！我们已经为特伦特先生服务了两年，我要求他涨工资，就是这回事——记住这么多就行了！”

她身形健硕，但却无精打采——头发灰白、肤色苍白、两眼无神。当她年轻的时候，短粗的睫毛还曾经呈现淡茶色。她平静地看了一会儿丈夫，然后说道：

“你心里有别的打算，我不喜欢这样的你。”

“玛丽，我问问你——我是不是个好丈夫？”

有好多次她想否认这个观点，但是不希望提起来，所以只是简单地回答说：

“你还算理智。”

“这不就是了嘛！你还想要什么呢？我从来没有离开你、抛弃你，不是吗？”

“我厨艺如此精湛，有谁愿意离开我呢？即便他们都是蠢蛋，也不至于做这种蠢事。至少我没听过这种蠢事。”她降低声音，几乎让人无法辨识。弗拉克斯曼以为她在说，“多少人会为此而心碎！”

“你说什么？”他迅速问道。

“噢，没什么，弗雷德。”

“你认为我没听见吗？你想我大声喊出来吗？”

她摇摇头。

“我可不想这样。我只想说，如果你想干什么，千万别告诉我。不正当的计划和想法只能带来不正当的结果，我可不想搅和进去，弗雷德·弗拉克斯曼！”

他笑了起来。

“你想让我生气吗？我今天可不生气，亲爱的。你知道吗，你无形中已经帮了我一个大忙，所以你说什么我都不介意。”

“我帮了你一个大忙？”她慢吞吞地问着，仿佛不敢相信这是真的。

“没错，就是你。你永远也说不上来自己什么时候帮了我。我已经再三提醒你，不要愚蠢而盲目地嫉妒我。你一见到我跟漂亮的女人讲话，就会比对自己不应该做的事儿。”

“我不知道你在说什么。”

“我在说你的嫉妒心，亲爱的。玛格特出事的那天，巴士在西埃尔登耽误了，我们只好在教堂等着。你不想我跟内莉·汉弗莱斯讲上二十分钟的话，不是吗？所以你只好说，外衣太厚了，既然天气放晴了，你就不想穿雨衣了，所以大庭广众之下让我回家，把你的轻薄外套取来。我不能说不呀，每个人都竖起耳朵听着。当时我打算事后再找你算账。你有没有想过，我为什么没有呢？你肯定知道会有这么一天的，竟然命令我做这种事！既然它发生了，你也帮了我一个大忙，就不用再问这是怎么回事了，因为我不会说的。”

她坐在厨房桌子边上，上下摩擦一根手指，陷入沉思。

“内莉·汉弗莱斯也没好到哪里去。”

“她是个美丽的女人，亲爱的，没多少人会这么夸你。”

弗拉克斯曼夫人突然气不打一处来。

“她为什么不结婚嫁人？眨眼可就四十岁了！汉弗莱斯小姐这里，汉弗莱斯小姐那里！二十年过去了，她真应该像其他人一样，戴上结婚戒指，组建受人尊敬的家庭！不过没有，她跟父亲住在一起，任意玩弄男人！听她差使的傻瓜还不少呢——这就是你的内莉·汉弗莱斯。如果有机会，我可不介意这么告诉她！”

他走过去，扇了她一巴掌。她感觉像被几百根针刺中一般，她头晕目眩。

“够了！”他说，“就因为你帮了我一个大忙吗？不许你再提起内莉·汉弗莱斯！”

他吹着口哨离开厨房。

弗拉克斯曼夫人举起沾满面粉的双手，捂住自己的脸庞。

第二十四章
墙上的转轴

扫码听本章节
英文原版朗读音频

醒来的爱兰歌娜恢复了精神，这算不上今天最糟糕的地方。事实上，艾奥尼从未见她如此精神过。她们乘坐巴士回家，爱兰歌娜说这可比坐小车好玩多了。当她们和希娃小姐道别，走向车站时，爱兰歌娜沉默许久后说道：

“我不知道是否要告诉杰弗里。”

艾奥尼吓坏了，连忙问道：“为什么？”而后，她才发现自己的声音比想象中的还要紧张。

“这个嘛——我不知道——他可能会生气，再也不相信我能一个人出去了——这可是个不小的烦恼，不是吗？”说完立即侧眼看向妹妹。

艾奥尼并不喜欢这样的姐姐。难道她还执着于得到摧毁她的药物吗？她竭力抗拒这种想法，应该告诉杰弗里这场险些发生的事故。爱兰歌娜说不说是一回事，但是自己一定会告诉他。她的脑子里正在剧烈上演各种恐怖的情节。她想要说出来，测试杰弗里的反应。除了惊讶和宽慰，或许他根本不会有任何反应。如果还有其他感觉，她想自己是不会错过的。她绷紧每一根神经，警惕每一丝变化，用心分析眼睛所能捕捉的一切。这样一来，她感觉不可能错过自己唯恐莫及的暗示，哪怕只有一点儿。

爱兰歌娜走回房间。片刻犹豫过后，艾奥尼走向书房。如果要跟杰弗里谈，她最好马上就去。

要去书房，先要经过起居室，这里曾经是玛格特和德洛尼小姐共同生活的地方。大门敞开，经过时她听到里面传来一个声响。她不能分辨这到底是什么声音——是尖叫？是哭泣？迷迷糊糊，仿佛是从遥远的地方传来。她走进厅房，看看四周，空无一人。这是一个明媚的下午，尽管玻璃镶板是黑色的，依然有许多光透进来。然而，这里肯定没人。她正想离开，突然听到了第二个声音。这并不像哭泣，而是深沉且愤怒的呐喊声，似乎从炉火那边传来。宽大的橡木板裹住壁炉腔，两旁嵌有更小的木板，从地板上竖起，直到天花板。

就在她看向似乎是声音来源的方向时，她发现壁炉腔右边的木板突然转动，距离墙面大约一英寸。她迅速跑去关门，然后回到木板旁边。它的长度约为两英尺十八英寸，高度约为五英尺，看起来就像一扇橱柜之门。手一拉，它能像大门一样打开。这样一来，墙壁另一边的声音不仅清晰而且嘹亮。跟夫人之家的其他墙类似，它非常厚重。这个奇怪的壁橱，利用一根石轴来连接两个房间。艾奥尼曾经在不止一座老教堂里看过类似的开门装置。它们被称为麻风病人之眼，能够让麻风病人看见真主高升，而不用混在其他朝拜者中间。她不清楚这根转轴的建造目的是什么，这边由一扇厚重的橡木板挡住，那边肯定由更加单薄的材料挡住，似乎只有几本练习册和一两张活页纸的厚度，因为几乎无法阻挡隔壁的说话声。

在这个黑暗的空间里，艾奥尼听见杰弗里·特伦特激动地说：

“不！不，杰奎琳！”

德洛尼小姐的反应令艾奥尼始料未及。如果不是这样，她会，至少她希望自己会关上木板走开。但是，她听见杰奎琳·德洛尼对杰弗里说“不”！还温暖而深情地称呼他“噢，杰弗里，我亲爱的”！这可远在意料之外。她一直告诉自己，这件丑陋的事情不可能是真的！然而，它却步步逼近事实。事关爱兰歌娜或者她的性命，于是她侧向石轴，等待杰弗里的回复。他说：“不！”听起来就像是一个不知所措的男人，怀里抱着痛哭的女子。杰奎琳肯定在哭泣，或者说没在干别的。她呜咽地叫喊着他的名字，亲吻声传来一遍又一遍。

尽管亲吻脸蛋的声音不断传来，艾奥尼认为杰弗里没有主动献吻，肯定是哭哭啼啼的杰奎琳抱住了杰弗里的脖子。不管怎样，杰弗里坚定的回绝令人称赞。

“杰奎琳，你实在不能——不能这样！有人进来怎么办？爱兰歌娜和艾奥尼随时可能回来。”

“我们能听到的士声。”德洛尼小姐的声音非常柔弱，似乎已经放开了杰弗里。这会儿，他仿佛走向了遥远的另一边。

“没用的，杰基，你心里明白。如果你老是制造这种暧昧场景，你就留不下来。你必须明白这有多么危险。只要有一个人在谣传我们的关系，哪怕只有一句，我就会名声沦陷。如果艾奥尼知道了，她肯定会找律师，那么我就别指望得到爱兰歌娜的一分钱了。我想要这所房子，如果你不知道我多么想得到它，那么你根本就不了解我。”

她似乎又迎上前去。她的声音虽小，但清晰可辨。

“你有多想要这所房子，杰弗里？”

“就像这世上任何人想要得到任何东西一样。”

她说：“就像你想得到我一样吗？”然后突然抽泣着大笑起来，“噢，你不必回答，我亲爱的！除了女人，男人肯定想得到其他一些东西。不是这样的男人都不值得爱，所以我就必须忍受。如果你是自由的，杰弗里——假如你是自由的——我能否在你心里占据第二的位置，仅次于这所房子？”

“现在说这些话有什么用呢？”

“我说是因为我想知道答案。如果你是自由的，你会娶我吗，杰弗里？还是你会像之前一样推开我？”

“杰奎琳——老天啊！”

她笑了。

“过去我可没少帮过你的忙，但是你没有娶我。爱兰歌娜有钱，我就慢慢成为一个不新鲜的角色了。但是你曾经那么爱我，你肯定能再次爱上我，只要你试试看！我能帮助你，满足你内心的渴望——不是我也不是其他女人，而是夫人之家。没有我，你可得不到它。我不会告诉你为什么，但是你就是得不到。你可以做最大的努力，但是你就是得不到！你已经做了很多，不是吗？你有没有梦见过玛格特，以及那条你让她拿的烂绳子？我没想过你会干出这种事，你知道吗？”

“杰基，你疯了！”

“噢，不，亲爱的，我没疯也没傻。你告诉她，可以拿那条绳子，这就是事实。你必须让弗拉克斯曼闭嘴，不过你放心，没人会从我嘴里听到这件事。除非你愚蠢到把我赶走，那就另当别论。如果那样，我就忍无可忍，你知道吗？噢，杰弗里，万万不能！”

她再次扑进他的怀抱，又是窃窃私语，又是卿卿我我。至少这一刻，杰弗里正在回应这股暗流涌动的柔情。

艾奥尼转身离开，关上木板。她真想“砰”地关上它，然而理智的手指还是选择小心翼翼，没有发出一点儿声音。她站在厅房中间，长长舒了口气。

难怪杰奎琳·德洛尼会充满一股优越感，原来她是杰弗里的老情人，或许还算不上老呢。有时候，艾奥尼会感到惊讶，一个如此镇定能干的人竟然愿意从事这份苦差事。她自认笨蛋，竟然没有猜到杰弗里·特伦特在掩饰偷情。她开始思考所有听到的话。

杰弗里的风流韵事如果继续下去，那么爱兰歌娜完全有理由离开他。她会这么做吗？即便知道他的不忠？艾奥尼深感怀疑，嗑药后的她冷漠不已。即便身体状况有所改善，还提升了不少，但是她的反应还远算不上正常。眼下能拿出什么证据呢？这些话都不能跟律师说。杰奎琳·德洛尼一直对杰弗里投怀送抱，而且在刚才的见面期间，他有尽力去制止她。

艾奥尼皱皱眉头。她不能让爱兰歌娜伤心，而也找不出任何能与杰弗里对质的证据。他太英俊了，太喜欢讨好别人了。杰奎琳为他着了迷，还让他神魂颠倒，说不定隔壁正在上演偷情的画面。在这股翻滚的情绪激流当中，最可怕的事情竟然是，与他相爱、与他独处的杰奎琳，毫不犹豫就认定是他一手策划了玛格特的死亡。“你有没有梦见过玛格特，以及那条你让她拿的烂绳子？我没想过你会干出这种事，你知道吗？”杰弗里当然会惊恐地大叫，说她疯了。然而，她却回答自己并不愚蠢，他确实让玛格特去拿绳子。这一切太可怕而超越事实了吗？杰奎琳甚至还说：“我没想到你会干出这种事。”假设他干了，假设他准备继续干下去，假设为了得到心爱的夫人之家他能不顾一切，那么，她想：“如果那天下午我被巴士轧死，所有的钱就会落入爱兰歌娜手中。”如果她没有往边上挪动几英尺，被爱兰歌娜所受到的猛力一推，将会准确无误地落在她的双肩之间。

杰弗里？不可能！为什么？因为他不会？还是因为他不能？天知道，像这样一个为了得到某样东西而不容许任何人或事阻挠他的人，内心究竟在想什么？或许，幕后黑手就是他，不巧落空了！她非常清楚是谁在推人，就是伟大的普洛斯彼罗，他曾经为自己的脖子讨价还价："两千英镑，少一分都不干。"然而，那个小声给他指令的人，她却没听到他的只言片语。从一开始，她就模糊地记住了大雾中的小声说的话，没有性别，没有性情，却在命令一个男人去杀人。如今，她明白了，要杀的人就是自己！

第二十五章
多情浪子

扫码听本章节
英文原版朗读音频

艾奥尼不知道自己站了多长时间，或许很长，或许很短，她丝毫没有感觉。回归现实，她开始思考下一步该怎么办。

她可以做两件事。

一是走进书房，抓住偷情的杰弗里和德洛尼。

二是静悄悄地走开，告诉爱兰歌娜自己听到的内容。

她不能告诉爱兰歌娜。这么想简直是天方夜谭。不论是自己还是任何人都说不准，这种惊吓对于一颗摇晃的内心会产生多大的伤害。她非常确信，断然不能如此冒险。

如果她走进书房，就会推动事情急速发展。她真的想这么做吗？或许是的。她认为不管怎样，杰奎琳·德洛尼必须离开。

她的思绪突然清晰起来，这么久做不出决定可有违她的天性。

不管怎样，必须制止这种事情继续发展下去。一旦做了，她就永远不会回头看。她走进过道，发现左边这扇门大开。在杰奎琳·德洛尼出现之前，她能够先后退几步再走上前来。只见杰奎琳双眼发亮，脸颊泛红，平日完美的头发有些许散乱。一看见艾奥尼，她并没有马上停下脚步，而是努力恢复平日的沉着——却不太成功。

“噢——穆尔小姐！特伦特夫人回来了吗？我以为能听见你们的车声。”

“我们坐巴士回来的。”

“噢——希望特伦特夫人没有累坏。”

“没有，她似乎挺精神的。我的姐夫在书房里是吗？我想跟他说说话。”其实，艾奥尼的内心却在想：如果她想去隔壁偷听，那就太好不过了，希望她能饱尝奸情被人揭发的滋味！

内心为这种思绪所充斥，艾奥尼走进书房，关上身后的门。

杰弗里站在火炉旁边，不安地盯着即将熄灭的火焰入神。他不耐烦地往上看，而后勉强撑起一丝笑容。

“我没听见你回来。”

“当然没有，我们坐巴士回来的。”

“爱兰歌娜还好吗？”

“噢，非常好。”

她的声调引起了他的注意。他焦急地瞥了她一眼。

“艾奥尼——出了什么事吗？”

“恐怕事情还不少。”

“这是什么意思？”

"我来告诉你。"

她尽可能言简意赅地讲述了乌雷顿安全岛发生的意外。

"有人从身后狠狠推了我们一把。爱兰歌娜没抓住我的手臂，跌跌撞撞栽向大路。如果不是人群中有个男人用手杖把她拉回来，谁也无法阻挡她被卷进巴士底下。"

从来没人像他这般恐慌。

"艾奥尼，这不是真的！多可怕啊！她受伤了吗？你不应该离开她！我必须马上去看她！"他穿过房间，似乎看不清眼前的路。

艾奥尼一把挡在门口，马上说道：

"她没受伤，也没吓坏。我带她去了乔治餐厅吃午饭，然后她在一张非常舒服的沙发上睡着了。"

"谁有可能推她？"杰弗里·特伦特感到困惑不已。

"我也好奇。不过，我认为那人想推的不是爱兰歌娜，而是我。我刚好往右边挪了六英尺，抓住了其中一座丑陋塑像的腿。安全岛上人太多了，我担心我们可能被挤下去。如果我没有挪动，那人就正好推向了我的背部中间。"

"谁会这么干？为什么会这么干？你不能说你以为有人要故意害你！"

艾奥尼说：

"我现在没有琢磨这件事，杰弗里。但是还有一件事。"

"你是什么意思？"他的音调和神情中混杂着恐慌和惊讶。

她降低声音。

"你知不知道，这间房和隔壁那间房的墙上有根转轴？"

“一根转轴？”

她走向壁炉。

“它的这边是网格木板……没错，应该是这样，声音才能如此清晰。另一边是一扇坚固的橡木板，它肯定是被人不小心打开了，因为我刚才经过时，听到有人在说话。起居室没人，木板却打开了，我能听到德洛尼小姐称呼你为‘杰弗里，我亲爱的’。”

他突然转开，走向窗户。夕阳的余晖既厚重又寒冷。现在已是黄昏，艾奥尼走向门口，转开头顶的电灯，艾奥尼的话似乎吓坏了他。

“你听到了？”

“没错，我想我不必道歉吧？”

“不必……”他语调突变，“艾奥尼，老天啊，你听我解释！”

“我听见了她对你说的每个字，以及你对她说的每句话，我不知道还有什么需要解释的。”

“确实有！”

“那么我倒想听一听。”

他开始在房间来回踱步。

“如果你听见了她的话，你肯定知道她情绪非常激动。”

“没错，我知道。”

“她已经不是她自己了——你肯定看得出来，她本来是个理智而克己的人。”

“你想让我说，刚才的她理智而克己吗？”

“不——当然不是。她完全疯了。你要记住，玛格特的死对她是个致命的打击。她从小教她知识，带她长大。其实，她曾经是我堂兄的秘书，我就是这样认识她的。战争爆发，堂兄去世，生意没落，她走投无路。当她提出看管玛格特时，我非常开心。当时老奶妈要退休，我实在不知道该如何是好。”

他停下脚步。艾奥尼很好奇，他是不是在思考自己有没有把事情解释清楚。

当意识到艾奥尼还在等待时，他满脸通红地继续说道：

“我们共同经历了很多，我想我们喜欢上了彼此。这段感情没有持续很久。我必须去中东做生意，当我回来时，双方都认为这段感情已经结束。其实，我当初就不该开始。一方面，玛格特可能会有所察觉。”他的脸色凝重了许多，“我无法这样冒险，你知道吗，在很多方面，她的思维飞快，她似乎有种直觉……”他的话语又中止了。

艾奥尼说：“然后呢？”

“然后，我遇见了爱兰歌娜。”

“然后呢？”

“我想你也听到了杰奎琳谈论钱的事情吧？”

“我听到了所有的内容。”

要把事情解释清楚并不简单，他握紧双手说：“艾奥尼，我发誓绝不仅仅是因为钱——确实不是！你清楚，嗑药前的她小巧、甜美而动人，深深地吸引了我。坦白说，如果不是因为那些钱，我不可能娶得起她。当我到中东以后，发现堂兄的生意一塌糊涂。为此，我投入了很多金钱。问题在于能从这堆废物中挽回多少损失。如果一个女孩没有获得经济上的保障，我就不会请求她嫁给我。

这就是事实。”

艾奥尼直勾勾地盯着他的脸庞。

“你娶了爱兰歌娜，又把你的情妇带到同一屋檐下。”

他把头甩开。

“你没有资格这么说！她过来不是当我的情妇——我们双方都没有这么想！她是玛格特的家庭教师，也能帮我照顾爱兰歌娜！”

男人真是愚蠢啊！“我们双方都没有这么想！”他还真的相信！不过，看上去、听起来似乎就是这么回事。难道跟杰奎琳·德洛尼共同生活两年，他就察觉不到她对他那如火如荼的爱？艾奥尼听到的每字每句都透露出这种感情。不仅如此，回顾过去，她认为德洛尼对杰弗里存在女学生般的迷恋。“杰弗里·特伦特帅得让人想入非非”，这种事情难道不是正常的吗？她又想起了费妮拉的表情。对此，艾奥尼认为有点儿搞笑，没当回事，但却从未想过这种感觉可能是互惠互利的。

现在，他盯着她看，似乎在琢磨她是否相信自己。他瞪大蓝色的眼睛，眼巴巴的像极了一只狗，不确定能否得到期盼已久的骨头。他讲清楚了吗？连艾奥尼自己都不确定——特别是在这乞求的目光之下。她说道：

“这是你的说辞，杰弗里，我可不知道自己相不相信。它可能是真的，或者，”她稍微停顿了一会儿，“它是你捏造的，不过我非常愿意相信它是真的。”

他沮丧地说：

“这是真的，但是我却无法让你信服。”

“不管怎么说，还存在许多没有解释清楚的问题。当杰奎琳·德洛尼问你，如果你自由，你会娶她吗——这到底是什么意思？为了成就第二段婚姻，你只有两条路可以走——要么爱兰歌娜死去，要么她跟你离婚，杰奎琳所指的是哪一条路？”

他打断了她的话，声音和举止都透露出焦躁不安。

“艾奥尼，你错了！难道你看不出来，杰奎琳很伤心吗？她向来用规矩克制自己——你肯定注意到了。但是，玛格特的死确实让她崩溃。她喜欢她，这是一份长期的职业。现在的她无所事事。你所听到的根本不是她应有的表现。这是一种情感的宣泄，当她这么做时，以为周围只有我们两个。毕竟，我喜欢她，我相信她也喜欢我。我们彼此认识了很长时间，她就自然而然地在我面前发泄了情绪。”

艾奥尼点点头。

“没错，发泄情绪。但我还是想知道，她怎么会认为你即将重获自由？你们在讨论离婚吗？”

“不——不——当然没有！”

“那么取而代之的是爱兰歌娜的死亡。如果今天早上她被推到巴士底下，你现在就自由了，杰弗里。”

他一脸茫然地看着她。艾奥尼重复自己的话语。

“如果被巴士轧在车底，她现在就死了，你也就自由了。”

他继续盯着她看，拉扯着嗓子吼道：

“你不能……你不能这么想……”

“你就自由了。”

他突然跪在桌子旁边，展开双臂捂住自己的脸颊。由于抽泣，他的双肩起起伏伏。他不停哭喊着爱兰歌娜的名字，几度呜咽窒息。这是艾奥尼亲眼见过的最完整、最突然的崩溃。不知为何，此时她迫切希望杰奎琳·德洛尼没有在隔壁偷听。如果她加进来，自己根本没法应对。

还好，杰奎琳没有戏剧性地入场。杰弗里的抽泣渐渐停止。他抬起一张狰狞的脸颊，站起身来，陷入炉火旁的手扶椅当中，两眼无泪。这张狰狞的脸，上面没有一丝泪痕，但却经历了可怕的蹂躏。他无疑被吓坏了。她不想首先开口说话，等了好一段时间，他才磕磕巴巴地低声说道：

“你……不准……说……这种事情。我爱爱兰歌娜。当你说她卷入巴士底下时，我还以为这是刚刚发生的事情。”

艾奥尼的脑子里浮现两种声音。一种在说：“他彻彻底底吓坏了，他确实很爱她。”另一种却在说：“如果爱兰歌娜今天死了，她的钱不会落入杰弗里手中，而是会到我这里。”

她走到炉火旁边，低头看看他。

“当杰奎琳说，是你让玛格特去拿那条烂绳子时，她到底是什么意思？”

他脸部抽搐，厌倦不已。

“这说明，她彻底失去了理智。”

“她说了两次。当你否认时，她笑了。”

“我也会对你否认吗？似乎没有人能理解，我疼爱玛格特。她是个孩子，我向来喜欢孩子。我想要孩子。我希望有一天，爱兰歌娜能够……”他突然中断话语，抬起头，“情况就是这样——她只是我喜欢的一个孩子。有时候她也淘气，但是你不能因此就不再喜欢孩子。这就是我喜欢杰奎琳的原因之一——因为她也爱玛格特。你不知道她多么有耐心。你今天听到的是她处在最糟糕的状态，但是她跟我们一起生活了两年，我知道她有多能干。”

没错，杰奎琳·德洛尼的耐心是永无止境的。艾奥尼不需要任何人来告诉她，自己就能看出来。杰弗里所说的都是事实，他自己也是个好榜样。家里有个嗑药的妻子，还有个不正常的侄女，即便碰见杰奎琳·德洛尼，他还能做到对家人不离不弃。不管怎样，杰奎琳必须离开。尽管脑子里充满各种不确定性，但是艾奥尼坚信这是必须的。于是，她说道：

“她必须走，杰弗里。”

“多年来的自制就毁于一次崩溃？”

“可不只是一次崩溃这么简单。她明确提出来了，要你抛弃爱兰歌娜，然后和她结婚。”

“她不知道自己在说什么。”

“亲爱的杰弗里，她心里一清二楚。你知道吗，我认为这不是她第一次逼问你，要你给出这个问题的答案了。不仅如此，她还询问你，为何让玛格特拿那条绳子自杀。难道你不认为，能够扔出这种炸弹的人，跟爱兰歌娜同处一个屋檐底下太危险了吗？”

“她不知道自己在说什么。如果你认真听，你肯定知道她在自说自话。我告诉了你事情的经过。既然无法让你相信我，我们最好别再说下去了，因为我想去找爱兰歌娜。”

第二十六章 探长的线索

扫码听本章节
英文原版朗读音频

第二天，希娃小姐进城。她跟福尔克纳小姐说，自己可能要在城里过夜，如果确定下来就会及时告诉她。

列车抵达终点站，她走进一处电话亭。过了一小段时间，电话终于接通了。一个熟悉的声音在说：“哈啰？”她回答道：“我是希娃小姐。”

电话那头是弗兰克·阿博特探长，他立马热情地回复：

“亲爱的小姐，我能为你做些什么？”

希娃小姐咳嗽了一声。

“最近我一直在乡下，今天进了城里，现在在一个电话亭给你打电话。我在想，你有没有时间见我半小时？”

他笑了起来。

“乡下有人被杀了吗？”

希娃小姐的音调中充满了责备。

“我希望制止一桩谋杀，或许苏格兰场能给我一些信息。”

“只要我们能帮得上忙，肯定义不容辞，快过来吧！”

因为事情太重要，所以她选择搭乘的士。当她走进办公室时，弗兰克·阿博特热情地迎上去，似乎把她当成了最喜爱的阿姨。其实，几乎没人见过他如此温柔的眼神，听过如此亲切的声音。也就只有见到希娃小姐，他才会变成这样。话说回来，这世上没有两个人能形成如此强烈的对比。这位男子高挑英俊，穿着精致剪裁的制服，头发整齐往后梳，鼻子高挺，眼睛冰蓝。相比之下，这位女家庭教师遵循着大约四十年前家庭相册的风格，穿着陈年的黑色外套，戴着最好的帽子。它算不上新，但是整齐地缝上一圈品红色的丝绒带，以及两个看似违和的蝴蝶结。当然，这顶帽子也是黑色的。其实，她的所有帽子都是黑色的，就连结实的花边鞋子、磨损的手提包和破旧的羔皮手套也无一例外。

她热情地对弗兰克大笑，坐下来说道：

“我相信，如果你能帮我，你就一定会这么做。我想知道的是，苏格兰场有没有关于杰弗里·特伦特的信息。”

“与什么有关呢？”

希娃小姐轻蔑地咳嗽了一声。

“他是不是跟毒品和贩毒有牵连。坦白说，我不知情也没证据。我不知道特伦特先生是否从事非法活动，他的周围不断有怪事发生。有一起命案被归因于事故。还有另一起事故，当事人侥幸逃脱，否则也会造成致命伤害。当中有个人在服用非法药物。想必他们跟近东有牵连。”

弗兰克吹起了口哨。

“或许这背后隐藏着什么，”他承认，“等等，我叫上霍兰德，毒品是他管辖的领域。这个家伙叫什么名字？杰弗里·特伦特？杰弗里还是基弗里？不管怎样，我让他调查一下。”

“等等，弗兰克。请你同时调查一下有关杰奎琳·德洛尼的信息。”

他耸起了眉毛。

“这名字听起来像别名——甚至背后有一系列其他的名字。”

他微微皱了皱眉头。

“我不是怀疑德洛尼小姐。我提到她，是因为她就是其中一个当事人。我相信她曾经干过秘书的职业。”

“这算不上犯罪。如果他们查不出什么，那么她就能清清白白地离开法庭，不给自己留下任何污点。”

他转向电话，态度非常友好，希娃小姐只能听到他这边的话语。最后，他搁下电话，笑着转向她。

“霍兰德说马上调查。他能力惊人，勤勉能干，真称得上是比弗国王的头号干将。现在，你可以给我讲讲这些人了吗？”

他认真地听她讲述所知道的一切——包括自己的观察，以及约瑟法·鲍登、福尔克纳小姐、老汉弗莱斯和艾奥尼·穆尔的话语。

她一丝不苟地重复对话内容，弗兰克毫不怀疑这就是那些人逐字逐句告诉她的原话。但是，这令人困惑而难以理解，不是吗？

杰弗里·特伦特接管了堂兄的事业，以及他那不正常的女儿。这个孩子说她有一大笔财富，但是杰弗里·特伦特却说战争多多少少使这笔财富贬值，现在几乎所剩无几了。这背后可能隐藏着欺诈性侵占，不过到了最后审判日，他就必须对侄女的财产做出解释。如果说这起事故是人为的，那么动机非常充分，尤其是侄女一点儿也不让人省心。即便这条线理清楚了，那么另一条呢？大雾中，艾奥尼·穆尔听到有人在讨价还价，值不值得为了两千英镑而冒着被砍头的危险去杀人。或许这背后隐藏着什么！或许是蓄意谋杀！穆尔小姐坚持跟随这个男人，他操着一口浓厚的苏格兰话，浑身散发威士忌的酒味。这时，她遇到了名叫塞文的建筑界明日之星。他们三个在一所空房子里度过了大半夜，直到大雾散去。苏格兰男人此时有可能提到了大雾中的对话。他讲述了关于中国清朝官吏的老故事，某人之死会对全人类大大有益——如果按下按钮，你就能杀死他，你会这么做吗？这就像为了两千英镑而拿脖子去冒险故事的续集，如此不加掩饰，背后肯定有所暗示。后来，穆尔小姐认出了这个人就是著名的艺术家，人称雷古勒斯·麦克塔维什教授或者伟大的普洛斯彼罗。特伦特夫人和她侥幸避免了一起交通事故，此时的教授就站在她们背后，淹没在乌雷顿安全岛的人群当中。

他皱皱眉头，看向希娃小姐。

“他原本可能推她们一把吗？”

她摇摇头。

“我不知道。我站在他背后，什么也没看见。我相信他本来有可能这么做。”

“你说，特伦特夫人踉踉跄跄地摔向机动车道，是他伸出了手杖，把她钩了回来。你看见了吗？”

“每个人都看见了。他非常高挑，否则根本救不了特伦特夫人。他所做的就是伸出手杖，放在人群的肩膀之上，把她的手臂钩了回来。”

弗兰克起身走向炉火。他站在那儿，低头看看希娃小姐，说道：

“但是这没道理。为什么他前一秒刚推了她，后一秒就把她拉了回来？”

“我认为他的目标不是特伦特夫人。那时候，特伦特夫人抓着妹妹的手臂。穆尔小姐刚好往右边挪动了几英尺，所以他推向了她们的中间部位，特伦特夫人没抓稳而栽向了马路。”

“你的意思是，他本来想推穆尔小姐？”

“没错。”

“为什么？”

“特伦特夫人和穆尔小姐都是身价不低的继承人。如果特伦特夫人在事故中丧生，她的那笔遗产就会传给妹妹。如果死的是穆尔小姐，她那笔丰厚的财产就会传给特伦特夫人，那时候的她可以立遗嘱，把两份财产都留给丈夫。所以现在你明白，我为什么如此担心艾奥尼·穆尔小姐的安危了吧。”

弗兰克点点头。

“这件事情可能是真的，也可能是假的。或许这一切加起来是个大骗局。当然，我们也没有证据。”

希娃小姐沉重地说：

“我可不希望，摆在我们面前的是下一起犯罪的证据。”

电话铃声响起。弗兰克散漫地走向写字台，拿起话筒。漫长的对话，让人无法听见，电话那头咯咯作响，弗兰克时不时说着：“噢，真的吗？好……”最后，他说，“干得好！谢谢你，老朋友。”然后挂了电话，回来站在炉火前面，他简单地说：

“霍兰德来电。”

“是吗？”

“他确实查到了一些信息，但是我不知道你会怎么想。特伦特堂兄在近东的生意非常挣钱，他自称为慷慨的出口商。我怀疑他雇用了很多当地人，但是有一两个国家的警察开始注意到他。对了，这一切都发生在战争以前。不存在你所谓的确凿证据，但是存在一个很大的疑点。特伦特在四十岁出头就去世了。有人说，他一直带着猎犬在猎杀野兔。人们发现他时，他已经中弹身亡，手中握着一把左轮手枪。他有可能自杀，或者被杀。毕竟，背叛并不是一场良性的博弈。战争结束后，杰弗里·特伦特过来清理遗物。这一切真不让人省心！这里还保留了一些正当的业务。他重新整顿生意，交给一位经理来打理。从那以后，没有人再想起之前的疑点。如今，他们的生意非常普通，经营范围和盈利能力都不比以前，也不足以引起警察的注意。”

希娃小姐说：“哎呀！”

弗兰克笑了。

“没什么可怀疑的是吗？不过还有一件事，关于所谓的毒品，经手人并不是杰弗里·特伦特，而是他的前辈。愤世嫉俗的人可能会说，这场生意能够赢得无可指责的好名声，归功于杰弗里·特伦特比他堂兄聪明，况且现在也没人察觉有任何不对劲的地方。但是亲爱的夫人，你我都并非愤世嫉俗之人。”

希娃小姐注意到了，她沉思着说：

“这就是所有的情报内容吗，弗兰克？”

“噢，没错。至于德洛尼小姐，这个名字没有案底。我之前也说过，这个名字听起来非常像别名。你说她曾经是一位秘书吗？”

“这是福尔克纳小姐告诉我的。德洛尼小姐也说，自己曾经是杰弗里·特伦特先生的得力助手，经常帮他处理书信业务。”

“还要照顾那个不正常的女孩？好啊，好啊！她肯定是个能干的老虎！杰弗里·特伦特是个怎样的人——你对他的印象怎样？”

希娃小姐没有准备马上回答，这就暗示着某种不寻常的事情。最后，她说道：

“如果我说，是因为他长得太过英俊，我才难以回答这个问题，你可能会大笑。有些人会喜欢他，另一些人可能会产生完全相反的感觉。我知道有不少女人，一见到这么英俊的男人就觉得恶心。我自己就非常喜欢那种性格好而能抗压的男人，并不只是有一副完美的皮囊。当然，我应该提醒自己，不要对一个太过英俊的男人产生偏见。”

弗兰克认为希娃小姐在为自己辩解，所以不得不说：

“谢天谢地，我长相不佳，不会成为你做出判断的障碍。”

她对他微微皱起眉头，言语中稍带谴责：

“这个问题非常严重。福尔克纳小姐似乎非常喜欢特伦特先生。她称赞他的体贴亲切，赞赏他对于不幸的侄女和有病的妻子所给予的关爱。”

“那你还有什么困扰？”

“那位老威尼斯人，名叫弗兰克谁来着？他看出来了，杰弗里·特伦特一贫如洗，却对于这座从福尔克纳小姐手里租下的十四世纪的房子情有独钟。他想买下来，但是自己没法挣钱。到目前为止，特伦特夫人的受托人依然拒绝别人动用她的财产。”

“天啊，你怎么知道这件事？”

“福尔克纳小姐说了，穆尔小姐也说了。”

“一边是卖方，一边是买方！应该可信，你继续说下去。”

“侄女一死，所有财产落入特伦特先生手中，不管有多少。如果穆尔小姐昨天也死了，其实她极有可能被车撞死，那么她所拥有的一切将落入她姐姐手里，到那时她姐姐想怎么处置都行了。在这种情况下，我情不自禁问自己，特伦特夫人还能存活多久。她是个瘾君子。当地一位有名的医生在照顾她，家里还有一位心急如焚的丈夫。要制造服药过量死亡的场景，简直轻而易举！众所周知，瘾君子非常会骗人。她获得了药片，越吃越多，无法自拔。到最后，杰弗里·特伦特会获得自由，成为一个非常富有的男人。他会买下夫人之家，永远占为己有。”

弗兰克说：

“你在提出一种观点——你总是这样。可能有人正在策划这桩谋杀，但是我们没有证据，尽管很多线索似乎指向同一个方向。其实，越是怀疑，越是没戏。”他暂停下来，而又突然说道，“你刚才说，特伦特对于这座房子‘情有独钟’，这到底是什么意思？”

“就像我说的那样，弗兰克。这所房子让他着了迷，他极度渴望占有它。穆尔小姐告诉我，有时候他几乎无法思考或者讨论其他事情。福尔克纳小姐向我坦白，如果她想卖掉房子，那就必须卖给像特伦特先生一样看重它的人。‘有时候，你知道吗，’福尔克纳小姐说，‘我认为他太过上心了。在过去，人们可能会说这座房子蛊惑了他，但是那时候的人们太过迷信，我们不应该在意他们幻想出来的东西。’”

“她这话是什么意思？”

希娃小姐双手交叉放在大腿上，径直看向他的脸，然后说道：

“亲爱的弗兰克，她认为那个地方被人下了诅咒。”

“天啊！”

“原来这就是她犹豫不决而没有卖房的原因，尽管能从中挣到一笔不菲的收入。”

“还好局长不在这里！这可是条劲爆的大新闻啊！我们局长有个毛病，内心深处，他仍然相信诅咒、巫婆、鬼魂、妖怪以及暗夜幽灵的存在。这个诅咒是什么？特伦特相信它吗？如果相信，那么可能关系不小。不管怎么说，这个诅咒是什么？”

“这是一个非常古老的诅咒。事实上，可以追溯到十五世纪。年轻的庄园领主福尔克纳先生前往法国，带了一位法国妻子回来，而没有迎娶他母亲安排的女继承人。她没有任何嫁妆，也说不上几句英语，就是个行为古怪的陌生人。她会趁着月色出去采摘草药，制作药剂。人们开始私下议论，年轻的福尔克纳先生中了法术。最后，他的母亲正式控告她行使巫术。那个女孩捅死自己，并留下一条致命的诅咒。既然她失去了世界上最宝贵的东西，那么每一个庄园女主人也会失去她内心最关切的事物。”

他盯着她看，嘴里露出古怪的笑容。

“结果怎样？”

希娃小姐认真地咳嗽一声。

“福尔克纳小姐也不太清楚。不过有几个孩子死了。后来，年轻的福尔克纳先生迎娶了母亲挑选的女继承人，他们最大的儿子十七岁时，在骑士比武场被杀死。他们把这归因于法国女孩的诅咒。”

“其实，如果你家族里有这个诅咒，一切恶果都有因可循。如果有人生了十四五个孩子，就别指望能养活七八个。每次福尔克纳的孩子死去，都是因为诅咒。不过，如今也是现代了，还有其他证据吗？”

希娃小姐讽刺地说：

“福尔克纳小姐的曾祖父在赛马中失去一笔钱，她的祖母曾经继承了一套非常有名的翡翠首饰，在里维埃拉被抢走。”

“不是吧！”

她的语气突变。

“恐怕福尔克纳小姐确实相信诅咒，弗兰克。她的侄子在战争中被杀时，她就相当于夫人之家的女主人。他是最后一位福尔克纳男子，她当然全心全意地关顾他，可怜的女人。当这种感觉涌上心头时，任何的争辩都是无谓的。”

他说：

“没错，确实看不清这对特伦特有何影响，看不清你所谓的案子真相。似乎一切起源于一场大雾，然后就卡在了这里。我能做的就是给你提供一条建议，你可以转告艾奥尼·穆尔小姐。如果真有此事，她应该尽快离开布里克村，只要穆尔小姐是安全的，特伦特夫人就不会有危险。没有人会取特伦特夫人的性命，因为这样一来，她的财产就落入妹妹手中。如果穆尔小姐出事了，那么她就开始有危险了。所以穆尔小姐必须逃离，尽可能照顾好自己。”

希娃小姐摇摇头。

“恐怕她不肯离开。”

第二十七章
法尔孔酒吧

扫码听本章节
英文原版朗读音频

弗雷德·弗拉克斯曼喜欢在当地吹牛。尽管他一直在国外，可不像他们当中的许多人，过着单调乏味的军旅生活，恰恰相反，他拥有令人羡慕的自由。

“当我还在为尊贵的约翰·德·本特服务时……”他滔滔不绝地开讲。你还没有反应过来，就已经随他进入了最为惊心动魄的旅程——可爱的女人、黑暗的秘密、惊人的夜总会、谋杀和神秘的气息萦绕在你周围。

“我发誓，老朋友，走了不到五十码，他就跟我们说了晚安——穿过一条街，拐过一个弯——就再也没人见过他了！”

又或者是，“全部人都看见她进来了，没有声音，没有门响，什么都没有。然而，她就是站在我们面前，瞪大眼睛盯着我们出神，斗篷紧紧地系在下巴底下。突然，她摔了下来，身侧有个巨大的刀伤！根本没人知道她是如何挺过来的！”

如果弗拉克斯曼展现性格的这一面，当前的雇主会受到极大的惊吓。最后，故事在法尔孔结束。有些人在背后嘲笑他，但也认为他是个好伙伴，愿意跟他一起玩。在他讲故事的过程中，只有汤姆·汉弗莱斯全程背对他，情绪不安地盯着自己的啤酒看。他是老汉弗莱斯的第二个儿子，也是美女内莉的父亲。

过去当然有不少人在谈论内莉。她拥有一双流盼的眼睛，只愿意为自己的父亲料理家务。她向来敢于坦率地说：“结婚啊，你生活还没有过好呢，眼前就有了六个孩子！谢谢关心了，我可不愿意这样！看看可怜的米莉——因为宝宝长乳牙而半夜起身，现在看起来似乎快要累倒了，肚子里还怀着一个呢！你永远也想不到，以前的她比我还漂亮，现在呢？她曾经是个大美女，瞧瞧现在成了什么样子！我可不愿意沦落成这样，谢谢啦！”据说汤姆·汉弗莱斯很怕她。不管怎样，他知道自己什么时候能过上好生活。他的家一尘不染，他的食物美味可口，他在乌雷顿的大型苗圃干活。大多数的夜晚，他能喝上几夸脱酒水，直到店铺打烊。

刚过九点，弗拉克斯曼看看手表，吞下啤酒，说自己必须回家了。他哈哈大笑：“大家晚安！”然后消失在黑夜当中。他走后还没有十分钟呢，汤姆·汉弗莱斯开始咕咕哝哝，没人能跟他搭上话。最后，这帮酒鬼全都东倒西歪地跟着他走，开完一两个散漫的玩笑后，他们就此道别。

可是，弗雷德·弗拉克斯曼那晚并没有回家。弗拉克斯曼夫人等得心急如焚，既妒忌又气愤，直到大约凌晨三点，受冻的她渐渐消却了内心的火气。他不会整夜外出，更不会跟内莉·汉弗莱斯待在一起——他不敢！所有人都知道，酒吧一关门，汤姆·汉弗莱斯就回家了。那会儿是晚上十点，即便他在乌雷顿逗留，去了玫瑰或者园丁之家，那么过半小时或者四十五分钟也能到家。如果父亲在家，内莉就不敢在房间里藏男人。是这样的吗？她再次感到疑惑。她的判断准则非黑即白。这世上有好女人和坏女人，好女人是善良的，坏女人是邪恶的。坏女人一开始就是你的敌人。她会让男人擅离职守，抛家弃子，为她花上大笔金钱，可谓无恶不作，简直就是丑陋的化身。我们就应该跟这种人斗争到底。但是，好女人没有武器。如果她吐露内心，那么男人只会更愿意投向奉承自己的女人怀抱。她相信，内莉把弗雷德藏在一个黑屋里面，瞒住了在同一屋檐底下熟睡的父亲。

凌晨四点，她把后门留着，迈着沉重的步伐上楼，沉闷地熟睡过去，直到闹钟响起才醒过来。这时已经早晨六点半，弗雷德·弗拉克斯曼还没有回家。

第二十八章 管家之死

扫码听本章节
英文原版朗读音频

上午九点整，前门的门铃响起。弗洛丽开门，眼前站着一位高挑的警察。她了解他，比他了解她的还要多。他名叫本·赛尔斯，是一位刚到乌雷顿的警察。所有见过他站岗的女孩，都认为他非常英俊。她心想，这人到底过来干什么。如果是派发警察之舞的门票，或许特伦特先生早就给她们了，去年就是这样。她挂着最美的笑容，带他去书房，然后跌跌撞撞地跑开，告诉杰弗里·特伦特，有位警察过来了。

此时的杰弗里还没有坐下来吃早餐。他正在餐厅的炉火前面暖身子，颇为不耐烦地说：“为什么在这个钟点过来打扰人！他到底想要什么？”

听到这番话，弗洛丽的内心怦怦直跳，眼睛瞪得像茶碟。

"请息怒，先生，我认为这可能跟警察之舞有关。"

杰弗里皱着眉头走出去。他关上书房门，看着这个站在他和灯光之间的英俊小伙子。在听到他的一番盘问后，杰弗里精心准备的开场白就此宣告无效。

"你有位名叫弗雷德·弗拉克斯曼的管家？"

"没错。"

"你知道他昨晚没有回家吗？"

杰弗里惊讶极了："我不知道！这到底是……"

赛尔斯探员说：

"恐怕你要做好心理准备，先生。今天早上，人们发现他死在了玛珊小路尽头的废物堆上。"

"死了！不是吧！他从没有抱怨过有任何病痛！"

"他并非死于疾病，先生，他的头部和肩膀相继中枪，但是这不是致命伤，他是被刀刺死的。"

当弗拉克斯曼夫人得知此事时，她并没有哭，而是茫然地呆坐着，回忆弗雷德追求其他女人的时刻。然而，现在让他死去的也是女人。没有其他可疑对象，肯定是汤姆·汉弗莱斯控制不住脾气，杀死了弗拉克斯曼，因为他让老汤姆的女儿成了这地方的笑柄。

汤姆在他工作的苗圃被捕。隔壁家的拉金夫人能够证明，前一晚大概九点半，她听到了怒气冲冲的争执。声音太大了，她不得不走出前门台阶上打探情况。"汤姆·汉弗莱斯手握可怕的东西，内莉在哭，弗拉克斯曼先生退到马路上，尽量控制情绪，他说：'不要动手动脚，有话不能好好说吗？’汉弗莱斯先生说：‘在一个单身女人的房间不行！在我的家里更是休想！’”

拉金夫人非常乐意把这段话复述给所有人听。

“然后他走进屋内，拿了一把枪出来。‘你最好赶紧走，’他说，‘不然就让你好看！如果再让我在这儿看到你，可不只是挨枪子这么简单！’弗拉克斯曼先生大喊几声，然后转身离开了。我听不清楚他喊了什么，但是肯定激怒了汉弗莱斯先生，因为他开了枪。内莉发出一声尖叫，汉弗莱斯先生抓住她的肩膀，把她推进屋里去。然后，他自己也回去，把门锁上了。弗拉克斯曼先生站在那里，身子颤抖，叫嚣谩骂。我问他，感觉还好吗？需要帮忙吗？他说不关我事。这真是个恶心的男人，我索性回家关门睡觉了。”

可想而知，布里克沸腾了起来。

第二天晚上，老汉弗莱斯到了福尔克纳小姐家中。他换上了靴子，穿上了周日西服。站在福尔克纳小姐褪色的波斯地毯上，他把又老又旧的帽子换到另一只手中，说道：

“我希望能跟您说说话，小姐。”

希娃小姐从小就养成了淑女的品性。这种情况下，她起身收拾针织物，准备离开。令她宽慰的是，她根本不必做出这种牺牲。老汉弗莱斯向她摇摇头：“这位小姐想留就留下来吧，我没有意见。哼！因为只有干坏事的人才需要秘密说话、秘密行动。那些活得体面、说话诚实的人，没什么可遮掩的。”

“快来坐下，汉弗莱斯。”福尔克纳小姐和蔼地说。

“谢谢你，小姐，但是我更想站着。他们抓走了我的儿子汤姆。我来这里是想说，他并没有杀人。”

希娃小姐向他投去了明亮而睿智的目光。毫无疑问，他受到了影响，因为他更倾向于跟陌生的希娃小姐说话，而不是自己的福尔克纳小姐。当他似乎注意到这一点时，就会把目光转过来，却又会不自主地偏离。

“汤姆没有杀人，”他坚定地说，“他的脾气跟所有男人一样。我自己也有脾气。如果一个家伙糟蹋了我的女儿，我肯定会狠狠揍他一顿，或者像汤姆一样崩个枪子儿。但是，我不可能拿着刀去刺杀他。为了这样一个混账，搞到自己被绞死，岂不是个大傻瓜？哼！汤姆不傻，他也不是那种会拿刀杀人的人。他当然有不对的地方，比如他没有把女儿管教好。我的女儿肯定不敢像汤姆的女儿一样，否则，我会拿棍子打她们，小时候就是这样。哼！内莉本应接受这种教育，却始终没有得到！”

福尔克纳小姐说：“噢——”一想到年轻姑娘被父亲打，她就感觉非常可怕，不过从另一方面来说，这似乎不是……

希娃小姐接过话来：“你儿子进了屋子，关上房门，拉金夫人看见弗拉克斯曼走开了。你的儿子没有跟上他吗？”

“没有，夫人，他没有。他狠狠地教训了内莉一顿，这也是她应得的，谁让她遮遮掩掩藏着男人——遗憾的是，她没有早点儿受到教训。”

希娃小姐陷入沉思。难道汤姆·汉弗莱斯棒打女儿过后，还有时间追上一个中枪的男人？不管刺死他的人是谁，弗拉克斯曼离开汉弗莱斯的房子后，行走距离没超过一百码。他所倒下的废物堆位于大路的另一边，距离乡村更近。他肯定相当痛苦，就这样栽倒在路上，丝毫不知道发生了什么事情。如果汤姆·汉弗莱斯跟上了他，手持一把刀，刺中他心脏，那么就能轻而易举地得手了。她说：

“弗拉克斯曼受的是致命伤，如果刺死他的不是你儿子，还能是谁？”

老汉弗莱斯沉思后说道：“哼——”他降低声音，似乎在墓地中窃窃私语，“有些人就是知道得太多，有些人就是不懂得管住嘴，有些人就是自以为聪明。”

希娃小姐咳嗽了一声。

“你是指弗拉克斯曼？”

他肯定地点点头。

“我的儿子痛恨弗拉克斯曼，因此朝他开了几枪。他那可耻的女儿让我们都蒙羞。但是，或许还有其他痛恨他的人，背后可不只通奸那么简单。”

“你是什么意思，汉弗莱斯先生？”

现在，他完全转向了希娃小姐，福尔克纳小姐成了惊讶的旁观者。老汉弗莱斯说道：

“小姐，在我回答这个问题之前，我想问你一个问题。你是不是秋天住在格林宁斯家里，找出凶手的那位希娃小姐？”

如果说希娃小姐受到了惊吓，她也并没有表露在外，而是冷静地说：

“那年秋天，我的确在格林宁斯。”

他点点头，似乎非常满意。

“啊！我妹妹在那里开店——她是家里最年轻的一位——亚历山大夫人。她圣诞节过来拜访我们，讲述了她们那边的凶杀案，称赞你找出凶手的聪明能干，就连警察也对你佩服得五体投地。当我的儿子汤姆被抓走时，我想或许来找你说一说比较好。”

“你最好坐下来，汉弗莱斯先生，这样更方便我们说话。”

令福尔克纳小姐惊讶的是，顽固的他竟然接受了这条建议，坐在一张坚固的齐本德尔椅子上。一只手牢牢地搭在膝盖上，他对希娃小姐说。

“我告诉你，除了我的汤姆以外，还有其他人对他怀恨在心，其中一位就是杰弗里·特伦特先生。”

福尔克纳小姐甩起手来。

“噢，汉弗莱斯！”

“抱歉，夫人，但这就是事实。弗拉克斯曼知道得太多了。当玛格特小姐来拿我的绳子时，他以为我不知道他躲在灌木丛中偷看，但是我看见他了。哼！他就在那里，肯定听见了每一个字。他肯定听见了我说玛格特没权拿我的绳子，也听见了那个鲁莽的顽童喊道：‘杰弗里说我可以拿！’他肯定听见了这段对话，然后像只鼬鼠一样溜走了。现在，你肯定好奇我的用意何在。我没有对任何人提起，因为这本来就不关我的事。但是，就是有人把它当成自己的事了，并以此勒索他人，拿钱来填充自己的口袋。”

“你是说,或者你有理由相信,弗拉克斯曼在勒索特伦特先生？”

“哼！特伦特先生肯定不想从别人嘴里听到这段关于绳子的对话。这个女孩说，他让她去拿那些烂绳子！就我看来，弗拉克斯曼肯定会大做文章，前来勒索一番。”

“毫无疑问，存在这种可能性。但是，你能不能证明，弗拉克斯曼确实勒索过他？”

他用力地点点头。

“这就是我过来的原因。当我听到汤姆被抓走以后，我过去看看内莉，身为祖父的我少不了一番指责。我知道，她受了父亲的一顿打，想必这时候温顺了一点儿。确实如此，她失去了以往的傲气。汤姆没有过分打她，她走起路来并没有喊疼。‘我的孙女啊，’我说，‘看来你把猪带到了合适的市场上，被人逮了个正着！’她痛哭流涕，认为所有人都在反对她。‘血浓于水，’我说，‘你是我的孙女，汤姆是我的儿子。有时候要严厉批评，有时候要讲出实情。如果你不想看到父亲被绞死，你就必须告诉我实话。’当她冷静下来以后，告诉了我实情。这一大堆话，我就不想重复讲给你们听了。她品性一直很坏，真可惜汤姆迟迟才举起鞭子。老话常说：‘女人、幼崽、胡桃树，越打才会越好看。’”

希娃小姐咳嗽了一声。她实在无法赞成这种想法，但是跟福尔克纳小姐一样，她认为现在不是反驳的时候。

“她说了什么话，才会让你以为弗拉克斯曼在勒索特伦特先生？”

汉弗莱斯伸出一只方正的大手，搭在膝盖上。

“事情就是这样，希娃小姐！弗拉克斯曼告诉她，他找到了一座金矿。当她追问这是什么意思时，他站起来笑了笑，说自己知道了一点儿秘密，或许有人愿意花上一笔钱让他闭紧嘴巴。”

希娃小姐的脸色异常严肃。

“勒索一个罪犯是非常危险的行为。当这个罪犯很可能是凶手时，这种行为就会是致命的。曾经杀人的人不会犹豫再次举起屠刀。如果连杀两个人而没有引起怀疑，他的良心就会硬化，他的自信心就会膨胀，这是一种十分危险的状态。

“聪明反被聪明误——特伦特先生肯定会这么看待弗拉克斯曼——他骗过了所有人，把罪名安在我可怜的汤姆头上！他们说，刺死弗拉克斯曼的是汤姆的修枝刀。但是还有另外一把修枝刀，这是我在盆栽棚里找到的一把。”他从口袋里取出一团报纸，在膝盖上摊开。灯光之下，刀刃尖锐而锋利。“这肯定是我的刀，但是它并不在我平常放它的架子上。它上面覆盖了很多淤泥，肯定插在了不该插的地方，这种刀尖用途并不在此。引起我注意的是，上面有一只苍蝇在嗡嗡打转。天气温暖，我们偶尔能看到一两只苍蝇飞过，但是那只苍蝇一直围着这把刀打转，就太不正常了。所以我拿起来看了看，发现把柄处有一个棕色的污点。再加上苍蝇和它的颜色，我马上就联想到了，这是血！”他伸出粗硬的手指，“就在这里，希娃小姐，你可以自己看看！刀刃很干净，看起来似乎是插进了土里，清除了上面的血迹。但是就在把柄这里，有块血迹。我想起了警察会追踪指纹，所以就用报纸包起来，带到这里来了。也许你能告诉我，我该怎么办？”

他坐在凳子上，膝盖上放着那张报纸。灯光之下，刀刃闪闪发亮。

希娃小姐毫不迟疑地说：

“你必须马上把它交给警察，汉弗莱斯先生。”

第二十九章
艾奥尼的犹豫

扫码听本章节
英文原版朗读音频

第二天早上，艾奥尼·穆尔开车沿着乡村街道，前往福尔克纳小姐家中。历经三个不眠之夜，她认为自己再也无法承受。杰奎琳·德洛尼过去肯定是杰弗里的情妇，不论她现在是什么身份！杰弗里坦白承认一切——还是说这是他的花言巧语？一段本来不应该发生的感情，现在更应该彻底了结。难道她无意中听到的，只是歇斯底里的一时崩溃？过去为何不能成为过去？她不知道自己是否相信他，她甚至不知道自己是否应该去相信他。这件事太过复杂沉重，她没有精力去面对。一切都太可怕、太危险，远远在她的控制之外。

一方面，根据大雾中窃窃私语的对话，乌雷顿死亡边缘的逃脱，如果爱兰歌娜继续跟这个爱恋杰弗里·特伦特的女人同处一个屋檐下，她是安全的吗？“如果你自由了，你会娶我吗？……你曾经爱过我，现在也能再次爱上我，只要你试试看！……我能满足你内心的渴望——不是我，不是其他女人，而是夫人之家！没有我，你得不到这所房子……不论怎样，你就是得不到！”这个诱饵、这个威胁、这个女人认为自己抓住了他内心的渴望。“如果你自由了……”他究竟怎样才能自由？艾奥尼的想法跟弗兰克·阿博特一致。爱兰歌娜对吗啡上瘾，要制造她死于嗑药过量的场景，简直太容易了。事情过于严重，她的内心陷入深渊。

另一方面，杰奎琳就是个破坏家庭的人，死死抓住陈年往事不放手，硬生生想拆散爱兰歌娜和杰弗里的婚姻。不论你怎么看，这种事情总是容易演变成为灾难。福尔克纳小姐家已经安装了电铃，却还保留着老式门环。就在艾奥尼按响门铃时，其实她已经准备说出全部实情了。不管怎样，她感觉再也无法独自前行。

开门的是希娃小姐本人。福尔克纳小姐出门去拜访一位眼睛看不见的女人了，而她刚好在厨房里忙活。艾奥尼被带进温馨的客厅，安坐在一张舒服的座椅上。既然拐弯抹角没用，她就直接进入正题，希娃小姐发现了非常有趣的问题。她饶有兴致地注意到书房和隔壁起居室间的那根转轴。

“我想我真不应该偷听，但是我肯定还会这么干。杰奎琳·德洛尼在说话，她开口便是‘噢，杰弗里，我亲爱的’！”

在职业生涯中，希娃小姐经常不得不划清淑女准则与侦探责任间的界限。尽管她非常反感偷听私人对话的行为，有时候她却不得不这么做。当涉及拯救一条生命，洗清无辜之人的罪行，或者公正审判一项罪行时，她丝毫不感到内疚。所以，她竭尽全力让对方感到舒服。

“请你继续说，穆尔小姐。”

艾奥尼把全部事情讲了出来。

听完这一切，希娃小姐脸色沉重。

“毫无疑问，德洛尼小姐必须离开，”她说，“她一点儿也不适合继续待在那儿。”

说完这话，艾奥尼必须强忍自己的笑容，杰奎琳·德洛尼和“适合”这两个字八竿子打不到一起！

“杰弗里不肯送她走，他说这样不公平。这件事情已经过去这么多年了，如果说她情感爆发，那也只是因为玛格特的死亡令她过分伤心。”她改变了脸色，匆匆说道，“他竭尽全力去说明，她把玛格特照顾得多好，把爱兰歌娜照顾得多好，要替代她有多么困难。当然，只有他们之间存在点儿什么猫腻时，他才会如此辩解。但是，这不是很正派的做法吗？他说出了实话，而且认为不应该为了陈年旧事就赶走杰奎琳，况且这件事情双方都有错。你知道吗，他说自己喜欢她时，我几乎就要相信他了。他不断强调，她把玛格特照顾得多好，听起来真像是那么一回事。”她双手托住下巴，瞪大眼睛盯着希娃小姐看，“但是，一级骗子就是这么干的——句句话听起来都像是真的。”

希娃小姐正在编织一只崭新的灰色长筒袜。约翰尼的三双袜子已经织好了，这是德里克的第一双。她有条不紊，手法娴熟。双手压低放在大腿上方，注意力完全放在艾奥尼身上。

“穆尔小姐，我认为你没有告诉我所有事情。”

“这是什么意思，希娃小姐？”

希娃小姐眉开眼笑，她时常这么鼓励反应迟钝的学生。

“与可怜的玛格特·特伦特有关，不是吗？”

艾奥尼说：“噢——”

“从你这段话中，我明显听出来了，你故意漏掉了一些事实。后来你表现得不自在，才不得不提起女孩的名字，衔接并不算勉强。如果说特伦特先生和德洛尼小姐在谈论玛格特·特伦特的死亡，那么这件事相当重要。难道你不想告诉我，是否发生了这件事吗？”

艾奥尼脸色苍白。她原本决定，绝口不能提起此事。不论杰弗里做了什么，他毕竟是爱兰歌娜的丈夫。伤害他就是伤害她。如今，在希娃小姐坦诚的目光之下，她感觉再也无法掩饰。如果杰弗里是杀死玛格特的罪犯，那么但愿他不是乌雷顿袭击案背后的真凶，但愿他现在没有计划伤害艾奥尼，甚至爱兰歌娜。她伤心地说：

“你不必大惊小怪。一切只是传闻，而且杰奎琳确实表现得很不正常。”

“德洛尼小姐说了什么吗？”

“没错。她说，他永远无法得到夫人之家，哪怕他竭尽所能。然后接着就说：‘你已经做了很多，不是吗？你有没有梦见过玛格特，以及那条你让她拿的烂绳子？我没想到你会干出这种事，你知道吗？’”

希娃小姐的针尖咔嗒作响，德里克这双灰色袜子在她手头翻转。

“特伦特先生怎么说？”

“他说她疯了。她在狡辩，不，她没疯。‘你告诉她，可以拿那条绳子，这就是事实。’然后她继续说……”艾奥尼支支吾吾，索性中断了话语。

“你最好全部告诉我。”

“杰奎琳·德洛尼继续说：‘你最好闭上弗拉克斯曼的嘴巴，我是不会告诉任何人的！除非你愚蠢到把我赶走！’”

就在复述这些话语时，艾奥尼突然意识到，他们完全不可能出卖杰弗里·特伦特。她才真应该闭上嘴巴，永远不说出来。但是如果事情真的糟糕到这种地步，这些话又能对谁说呢，爱兰歌娜吗？她内心不由得一阵颤抖，头脑既不清晰也不明确。她听见了希娃小姐最和蔼的声音。

“相信我，亲爱的，说实话总是最好的选择。”

艾奥尼突然迅速倒吸一口气。

“你真的这么认为？”

“我非常确定。让我们接下你的案子吧。你跟我说话时，用词非常小心。他们在你面前上演了一桩姐夫有意杀死不幸的侄女，然后被管家勒索，最后姐夫再杀死管家的好戏。你感觉太伤心了，而开始后悔把实情告诉了我。”

艾奥尼在心中对自己说：“她看透了你，仿佛你就是玻璃制作的，所有的掩藏都没用。”

希娃小姐继续说：

“如果特伦特先生真的犯下这两项罪，那么你自己就处在极大的危险当中。他知道你偷听了德洛尼小姐和他的对话。所以，他知道你听见了德洛尼小姐说，他是玛格特死亡背后的凶手。他也知道你听见了弗拉克斯曼的勒索，以及有必要让他永远闭嘴这件事。他早就知道，你的死能让他获得一笔横财。难道这还不能得到强烈的印证吗？你必须记住，在每一起成功的谋杀背后，凶手的自我重要性急速膨胀，而且也越发相信自己蔑视法律的能力。最后，他认为自己不可能犯错，却可能就此走错了一步。在此期间，将有多少人会受到伤害，将有多少损失无法挽回！”

“希娃小姐……”

“稍等片刻，穆尔小姐，我并不是说，特伦特先生是这几起命案的凶手。如果是，真相大白无疑是最好的做法，不论是对他还是对其他人。凶手越晚被抓到，控诉就会越严苛。不过，他也有可能是无辜的。情况可能对于一个清白的人非常不利，如果他是无辜的，那么只有一个事实能证明。”这次，她没再提起最爱的丁尼生勋爵，而是引用了一位老诗人的诗歌：

“如果你相信他，鬼怪就会带你上路，

如果你不畏惧，真相总会水落石出。”

艾奥尼说：“没错。”她那深沉而温柔的声音再次坚定起来。

希娃小姐和蔼地看着她。

“我们的推理是基于诸多事实的。玛格特·特伦特死了，弗拉克斯曼的嘴巴永远闭上了。我们必须认真地问自己，谁会从这两起命案中获益？”

第三十章
重启调查

扫码听本章节
英文原版朗读音频

县监察局局长恼火地盯着柯尔探长和格雷森探员。他的手指不停在敲打工作台的边缘，然后喊道：

“你们说说看，其他人会怎么看待这种事情？”

他是一个矮小的男人，长着一双活泼的蓝眼睛，头上的红发已经渐渐泛灰。他的动作很快，脾气很急。

恰恰相反，探长是个魁梧而友善的人，言行举止俨如父亲，不容易发怒。只要上级有要求，他随时准备往单位的清水里倒点儿油。他和格雷森探员站在桌子的另一边，后者非常聪明智慧，此刻恭敬而沉默。

探长的语气让人感到很舒服：

“先生……”

马斯登上校打断了他：

“这到底是怎么回事？希望你能够告诉我！首先你解决好了一个案子，然后你又企图推翻它！用的是什么呢？竟然是别人的小道传闻，还煞有介事地夸夸其谈！”

“先生……”

马斯登重重地拍打桌子。

“这是不对的！这是糟糕透顶的！这个案子明显指向汉弗莱斯这个家伙，你还能找到更合理的解释吗？他发现弗拉克斯曼在夜里十点爬进了女儿的房间，把他赶到屋外，朝他开了几枪，回屋打了女儿。隔壁邻居是目击证人，她已经出来做证。最终，弗拉克斯曼的尸体在不到一百码以外的废物堆被发现。他是被人刺死的。汉弗莱斯的一把修枝刀跟刺杀的伤口非常吻合。案子解决得天衣无缝。而你又反过来说汤姆·汉弗莱斯不是凶手，就因为这是他父亲的说辞！”

“先生，”探长温和地说，“我不知道是不是能推出这个结论，但是老汉弗莱斯先生带过来的那把刀似乎真有问题。刀柄上的斑点是血迹，我已经把检验报告给你看过了，上面的血就是弗拉克斯曼的血，这种事情可不常见。”

看起来，马斯登上校仿佛眼冒金星。

“好你个柯尔，难道你就没有想过偷梁换柱这回事？你也应该读一两本侦探小说来开开脑瓜子了！”他俯身向前，敲打桌子，“难道你没有想过，老汉弗莱斯会跟他的儿子换刀吗？”

“不，先生，原谅我，我确实没有想到这一点。我斗胆说，老汉弗莱斯先生在布里克非常受人爱戴。这是一个诚实守信、受人尊重、勤劳质朴的家庭，在汤姆那风骚的女儿出现前，没有人说他们不好。老汉弗莱斯不会诬陷一个无辜的男人，更何况这人就是他的雇主。他拥有男人的秉性，尽管他性格刚烈而无礼，但是向来都是雷声大雨点小，任何人都不会相信他能干出换刀这种勾当。”

马斯登上校坐回椅子上。

“所以，杰弗里·特伦特让她侄女拿绳子去上吊！‘杰弗里说我可以拿。’老汉弗莱斯说，这是她告诉他的话。他还说，弗拉克斯曼也听到了。或许是，或许不是。这又是老汉弗莱斯的一面之词！”

“我相信，穆尔小姐肯定知道内情，但是她在隐瞒。毕竟，特伦特先生是她的姐夫。”

“在我看来，这件事情掺杂了太多人物关系！到处都是零碎的线索，到处都是牵连的人物，又是园丁，又是姐夫，又是老处女的来客！似乎没人帮手就忙不过来了，今天早上苏格兰场又来找我了！”

沉默、专注而警惕的格雷森能够察觉，这时的气氛已经冷静下来。在马斯登上校眼里，老柯尔不再是头号敌人，可能是个同盟。他值得信赖，而不再是攻击的对象。探长带有几分同情地喊道：

“苏格兰场啊，先生！”

马斯登上校猛地打开抽屉，乱翻一通，挥挥几页褶皱的纸张，递到桌子对面。

"给你！自己读读看！毒品！仿佛意外和谋杀还不够复杂似的！那个从采石场摔下来的女孩，她父亲在近东经营生意。我们怀疑就是毒品贩卖，但是没有证据。战争中断了调查。这个家伙自杀了，杰弗里·特伦特前去清理遗物。直到刚才，我们才找到于他不利的线索。他们从地中海地区接到线报，有几桩毒品交易还在活跃进行中。当中有很多零碎的线索，但是其中一项与杰弗里·特伦特和他的生意有关。他们想派一个男人过来，名叫霍兰德。不过我们并不反对，国际毒品交易向来不在我们管辖范畴内，我们不必假装干涉，不是吗？"

探长说："那是当然，先生。"他的声音有些许干涩。他已经在县警察局长手下干了十五年，非常好奇他葫芦里卖的是什么药。不过，这并不难，他很快就能知道了。

马斯登上校靠回椅子上，舒舒服服地说：

"看起来似乎特伦特夫人吸毒了，你们听过这条消息吗？"他从柯尔看向探员。

"是的，先生。"格雷森活跃起来，"布里克的人说她行为古怪。除此之外，我就不了解了。"

马斯登上校咕咕哝哝地说：

"这一家人可真行啊！那个从采石场摔下来的女孩——脑子不正常是吗？她的钱都落入了特伦特手里。你有没有想过，这个案子可不只眼前这么简单，柯尔？"

"我们没有证据，先生。"

"如今汉弗莱斯告知我们，摔死的女孩告诉了他，特伦特允许她拿那根绳子，还是一根烂绳子，不是吗？”

格雷森说：

“是的，先生，我拿捏过了。它连一只狗都绑不住，更不用提那位可怜的女孩了。只要拉一拉，它马上就散架。”

警察局长暴躁地说：

“苏格兰场似乎掌握了这条线索！他们今天上午来找我，说收到了一些情报。这一系列事情就串联起来了，不是吗？如果他们了解了这些实情，最好赶紧结案！似乎说，特伦特夫人或者她的妹妹可能暴露在危险当中。我自己倒是看不出来！当然，我不了解她们的情况！我可不想出事后才被人告知，我们早应掌握线索，防止命案的发生。”

“这是当然，先生。”

警察局局长重重地击打自己的膝盖。

“‘这是当然，先生。’你这话究竟是什么意思？我告诉你，我不想为此承担任何责任！他们可以派任何人过来，但是不可以说我们制造了困难！假如这一切只是无稽之谈，那也是他们在瞎折腾！我们大可安坐下来，说我们早就告诉过他们了。”

尽管内心愤怒，但是格雷森从不会表露在脸上。老马斯登的意思是，他已经传唤了苏格兰场的人过来，如果任何人因此案获得奖赏，那也不会是约翰尼·格雷森。

探长说：

“你是说，除了霍兰德以外，你还请他们派其他人下来了吗？”

马斯登上校点点头。

“他们建议阿博特探长。似乎收到线索的是他，所以他们认为不如派他过来，看看能否挖到更多线索。不知道你有没有碰到他，这是个很能干的家伙。我曾经认识他的表妹，她虽然相貌出众，却没什么头脑。不是说我偏袒你家那位聪明的女人——可是她确实让人称赞啊，你应该也懂我的意思。怎么说都好，女人再蠢也应该有底线！”

柯尔探长挤出一丝勉强的笑容：

“所以说，苏格兰场的两位探员马上就能过来吗？”

第三十一章
霍兰德问话

扫码听本章节
英文原版朗读音频

霍兰德探员是个刚过中年、不善交际的男人。事实上，有时候他的询问过于犹豫，而对方干脆亲切地帮助他。他见到了杰弗里·特伦特，询问他一些关于近东生意的问题。杰弗里一开始很反感，到后来演变成轻蔑的容忍。如果出于海关的目的才询问这种事情，他无法想象，为什么不派一个更加能干和专业的人过来。不管怎么说，就像他告诉尴尬的霍兰德那样，总归有一堆问题，如果不查询他所在公司的规程，他是无法回答上来的。

“玛格特·特伦特，也就是你那位去世的侄女，她有一位财产托管人吧？”

他问得太小声、太腼腆，而对方并未察觉到一丝冒犯。

“当然。”

“所有财产都转到你名下了吗？”

“没错，很抱歉地说一句，是的。”

“您说什么，特伦特先生？”透过厚厚的眼镜片，霍兰德那双近视的眼睛眨巴眨巴，直勾勾地盯着对方看。

“我非常喜欢我的侄女。”

“啊，这是个悲惨的意外。但是回到你公司的问题上，大部分股份都在你手上吗？”

“大约百分之五十五——有些直接挂在我的名下。我可以插一句吗，为什么要问我这些问题？据我所知，我的生意正正当当而井然有序，如果说我们违反了海关规定的话……”

“我与帝国海关没有关系，特伦特先生。如果你得出这个结论，那也不是我的错。”

杰弗里皱皱眉头。

接下来的问题依旧羞怯，令人更加难以回答。

“你认识一位名叫马勒的人吗？”

“知道。”

“他是不是曾经担任你贸易公司的经理助理？”

杰弗里皱起了眉头。

“曾经？”

霍兰德眨眨眼睛。

“恐怕他被抓起来了。”

“什么原因？”

“非法运输毒品。”

杰弗里·特伦特拍拍脑袋，惊讶地大喊：

“噢，我的天啊！”

霍兰德探员采访的另一个人是弗洛丽·鲍耶。

“你白天在夫人之家工作吗？”

弗洛丽兴奋极了，原来自己如此重要。

“没错，先生，我是个女仆。”

“喜欢在那里工作吗？”

“喜欢，特伦特先生非常亲切。”

“特伦特夫人呢？”

换成其他人这么问，她不一定会回答，但是这个可怜的小男人似乎太羞怯了，你会不由自主地帮助他。她小声说道：

“她生病了，有时候行为古怪。有一次，在她母亲的客厅里，她一直往肩膀后面看，仿佛有人在偷听她说话似的。你别告诉别人，这话是我说的。”

“为什么会这么古怪？”

“肯定和她吃的药有关系——那团白色的粉末。特伦特先生问我，在收拾她房间的时候，有没有看到类似的东西。我说有。他让我指给他看，然后把整团东西扔进火里。他说，这就是夫人得病的原因，她不可以再服用了。”

“在那之后，她有没有好转？”

“没错，她确实好些了。维奇科特医生每周来看她一次。他也认为她身体好转了，因为特伦特先生送他离开时，我也刚好在大厅，他说了‘绝对有好转’以及‘我们可以减少药量’。”她突然脸红着抬起头，“我肯定会提起这件事，但不是对每个人都说，不过你不能不知道。如果说发生了对特伦特先生不利的事情，我想最好还是把亲眼看见的、亲耳听到的说出来，因为再也没有比他更爱妻子的男人了。他没有说过任何关于她的坏话，而她还经常行为古怪，这足以让其他男人逃之夭夭。但是，特伦特先生从未离开过她！”

霍兰德透过厚厚的眼镜片，看向这张可怜巴巴的小脸。多么认真的孩子，每个表情都是真实的。他说：

“告诉我是正确的决定。”

弗洛丽感觉为之一振。

还有一场面谈，这次时间更长，对方是杰奎琳·德洛尼。她穿着黑色裙子，躲开了他为她而准备的那把聚光灯下的椅子。

“谢谢，我还是站着吧。现在有点儿冷，我想暖暖身子。”

她优雅地弯下腰，一只手搭在壁炉架上，一只脚抬放在壁炉边缘。她只有一半脸对着他，既可以看向别处，也可以看向炉火，随她所愿。他认为她很聪明，不禁好奇，如果她没有如此刻意地小心，那就更聪明了。但是，她很可能把他当成一个傻瓜，人们经常这么做。

她站在那里，等他开始问话，黑色的眉毛微微上扬。当他迟迟没开口的时候，她咬着嘴唇说：

“恐怕我不太明白，请问你为什么想见我？”

“我是苏格兰场的警官。关于去世的埃德加·特伦特先生，我有些事情要问问你。你曾经是他的秘书吧？”

她看起来相当惊讶。

“这似乎是陈年旧事了。我要纠正你，我其实不是埃德加·特伦特的秘书。我为他做翻译，他经常请我处理外文信件。”

“据我们得到的情报，你住在他的家里，还给他担任机要秘书。”

她摇摇头。

“噢，不是这样的。我住在他家，是因为他请我照顾她的女儿。他是个鳏夫，他女儿那时才八九岁，无人看管，非常顽皮。”

“她就是在这场意外中死亡的玛格特·特伦特吗？”

她的眼泪喷涌而出。

“没错，是玛格特。她一直受到忽视，也不太正常。我向你保证，照顾她让我几乎没了个人时间。”

“但是你得到了埃德加·特伦特的信任？”

“如果说照顾他女儿，那就没错。如果没有得到他的全力支持和信任，我就不可能跟一个如此难管教的孩子长期生活在一起。”

“德洛尼小姐，我指的不是他的女儿，而是他的生意。他是不是把生意全托付给你打理了？”

“当然不是！我所了解的跟其他人一样多。他是个富有的男人，擅长经营生意，至于他做什么，”她耸耸肩膀，“恐怕我就一无所知了，我真的没兴趣。”

霍华德严厉地看着她。

“你是说，你不知道他在贩卖毒品吗？”

她的手从壁炉架上滑落，脚也抬离了壁炉边缘。她生气地挺直身板。

“这个问题非常侮辱人！”

“恐怕你不得不回答。”

“这是自然。我应该坚持回答，我对你所说的事情一无所知。”

“你知道他自杀这件事吗？”

“那时候，我已经不在亚历山大港。我当然听到了他死亡的消息。一九三九年战争爆发前夕，他让玛格特回老家，是我一路陪同。”

“你一直在教她吗？”

“不全是。有段时间，玛格特跟着她的老保姆生活，她是个非常适合的人选。我以前经常去看望玛格特，然后把情况告诉她父亲。自从埃德加·特伦特死后，杰弗里·特伦特请我照顾她。保姆老了，感觉自己无法继续带玛格特了。两年前，特伦特先生结婚时，我们随他住到了这里。”

这是一个自然、简单而直接的故事，没有证据可以破坏它的真实性。一面是照顾顽皮的孩子、时不时写几封外文信的家庭教师，一面是掌握你每个生意细节的机要秘书，杰奎琳真是个灵活多变的女人。情报中没有提及玛格特。如果她确实在那儿，杰奎琳·德洛尼又要看管她，那么要让她随时走开可绝非易事，尤其是牵连到犯罪。他窃窃地离开了，感觉自己没有得到多少线索。

第三十二章 丢失的日记

扫码听本章节
英文原版朗读音频

霍兰德离开后，他们开始吃午饭。这时，爱兰歌娜迷迷糊糊地看向丈夫，说道：

“我有没有告诉你，福尔克纳小姐和她的朋友准备过来喝茶？”

杰弗里惊讶极了，他的肤色少了以往的灵气，他的思绪明显在游离。

“你说什么？”

“我在想，自己有没有告诉你，福尔克纳小姐和她的朋友准备过来喝茶。”爱兰歌娜反而压低了自己的声音。

“不，你没有，我没想到咱们有客人要来。”

“我认为这对艾奥尼是好事，因为福尔克纳小姐非常了解这所房子。”

“我们住在这里两年了，她也没告诉我们多少东西啊！”杰弗里·特伦特说道。

艾奥尼第一次见他为了家事发火。爱兰歌娜的脸皱成一团，似乎快要哭出来了。突然，他的脸上又挂满了笑容。

“亲爱的，我太可恶了。但是我有很多信要写，一喝完茶我就要走开。毕竟，你、杰基和艾奥尼已经足以陪伴两位老妇人了。对了，她的朋友叫什么名字？我总是记不住。”

杰奎琳·德洛尼回答说：

“希娃小姐——莫德·希娃小姐——她身上集结了所有老处女的特征。”她说完，短促地笑了笑。

杰弗里问道：

“真的吗，艾丽？”

他直呼了艾奥尼的小名。他没理由不这么做，凡事都有第一次，但是艾奥尼显然不喜欢。

爱兰歌娜迷迷糊糊地笑起来了，她重复说道：

“我认为这对艾奥尼是好事。但是杰基也要留下来，因为我不想一直说话，这会很累。”

两位小姐准时在四点半过来，希娃小姐戴上了最好的品红色花边帽，穿上了紫红色羊绒衫，这都是秋天刚买的。因为她总是自己购买布料，然后交给奇西客的老裁缝制作，所以款式几乎不变。衣服前方别着一枚玫瑰形状的沼栎胸针，中间嵌着一颗爱尔兰珍珠。福尔克纳小姐依然穿着破旧的黑衣服，戴着蘑菇形状的大檐帽，披着瘪瘪的围巾。但是，这些偶尔佩戴的珍珠是真的，曾经属于她的母亲。世事变迁，很多东西都消失了，她依旧保存这些首饰。除非碰上末日危机，她才不会轻易舍弃呢。

喝茶期间，杰弗里·特伦特魅力十足，然后以屡试不爽的理由——写信而匆匆离开。爱兰歌娜神色恍惚，艾奥尼则引导福尔克纳小姐讲述家族历史。此时，希娃小姐发现自己几乎直面杰奎琳·德洛尼小姐。她不停在织袜子，并解释说这要送给侄女艾舍尔·博克特的二儿子德里克。

“德洛尼小姐，我的侄女有三个儿子，全都在上学，所以他们的袜子旧得快。我刚为她的大儿子约翰尼织完三双袜子，等这一批织好，就轮到小儿子罗杰了。”

“真的吗？”

希娃小姐对她笑了笑。

“然后，我要为小约瑟芬织一件漂亮的连衣裙。”

博克特家族的话题还没结束，希娃小姐就叹气说，恐怕自己讲得太多了。

“但愿你跟我一样喜欢孩子，我曾经从事教师行业……”

德洛尼小姐扭动嘴唇。

“这可不简单。”

“没错，但是一切的付出都有回报，相信你也有这种感觉。”

德洛尼小姐突然脸色苍白，口红显得异常可怕。不过，这只是瞬间。她苦涩而镇定地回答说：

“恐怕我不这么认为。”

希娃小姐非常内疚。

“亲爱的德洛尼小姐！我没有指任何人——天啊，请相信我！”

“没关系，特伦特先生和我或许对这个问题都太敏感。我们都很喜欢玛格特，但是似乎没人愿意相信。他们从言行举止中表明，玛格特是个烦人精，她的死亡对我们而言是一种解脱。”

希娃小姐认为，极少有人天生能做到处事圆滑。

“即便他们内心这么想，真正说出来就显得非常低俗。”

“特伦特先生也是这种感觉。”

即便谈论了一番为人处世的手段，希娃小姐似乎还停留在玛格特·特伦特的话题上。她询问了许多琐碎的小问题，包括她的品味、性情、教育一个不正常孩子的困难。她还侃侃而谈地分享了自己和老师朋友的奇闻逸事。如果说德洛尼小姐有意打断她，加入另一边的对话，那也是根本不可能的。

艾奥尼和福尔克纳小姐两人，还远在对罗伯特·福尔克纳收购土地、建造房屋以来的六个世纪的思索当中。

爱兰歌娜没有加入任何对话。她坐在沙发一角，不闻不问，直到最后，她突然冒出一句毫不相关的话：

“艾奥尼借住在一个美丽的公寓里面。这是她的朋友路易莎·布伦特的房子。她要出国还是怎样，想把公寓转手。她要去哪里，艾尔？”

听到她如此直接的问题，艾奥尼马上从中世纪回到了现代。

“我认为她哪儿都没去，只是到了巴黎短期度假。她没有把公寓借给我。这要求太高了，我打算买下来。”

“多么好心啊，”爱兰歌娜对全部人说，“艾奥尼可以拥有自己的家具和物品。我们那天在肯洛寻找合适的窗帘布料。”

福尔克纳小姐点头表示赞成。

“肯洛的布料相当不错，只可惜太贵了。”她叹了一口气。

艾奥尼温柔地说：

“没错，确实如此。但是只要我需要，我朋友就不会把东西搬走，所以我没必要马上把所有东西置办齐全。”

她们继续谈论了公寓的位置——“购物十分方便。你姐姐也可以过来跟你住，这对她的身体好。”

爱兰歌娜开心地说：“噢，没错。”然后似乎又失去了兴趣。她靠回沙发一角，闭上眼睛，似乎茶会已经结束。

客人离开，前门一关，杰奎琳·德洛尼就如同暴风雨一样刮进书房。她“砰”地关上门，然后说道：

“在这世上，我最讨厌的就是那个爱打听的老处女！”

杰弗里·特伦特露起一丝微笑，抬起头来。

“亲爱的杰基，脾气可不小啊！”

她从壁炉旁边跳向他。

“你倒好，跑走了！”

在她面前，保持笑容可不容易。她这番行为，太容易引人注意了。令人痛苦的是，她可能现在就要上演一出戏。他发现，自己第一次赞同艾奥尼关于赶走杰奎琳的要求。你可不能指望一个歇斯底里的女人会说出什么好话来。他现在最需要的就是一个完全正常的家庭。纵然最近的命案让人伤心，但是家里必须和平。

“亲爱的杰基，你理智一点儿！”

她甩甩头。

“你认为我应当理智？”

他可没敢这么想。

她恼怒起来。

“那个四处打探的老猫审问了我一个小时！一开始，她跟我讲家里的亲戚，我几乎无聊到快叫出来了。然后，她讲到了玛格特——玛格特，噢，我的天啊！”

他们之间完全没有了笑容。他小声地问：

“她说什么了？”

“噢，也没什么，只不过是一大堆烦琐的问题。她会读书吗，她会写字吗？她有一个朋友，成功地教育了类似玛格特的孩子。那个女孩写的信件能让人读得下去，而且还养成了写日记的习惯！当然身边有其他人在说话——爱兰歌娜或者弗洛丽。但是这个好奇的老巫婆就是决心查出玛格特是否有日记本！”

“你怎么说？”

她挥挥手。

“还能说什么？我说她乱涂乱画，不撕坏就不错了。但是你以为这样就行了吗？她就是滔滔不绝地问下去！”

“好了，现在她已经走了，快坐下来抽根烟。”

她不耐烦地摇摇头。

“你认为自己能够甩开一切，不闻不问是吗？我告诉你，我可不知道玛格特在这些丢失的日记纸上写了什么！那天下午她偷偷摸摸、满腔仇恨！她不停侧脸看向我，然后自个儿笑！”

“她那时在写日记吗？”

“我已经告诉过你了！但是，我却不知道她把日记纸撕掉了！如果知道，我肯定不会让她把那几页纸带出房间！”

他不安地说：

“不管怎么说，杰基，她最多只能像个孩子一样涂涂画画。我不明白，你怎么会如此焦虑。”

“难道你不着急吗？我告诉你，那天下午她怨气满满！难道你准备好面对这种情况了吗？等到人们找到这几页纸时，发现她在上面写着，‘杰弗里说我可以从盆栽棚里拿绳子，我将这么做’？我能看得出来，她就坐在那里写这种东西，然后藏起来，等着某个人把它找到！”

接下来是一阵沉默。他低头盯着吸墨台出神，最后说道：

“你不知道她以前藏东西的地方吗？”

“平常的地方我都找遍了，就是没看见。你认为我没搜过吗？我相信它们在艾奥尼的房间。”

“为什么？”

“她经常往那里跑，这是最后一处让她着迷的地方。我相信她偶然找到了某个藏东西的好地方。问题是，我确实没有机会好好进去找一找。我原以为，等到艾奥尼和爱兰歌娜去乌雷顿那天，我就有机会了。我飞奔回来，却发现弗洛丽在收拾房间！”

他茫然地看着她。

“你为什么不告诉艾奥尼，请她来帮助你？”

她突然不安定地爆笑。

“你这个大傻瓜！难道你就不明白，玛格特写在纸上的东西，分分钟能让你掉脑袋？这回绞死你的可不是你让她拿的那条绳子，而是一条真正能让你窒息身亡的绳子！”她走上前来，跪在他椅子旁边，抓住他的手腕和手臂。“杰弗里——杰弗里——难道你还不明白自己有多危险吗？他们重新扒开了埃德加的老事，哪怕有一丝机会，他们就会把玛格特的死亡安在你头上！他们还没有我的把柄，但是他们掌握了很多关于你的证据！你似乎还意识不到，但是你必须这么想！我愿意为你做任何事情，所有事情！但是如果你自己都不帮自己，那我就没办法了。”

他甩开她握紧的双手，站起身来。这个女人真可怕！竟然对感情如此贪婪。爱兰歌娜可不是这样，她进入他的脑子，就像穿过一个房间一样，身形娇小、脸色苍白、神情冷漠。他走向桌子的另一端，站在那儿。

“站起来，杰基！”他说，“站起来，收拾收拾自己！你总是拿放大镜看待一切事物，这里头至少四分之三出自你的想象。如果你再捏造这种故事，说我让玛格特去拿绳子，那么我们就要吵架了。这根本是在居心叵测地歪曲事实，我禁止你再次提起！”

她起身，无意间踩到了裙子边缘，好在抓住了桌子，才站了起来。当她完全起身后，靠在摇晃的桌子旁，双眼如火焰，在灰白色的脸上燃烧。

“你没有见过她的幻影吗？”他仅仅听到了这句话。

他说：“没有。”

“难道你没觉得，你会在其中一条黑暗的楼梯上碰到她吗？周围……只有你们两个？”

“当然没有。”

她稍微往前走了走，用最轻微的呼吸，用最微弱的声音说道：

“难道她没有在夜里回来，把绳子——拿给你——看吗？”

他倒退了一步。

“亲爱的杰基，我不是一个歇斯底里的女人，你才是！我建议你回去自己的房间，用大盆冷水来镇定自己的神经。”

他打开房门，走了出去，留下站在书桌旁边的她。

第三十三章
弗兰克的请教

扫码听本章节
英文原版朗读音频

当晚八点半，弗兰克·阿博特执意要见希娃小姐。按照惯例，原本福尔克纳小姐和她能够吃光饭菜，并洗完所有碗碟，舒服地结束这一天。

开门的是福尔克纳小姐，她感觉非常惊讶。以前有段时间，年轻人在房子里进进出出，跟罗宾森有说有笑。但是这发生在太久以前了，而且也不是在这所房子里。年轻人没理由上这里来，特别是当罗宾森去打仗而再也没回来以后。见到弗兰克魁梧的身形、轻盈的体格，听到他那浑厚的声音，她记起了所有事情。时间确实能带走最惨烈的伤痛，但是你永远也不知道，它会以这种方式突然出现在你面前。

她领他进入小饭厅，打开电热器，出去找希娃小姐。弗兰克寻思自己到底做了什么事，让她如此惊讶。此时，莫德·希娃小姐手拿编织袋走了进来。她穿着去年夏天的连衣裙，刺绣丝线看起来像极了煮熟的绿叶。在这件陈旧的黑天鹅绒紧身上衣的衬托之下，连衣裙显得格外耀眼。没有这件紧身上衣，她可不会轻易到乡下来。即便在盛夏时节，她也非常清楚英国村舍、教师住宅以及四处的房子都是凉风阵阵。有了这件舒服而温暖的上衣，她感到很安全。

她坐下来，从编织袋里取出德里克的最后一只袜子，然后笑着说：

“弗兰克，有何贵干？”

饭桌帘子降下来，他们分别坐在壁炉两旁的温莎椅上。福尔克纳小姐向来都为自己不得不牺牲的齐本德尔家具感到后悔，但是弗兰克对这类东西不缺乏鉴赏能力，所以他盯着温莎椅看，心想它们多么适合这间厅房。这时，他笑着问：

“为什么是你来问我‘有何贵干’？”

她端庄地微笑：

“如果没有话说，你哪里会来见我。”

他表示抗议。

“我也许想过来听听你有什么话说，也许想过来坐在你的脚下，谁知道呢。就像不在人世却还受人爱戴的丁尼生说的：

‘婴儿在黑夜哭泣，

婴儿为黑夜哭泣，

呜咽呜咽，不知所语。’”

"亲爱的弗兰克，看来你特别喜欢瞎扯。"

"偶尔失去理性，也能有所收获！"

希娃小姐咳嗽了一声。

"我不熟悉你口中的拉丁语。当我还在上学时，没人认为教女孩拉丁语是必要的。"

他无耻地翘起了眼睫毛。

"你竟然还有不知道的事情！亲爱的夫人，还是让我来说吧——不过我可能永远不会再这么干了！其实，有时候装疯卖傻还是挺可爱的。"

她决定纵容他，不再追究他言语上的过失。

"如果你真的有话说，为何不现在开始呢？"

"除非你想先说。"

她回答说：

"我想有一点你必须知道。我相信，穆尔小姐还没有跟格雷森探员谈话。"

"但是她告诉了你。"

"我没有宣誓要保密，那么告诉你也无妨。她偷听到了特伦特先生和德洛尼小姐的对话。"

她认真而准确地复述着艾奥尼通过墙上的石轴所听到的对话。她刚说完，他就接上说：

"她不可能隐瞒下去的，你知道吗？她必须说出来。"

"没错，我也这么说，但是她非常痛苦。"

他愤世嫉俗地说：

“亲戚是命案的凶手，可不令人痛苦万分吗？”

这种话语可能会招致严厉的谴责。短暂的沉默过后，她克制自己说道：

“现在我相信，你有事情要告诉我。”

他笑了起来，然后又非常认真地说：

“我认为，你想知道霍兰德的看法如何。他是毒品专家，我们今天很早就兴致勃勃地过来了。我在现场逗留时，他已经回到城里写报告了。”

“霍兰德先生是怎么想的？”

他又笑了起来。

“他跟我一样都是探员，但是看起来非常像普通市民。我真希望自己变身为一只苍蝇，趴在墙上偷听他与特伦特和德洛尼小姐的谈话。他努力表现得羞于询问任何问题，结果却是他们主动给出答案。我相信他确实很害羞，但是他却能够利用自己天生的不足，让它成为一项非常有用的技能。”

希娃小姐的针尖咔嗒作响。

“我很好奇，他是如何看待特伦特先生和德洛尼小姐的。”

“他们都捏造了非常好的故事。特伦特坦白承认，战后他去收拾埃德加堂兄的遗物时，确实吓坏了。这个家伙在一九四二年自杀，留下了一堆烂摊子。特伦特说，自那以后，他完全不知道出了什么问题。如果不求助于生意经，他完全无法了解，也根本不可能指望继承生意。他坦言，自己随时准备前往亚历山大港，帮助警察调查一切。”

“他准备这么做吗？”

“如果我能阻止，我就不会让他这么做，但是我不确定自己是否有这么大能耐。如果他可能和这几起命案挂钩，亚历山大港对他而言是个逃跑的好地方。那里到处是隐秘的后门和楼梯。如果他的贸易公司一直在从事非法交易，那么他拥有很多把后门的钥匙。问题在于，他在侄女的死亡中要了多少诡计，他有多大可能刺杀了知道过多信息的男管家。格雷森告诉了我他们所掌握的线索。坦白说，这也算不上什么。格雷森是个好家伙，非常诚实。但是，他又和汉弗莱斯家结亲，他肯定不希望汤姆·汉弗莱斯被绞死，至少不要受到如此严重的惩罚。不论他如何尽力做到不偏不倚，也会不禁希望老汉弗莱斯的故事存在几分可信度。”

希娃小姐咳嗽一声，陷入沉思。

“你想听听我的想法吗？”

他非常诚恳地说：

“没错，我想。”

“那么让我来告诉你吧。尽管证据很少，而且可能带有几分偏见，但是我认为，能获得真相的最佳方法是绕到证据背后，从这些人的表现、性格和品质来寻找可疑点。在这个案子中，道德沦丧的年轻女人和已婚成家的特伦特先生的管家偷情。他们的行为让她父亲发现了，他大发雷霆，朝着弗拉克斯曼打了几枪，但是距离太远所以没有造成致命伤害。管家踉踉跄跄地走开了。汤姆·汉弗莱斯把女儿推进房间，开始打她。到这个点上，所有的场景都在隔壁邻居拉金夫人的眼皮底下。据她所言，她问了弗拉克斯曼的情况，但是他让她少管闲事。之后，拉金夫人让我们相信，她回到家中，再也没兴趣跟踪下去了，尽管她明明知道汤姆·汉弗莱斯在打女儿。记住，她是一个非常健谈、好奇心很重的女人，那么你认为这一切的可信度高吗？”

“坦白说，不。你认为她真正做了什么？”

忙碌的针脚停止了跳动。

“她是回家了。汤姆·汉弗莱斯十分暴怒，手里还拿着一根棍子，无疑他会恶狠狠地威胁任何偷听者。但是，她可以回家从楼上窗户往外看。几乎所有女人都会这么干。她肯定会一边听着内莉的尖叫声，一边看着弗拉克斯曼的落荒而逃。夜色凝重，但是云朵背后有轮明月。据说拉金夫人的视力出了名地好。我相信，她从楼上窗户看到了许多东西。”

他吹起口哨来。

“你的意思是，如果汤姆·汉弗莱斯离开了房间，她是看得到的？”

“肯定没错。如果她没有看见他离开房间，那就是因为他在打完女儿以后，上床睡觉了。”

“亲爱的夫人，他也有可能等到这位爱打听的邻居睡觉以后，才静悄悄地溜出家门。”

希娃小姐摇摇头。

“你真没脑子。”她严肃地斥责他，“当你朝着一个男人打枪以后，还指望他晃晃悠悠，等着你出来刺他一刀吗？你偏离了我们正在考虑的主题，也就是人物的性格。汤姆·汉弗莱斯向来文明行事，不会诉诸武力。这种情况严重地激怒了他，于是他失去了控制，朝着弗拉克斯曼开枪，还打了自己的女儿。也就是说，他一时怒火冲天，举起了枪把。才打了几枪，他就把火气迁怒到内莉身上，拿起棍子打她。到这时，他的第一轮发怒已经结束。如果没有，我认为他应该会手拿棍子，出门确认弗拉克斯曼已经离开。我感觉，在此之后，他完全不可能拿修枝刀去捅一个男人，何况他相信这人已经不在门外了。如果他确实这么做了，那么就不会逃过拉金夫人的眼睛。”

弗兰克说：

“你提出了一个观点，但是我不知道陪审团会怎么说。如果拉金夫人果真没有从窗户里面看见汤姆·汉弗莱斯出来，那为什么她不说出来，还他清白呢？”

希娃小姐扯出她的羊毛球。

“拉金夫人成为寡妇已经十年。福尔克纳小姐告诉我，她曾经努力过好几次，要与汤姆·汉弗莱斯结婚。她与内莉不合，前不久刚跟汤姆激烈地吵架。因为她在村子里逢人就说，所以大家都知道汤姆让她少管闲事，离他远点儿。”

“其实，一个受到嘲笑的女人最可怕。福尔摩斯神探说过，英国乡村是犯罪的温床，这是正确的。似乎华生医生不以为然！但是我相信这绝对是真的！”

希娃小姐看起来似乎不太同意。她认为不论在哪儿，人的本质都是一样的。只不过在乡村，人们总能知道隔壁邻居的一举一动。

弗兰克起身，站在炉火前面。

“汤姆·汉弗莱斯不可能杀人，因为拉金夫人没有看见他离开房子，她不说是因为他冷落了她。其实，他女儿已经准备发誓，父亲没有再出门了，不过拉金夫人也有可能这么做。现在我们该怎么办？”

“我们应当去寻找，那天晚上从村里过来的人是谁。”希娃小姐冷静地说。

“汤姆·汉弗莱斯在屋内抽打内莉。拉金夫人在楼上往窗外看。有人从村里过来，在垃圾堆附近碰见了弗拉克斯曼。这时候，让我们把目光转移到弗拉克斯曼身上。他一直向内莉吹嘘，说自己找到了一座金矿。这就显示了他的柔弱，他需要别人来肯定他的勇敢和坚定。然而，真正坚定的人，通常能管得住自己的嘴巴。弗拉克斯曼是脆弱的，他需要有人来支持他。再想想他在村舍的场景。他的偷情被发现了，出于良知，他变成一个胆小鬼。他既不敢跟汤姆·汉弗莱斯对峙，也不敢挺身而出保护内莉。他在枪声中溜走了，而在垃圾堆旁边碰见了一个人。他或许感到非常懊恼。如果他碰巧认识这个人，就能在他的帮助之下逃跑了。这个时候，要下手刺杀他可谓轻而易举。”

弗兰克迷惑地看着她。

“你认为这个人是谁？”

希娃小姐咳嗽了一声。

“当中有四种可能，其中一种可能性不大，但是我们也可以跟其他对比看看。四个可能刺杀弗拉克斯曼的人中，三人来自夫人之家，一人来自园丁之家。”

“老汉弗莱斯？”

“他就是我所谓的‘可能性不大’的人选。其实，我不愿意严肃地考虑他，但是他可能从法尔孔回来的某个人嘴里听到了，儿子汤姆离开得特别早。他可能听到了，有人在粗俗地推测，他这么做是为了逮住弗拉克斯曼和他女儿的偷情。福尔克纳小姐告诉我，村里人早就在八卦这件事了。老汉弗莱斯先生可能想去一探究竟。他可能在口袋里揣了一把剪枝刀，一下冲动就用了它。”

弗兰克疑惑地耸起一边的眉毛。

“我们一开始不是讨论人物性格吗？以老汉弗莱斯的性格看来，你觉得这有可能吗？”

希娃小姐微微一笑。

“我认为非常不可能。既然现在我们已经讨论了这种可能性的微弱，那么我们可以干脆把他从法庭上剔除。就他的性格看来，我不相信他会袖手旁观，眼睁睁看着儿子因为自己犯下的罪行而被捕。如果真是这样，他就会立马跑去警察局自首。”

弗兰克点点头。

“我认为你是正确的。现在让我们看看夫人之家那三位真正的嫌疑人，你来念名字吧。”

她沉重地说：

“我认为，我们不能完全排除弗拉克斯曼的妻子。在英国，刺杀算不上真正的犯罪。当它发生时，经常是由女人而不是男人干的。害怕的女人会拿起一把刀来保护自己，而男人只会用拳头来解决问题。多疑、生气而妒忌的女人会拿起一把刀，刺向背叛自己的男人，或者抢走自己丈夫的小情人。”

“没错，你说得对。”

“福尔克纳小姐告诉了我，村里人都在谈论，弗拉克斯曼的做法已经让妻子非常伤心。我认为，她有可能在法尔孔外面等他，然后尾随他去到汤姆·汉弗莱斯的家中。从另一方面来说，比起其他两位嫌疑人，她不太可能去盆栽棚里面拿刀。想想厨房里面有多少种刀具，一个厨娘怎么可能跳过它们而选择其他的凶器？”

他突然大笑起来。

“更何况她的刀把上一点儿血迹都没有！或许我们可以把视线转回特伦特和他那迷人的秘书身上。”

身形小巧、收拾利索的希娃小姐朝他投去了惊讶的目光。男人真是不可预料，眼光竟然这么差劲，哪怕是弗兰克——

“你认为她迷人？”

他笑了起来。

“我在执勤的时候，可不会受到这种诱惑的。”

真是不可思议！眼前这个苍白、憔悴、不安的男人，竟然片刻让人无法消停！她冷静地说：

“我可不认为她迷人。”

“你认为她平庸而憔悴，是吗？但是你可以相信我，她的体内热情似火。”

此时，希娃小姐放下针织物，看向他。

“这一切都是为了杰弗里·特伦特吗？”

“你这么说，是因为艾奥尼·穆尔告诉你了，还是因为你自己眼睛看到了，脑子想到了？”

“你还真能想啊，亲爱的弗兰克！”她谴责了他的说法，但是依然表现得异常平静。

“穆尔小姐告诉我，她听到了他们之间的对话。从中可以明确得知，他们的关系非常亲密。特伦特先生向她保证，这件事在结婚之前已经彻底结束了。穆尔小姐所听到的也证实了这一点。但是当我在夫人之家喝茶时，我察觉到，德洛尼小姐的感情并没有过去。她对待特伦特先生的方式，反映出了她对他的一番深情。只有情到深处，女人才能如此柔情。”

他点点头。

“特伦特呢？”

“我看不出他的反应。”

他从壁炉的位置俯视她。比起刚认识她时，这头鼠色的头发没有明显地发白。它均匀地盘起，刘海挂在这张平滑而苍白的脸上。不论是在刘海上还是在盘发上，他没有看到一根乱头发。这得益于发网，但是最重要的原因在于她那有条不紊的思绪。那件丑得可怕的菠菜色衣服上别着一枚胸针，看起来没有丝毫违和感。维多利亚时期的饰品代替了沼栎玫瑰，内含她去世父母的头发，外饰一圈褶皱之金。这种欣赏方式看似滑稽，却带动，甚至提升了他的感情。她就是那位受人尊重的女教师，她就是独一无二的女神探！他恭恭敬敬地问道：

“夫人，你认为到底是谁干的？”

第三十四章
拉金夫人的窗口

扫码听本章节
英文原版朗读音频

拉金夫人扯着嗓子高歌：

“如果我身处荒岛，

那么我会爱你。”

这个曲调非常刺耳。在她古怪的指挥之下，音符来回跳动，但总归是刺耳难听的。她正在晾晒几件围裙和抹布。尽管嘴里咬着晾衣架，可怕的声音还是挥之不去。

阿博特探长抬起花园的门闩，刚好碰见了这一幕。这不是他的第一次到访，但是现在的他饶有兴致地调查更多细节信息。拉金夫人已经进屋，但是歌声依然刺耳地停留在半空中。

“如果我在飞机上，

那么我会爱你。”

于是，他拥有了打探四周的好机会。

两个村舍相隔不过二十码，前方都有一个方正的小花园，旁边有一条狭窄的过道，后方有一条长长的小径。汤姆·汉弗莱斯的花园整整齐齐，堪称典范——前门两边种着一排番红花，整齐的土壤是孕育生命的温床，后方则种有菠菜、花椰菜和冬季蔬菜。相比之下，拉金夫人的前院根本算不上花园。十年过去了，没人翻动过这片土地。后方杂草丛生，房顶藤蔓缠绕，无人打理。再看看隔壁整齐的玫瑰和盛开的黄茉莉，他的嘴唇微微抬起，心想拉金夫人与其要个丈夫，还不如雇个园丁。

他穿过脏乱的前院，敲敲大门。她打开房门，衣袖仍然卷在上方，微风把头发吹成一小簇。昨天他还没想到，但是今天早上，当她那双尖锐的小眼睛看向他时，他立马想到了一种动物——雪貂。拉金夫人可真像一只雪貂啊！于是，他说道：

“早上好，拉金夫人，我能跟你说几句话吗？”

“昨天你不是刚跟格雷森来过吗？”

他露出一丝微笑。

“你说话幽默风趣，总不能期待我会失去兴趣吧。”

他发誓，她的鼻尖真的抽搐了一下。她谦谦有礼地说：

“这样说也是事实。”

“肯定如此。但是一到讲事实的时候，没多少人能说得清楚。这就是你的陈述让我感觉惊讶的地方，它非常清晰明了。”

她嘴角上扬。

“我向来是有一句讲一句。我父亲过去经常说，‘大胆讲真话，魔鬼也脸红’。如果我们有人做不到，他会拿棍子打我们。他的格言是，‘孩子不打不成器’。我知道有些人，谎话连篇，直到丑闻上身，警察敲门！”她扭头看向汉弗莱斯的房子。

阿博特探长说：“你讲得可真好啊！如果你能在花园里重新上演当晚的场景，那就太好了！你给我指一指，你、汤姆·汉弗莱斯、他女儿和弗拉克斯曼分别站在哪里？”

拉金夫人非常配合。说话间，她已经爬上了栅栏。远处有一排绿色的篱笆，但是她取来了厨房工具，倒腾一下就能够从上往下看。

“汤姆·汉弗莱斯就站在通向门口的砾石小径上，没有走远。他站在那里咒骂，然后进屋拿枪出来，朝着站在小径另一端的弗拉克斯曼扫射。他大喊，内莉尖叫。汤姆抓住她的肩膀，把她推进屋里。‘长这么大都没人打过你是吧，我来！’他说完‘砰’地关上了家门。”

“我明白，你说得非常清楚了，然后呢？”

拉金夫人的脸上堆满恶意的笑容。她满脸皱纹，肤色黑黝，一双尖锐的小眼睛能看穿一切事物。没有眼睫毛的眼睛就像没有百叶窗或窗帘的窗户。她热心地说：

“弗拉克斯曼在小径另一边谩骂，我大声问他：‘你还好吗？’可是，他脏话连篇，我可不想复述一番来贬低自己的身份，总之他让我少管闲事。所以我回房，关上了门。”

“然后呢？”

她把头甩开。

“没有然后了。别人不需要我，我还是看得出来的。于是，我回家锁上了房门。”

最后一两分钟，她不由得离开花园，朝着家的房间走去。一切看似并不唐突，高挑的便衣警察不断调整步伐，悉听她的陈述，似乎把她当成了英国女王。她当然不像一位高高在上的贵族，但也从来没有人如此关注过她。当他打开客厅的门，站在一旁等她经过时，拉金夫人感到特别心满意足。

这个客厅只有在节假日才会打开。这里有一张她和吉姆·拉金的结婚照，以及一套用积蓄买来的红色长毛绒家具。她满意地坐在“淑女的安乐椅”边上，看着坐在“绅士的享乐椅”上的弗兰克。他感觉仿佛就在自己家一样。结婚之前，她曾经给艾米丽·克洛斯比夫人担任客厅女仆，也受过男仆的训练。这双尖锐的小眼睛在打探阿博特探长的外套和鞋子，他的双脚既修长又优雅。她非常了解男人的衣服，不由得加深了满足感。

他身子前倾，微笑着说：

“拉金夫人，让我们从你进屋锁门开始讲起。你之后做了什么？”

她甩起脑袋，一簇头发飞了起来。

“正如弗拉克斯曼所说的，我就做自己的事情去了！”

“我想我们不必再纠结他说过什么话了。刚才你说，他满嘴脏话地离开了。”

“这些脏话是你从未听过的！”

他打心底认为，她是能够接受这种脏话的，所以继续追问：

“他在骂人，你在锁门，汤姆·汉弗莱斯在打女儿吗？”

“谁会关心这种事？”拉金夫人轻蔑地说。

弗兰克说：

“确实，他继续打了她多久？”

尖锐的眼睛直勾勾地盯着他看。

“这我可说不准，我在家里干自己的事情。”

“所以，你也不清楚，汤姆有没有打她？”

她一脸不屑，似乎就快愤怒地哼出声来。

“不清楚？我自己还是有耳朵的，不是吗？我能听见汤姆·汉弗莱斯的每一击棍子，以及她的每一声尖叫！”

“你在楼上自己的卧室里吗？”

她又闭嘴了。

“不论在哪儿，这都是我自己的事情。”

他愉快地笑了起来。

“拉金夫人，你是个聪明的女人，肯定对隔壁发生的事情非常感兴趣。不要告诉我，你没有从楼上窗户往外看，没有贪婪地利用自己的耳朵去听，用自己的眼睛去看。这也是好事，不是吗？你肯定不会漏掉很多信息。”

这回，她羞怯了不少。

“我从小就非常聪明。”

“这一点也不惊讶。我立马就看出来了，你拥有超常的观察能力，能把看到的事物迅速转化成文字。拥有这两项本领的人并不常见。”

既然自身的天赋受到了肯定，拉金夫人自然会选择表现一番。

她温柔地说：

“即便我在自己房间，这也没什么不合适的吧？”

“不，当然没有。汤姆打女儿打了多久？”

拉金夫人想了想。

“大约五分钟。”她说。

“从你进门算起，还是从你上楼打开窗户算起？”

她狠狠地瞪了他一眼。

“谁说我打开了窗户？”

“你当然有开窗，不然就太愚蠢了。你想听听发生了什么，不是吗？”

她躲开了这个话题。

“我只知道发生了谋杀案。”

“没错。你的窗户朝向哪边？介意让我看看吗？”

噢，她当然不介意。即便花园凌乱，可她的卧室还是很整齐的，整洁的床上铺着一张干净的棉被。

这里有一扇朝前的竖铰链窗。打开窗户，探出身子，弗兰克能够看见汉弗莱斯的村舍以及前面的小道。前面或多或少能看见通向村庄的大路，以及发现弗拉克斯曼尸体的那片废物堆。不论发生什么事情，拉金夫人肯定能第一时间看到。

他重新发问。

“拉金夫人，你来到窗户之后，隔壁家的抽打持续了多久？”

她的回答跟之前的一样。

“大约五分钟。”

“你能听见棍子击落的声响吗？”

“任何人都能听见。”

“内莉在尖叫吗？”

“棍子一下来，她就大声叫。”拉金夫人似乎很享受讲述的过程。

“汤姆什么时候停止打她？”

“直到上楼回房为止，内莉一路痛哭。”

“汤姆·汉弗莱斯呢？”

“我怎么知道，我想他肯定去喝酒了。打人容易口渴，再加上他那暴脾气，肯定很难受。”

“他没再出门吗？”

她愤懑地看向他。

“你这是硬往我嘴里塞话！我告诉你，我不知道汤姆·汉弗莱斯做了什么！”

他点点头。

“亲爱的拉金夫人，我肯定不敢往你嘴里塞字。你是一个清晰而谨慎的证人。正如我之前所说的，你的观察能力异于常人，我只想知道你看见和听见了什么。过来这里，那时候你就站在这扇敞开的窗户前面，你看见了什么？”

她后退几步，但是没有忘记自己正在受到探员的欣赏。如果阿博特探长能够抚慰自己的良知，告诉她自己所说的都是事实，那么拉金夫人也就能够相信他了。她是个敏锐而准确的观察者，她的记忆力超群，能够一字不落地复述整件事。相比之下，这种记忆力在乡下更常见，在以前更常见。

她有权选择是否接受这般奉承，但是必须与内心的愤懑做斗争。她能够说话，也能够保持沉默。除非她选择开口，否则他们也奈何不了她。这一切都悬而未决，探员说：

“拉金夫人，请你回想一下。当抽打结束，内莉回到房间哭泣以后，不要告诉我你没有站在窗户前面，注视着弗拉克斯曼的一举一动。”

她顽固地说：

“他沿着大路溜掉了，一路咒骂，这我已经告诉过你了。”

“汤姆打女儿时，你还能听见他的话吗？”

“时不时。”

“抽打结束之后，他走到了哪里？”

“我不知道。”

“不知道还是不想说？”他轻佻的话语里面充满了笑声，“你知道吗，我认为如果你足够细心，你就不会遗漏任何东西。你可以把这当成是对你的褒奖。我不介意打赌，你在听内莉和她父亲吵架时，眼睛一直盯着弗拉克斯曼看。”

她的双唇一紧。

“这也仅仅是你说的。”

他突然改变了音调。

“夫人，这种事情你但说无妨。如果你能从汉弗莱斯的村舍里听到关门声和尖叫声，那么弗拉克斯曼肯定也能听见。难道他就这样走掉，让内莉一个人承受？难道他丝毫没有尝试去保护她？”

她轻蔑地笑了起来。

“哼，就他！我想他自己的事情已经够多了！枪声吓坏了他，大部分子弹落在他的背上和肩上。他每走几步就回头挠挠自己，再走几步就停下来骂人。”她继续说道，“没有内莉，他也够心烦的了！”

“抽打结束后，他走了多远？”

这时，拉金夫人屈服了。她愿意成为一名主要证人，把所见所闻画在纸上。她说：

“就在去废物堆的半路上。”

他们一起看向窗外，这条路就在眼前。

“你继续盯着他看吗？”

她点点头。

“看了好一会儿。他的手一会儿敲敲这个地方，一会儿动动那个地方，还一路骂个不停，估计连猫见了都会发笑！”

“你能听见他吗？”

“至少知道他在骂人。幸运的是，距离太远，我没听到他嘴里的脏话！”说完她故作正经地哼了一声。

“你看到他走向废物堆了吗？”

“差不多到那个位置。”

“后面有人跟踪他吗？”

“没有。”

“你敢发誓吗？你可能需要这么做哟。”

这只敏捷的雪貂鼻尖气得发粉。

“即便发誓，我也还是会这么说！因为这一切都是真的！我愿意站在法庭上，对着《圣经》庄严起誓。”

“所以说，他背后没有人。”弗兰克沉思片刻，突然话锋一转，“他前面呢？村道上呢？拉金夫人。”

见她没有回答，他坚持问道：

“他的前面有没有人？村里有没有人过来？”

她往后退了几步。

“有。”

“男人还是女人？”

她摇摇头。

“我没看见，没人能看见，因为那个时候已经十点多了。”

“但是有月光啊。”

“月光没有穿透云层。我能看见有人从村道上走下来，所以我认为，不管是谁都能帮弗拉克斯曼一把，然后我就关上了窗户。”

“你确定吗？”

“当然！内莉已经停止了哭泣，至少没再大喊大叫了。夜色太黑，距离太远，我的视线没有跟上弗拉克斯曼，所以我放弃了。天气太冷，我给自己冲上一杯热腾腾的茶暖身子，然后上床睡觉了。我发誓，这绝对是事实。”

弗兰克放弃追问，内心选择相信她。

“如果这是实情，”他事后对格雷森说，“那就放了汤姆·汉弗莱斯吧。”

格雷森探员说，这正是他的想法。

第三十五章
暗夜黑影

扫码听本章节
英文原版朗读音频

接下来的那天，村里的每个人都被警察问话，弗拉克斯曼被杀当晚的九点半到十点半之间，他们在哪里。汤姆·汉弗莱斯离开后，那些留在法尔孔的男人明显具有集体不在场证明。他们一起在十点离开。所有人都住在布里克村靠近乌雷顿的那头，这是距离废物堆最远的地方，所以他们一起回家，高兴地道声晚安，然后进入自己的梦乡。他们的妻子不仅仅准备说，而且敢发誓他们没有再出去了。这样一来，就能排除掉很多嫌疑人，那个钟点大部分人都在熟睡。至于女人们——妻子、母亲、姐妹和祖母——她们更没理由在这个钟点外出。

当格雷森碰见从乡村小店出来的希娃小姐时，他已经调查了所有人的可能性。她鞠了一躬，正准备离开，这时他走在她旁边，跟上她的脚步。

“阿博特告诉我，你引导他去思考，拉金夫人当晚可能看到有人从村里走过来。我已经仔细侦查过那个地方，没人承认那时候外出。”

希娃小姐并不感到惊讶。格雷森探员无疑是一位优秀的警察，但是或许还不够老练。问是问了，但是这样拷问当地居民，听起来更像是请人自首。她微微咳嗽了一声，然后问道：

“你有没有明确告诉别人，你在寻找目击者，而不是准备抓捕嫌犯？”

他注视着她。

“他们害怕极了。即便有人出来，他也不会承认的。你明白吗？”

黄昏里，希娃小姐微微一笑。

“你有没有跟皮斯老夫人聊过？”

她能察觉到他的突然一惊。

“皮斯奶奶？不可能！她患上了风湿病，肯定躺在床上，至于摸黑出门，她怎么可能这么做。不管怎么说，她也是八十好几的人了。”

“然而，你会发现，她确实在命案当晚外出了。”

“你怎么知道，希娃小姐？”

他的音调中传递着倔强的不信任感。对此，希娃小姐选择了忽视。

“她的女儿鲍耶夫人为福尔克纳小姐干活。凶杀案过后的早上，公众还没有察觉时，她照常过来上班。在与福尔克纳小姐的闲聊中，她表现出了一丝伤感，因为奶奶太冒险了——‘趁别人不注意，她昨晚溜了出去，也不说自己去了哪里。只说她记起了曾祖母处方里有一样止咳药水，然后发现身边还留有一瓶，就出门拿给米勒夫人了。因为斯坦利咳嗽，他们已经好几夜无法入眠。她回到家时，已经是十点多钟了。’”

“你亲耳听到的吗？”

“不，探员，福尔克纳小姐听到的。她半个小时之前告诉了我。她听说你急于寻找目击证人，她的良心不允许自己再保持沉默。如果我刚才没有碰见你，我就会给乌雷顿的警察局打电话。”

黑暗中，希娃小姐从他的声音中推断了出来，他肯定在皱眉头。

“她很可能没看见什么东西，但是也不可能是这起谋杀案的凶手，所以她或许愿意开口。晚安，希娃小姐。”

他迈着大步经过福尔克纳小姐的村舍。他要去见见那位老夫人，但是他告诉自己，别对见面抱有过高的期望。但是，从另一方面来说，她十点以后才出去，米勒夫人的家又在村子的末端，一来一回，她肯定经过了夫人之家的门口。或许她看见了凶手，但是这般妄加揣测并没有用。他敲敲她的家门，好奇来开门的会是谁。原来是皮斯奶奶亲自来开门，这没什么好稀奇的。她披着一条大大的黑色围巾，穿着深红的羊毛拖鞋。头顶除了几根稀疏的白头发，什么都没有。她抱怨外面太寒冷，让他迅速到屋内来。凭借着与他妻子过去的关系，她直接称呼他为约翰尼。

“过来跟我聊聊天啊，约翰尼？以前的夜晚，年轻人也会过来我家——现在重新开始为时不晚！在火炉旁边坐下，我泡了一壶好茶。”

炖煮的茶水有点儿苦涩，但他还是喝了。苦茶入口，身子一抖，还好他及时抑制住了。不一会儿，他开起玩笑来：

“奶奶，看到你起来到处走动，我非常开心。今天下午，阿姬告诉我，你因为患风湿病而无法下床。”

她的杯子更黑，里面的茶水肯定更难喝，但是她似乎乐在其中，笑容中带有几分恶意。

“不想让我看见你，不想让你看见我！阿姬就是要让我们分开！她就是在嫉妒我的年轻男人，这也难怪，以为我在打盹就不知道你过来吗？她的欧尼说出来了。‘约翰尼·格雷森来这里干什么？’他说。这回我可让阿姬有好脸色看了！既然你来了，我也要问跟他一样的问题。你想要什么，约翰尼·格雷森？你最好快说，否则等到阿姬回家了，她可能会赶你走。”

听他讲完以后，她开始大笑起来，坐在椅子上摇来晃去，直到茶水洒出来，她才把杯子放到炉灶上面。

“我没有！”她喘了口气，“你以为我跟随弗拉克斯曼，然后发现汉弗莱斯先生捅死了他？我敢说，想捅死他的女人一大把。他就是一个十足的坏蛋，内莉·汉弗莱斯也好不到哪里去！但是我可没有拿刀刺死他们。”

他也笑了起来。

“我没说是你，奶奶。”他有意停顿了较长一段时间，“但是，你可能看见了某些东西。”

“是又怎样呢？”她的语气尖锐了起来，就连一丝微笑也消失了。

“我希望你能告诉我。”

她思索片刻，喝完了手里冷冰冰的苦茶，然后说道：

“我要上法庭，对自己看到的事情宣誓吗？”

“这取决于你看到了什么。”

“也没什么。我去了米勒夫人家，带了咳嗽药给她的斯坦利吃。”

“几点钟？”

“我从后门溜出去是九点半，听到了无线电的报时，所以我放轻了脚步。”

“你看到了什么东西吗？”

她摇摇头。

“我继续走到米勒家，给了她咳嗽药。”

“你在那里待了多久？”

她振作起来。

“我不确定。她不停在抱怨斯坦利的咳嗽，说她们没睡过一夜安稳觉。我告诉她，我的老祖母可比你们医生、化学家和全国健康服务好得多！她为人和动物制作药物，如果连她都没办法治愈，那就彻底没救了，再怎么尝试也没用！”

格雷森看得出来，这种对话会持续很长时间。于是，他放弃了寒暄，径直说道：

“你回到家是十点半。”

“谁说的？”

“阿姬。”

她皱了皱眉头。

“好吧，确实是。”

“奶奶，你回家的时候看到了什么东西？”

“即便有，也不是什么好事。”

“到底是什么？”

“我头戴围巾，脚穿拖鞋。那时候，街道完全干透了。我离开米勒家往前走了几步，脚趾踢到了一块石头，穿破了我那拖鞋的羊毛，可真疼啊！于是，我就在夫人之家门外的冬青大树下站了片刻。直到脚痛缓解以前，我可不想继续走下去。所以，我靠在贝茜·特纳的前门上，心想我自己能不能走回家。在这棵她经常修剪的冬青树下，所有人都能看见我。”

“然后呢？”

“约翰尼·格雷森，你再催我试试看！我的脚趾疼得厉害，但凡我能单脚站立，我就不会停下来。”她板起脸，努力回想，然后眨眨一只眼睛，“以前的我可以！不论是鸡蛋比赛还是跑跑跳跳，我能赢全部人！”

他笑了起来。

“这可是以前啊，奶奶！”

她用力地点点头。

“我年轻的时候，能耐可大着呢！你会吓一跳的！”她的眼里闪烁着一股老年人的怨恨，“我靠在贝茜的门口，努力抬起一只脚，这时我看到有人从夫人之家的门柱之间走出来。”

“谁？”

她古怪地咯咯直笑。

“你不想知道才怪呢！”

“没错，我也应该要知道。”

“你的上司肯定也想知道，约翰尼，好家伙。”

“你没看清？”

她把头往上一扬。

“根本没人看得清！头顶有棵大树，影子非常黑暗。我只能看见有人从树底的门柱中间出来。”

“往哪个方向？”格雷森迅速追问。

她摇了摇头。

“就是你想知道的那条路，约翰尼——朝左拐，一路走到汤姆·汉弗莱斯家。如果你想知道我当时在想什么的话，我就告诉你吧，我以为那是弗拉克斯曼，他跑去找内莉。”

他只能从她嘴里听到这么多。她以为这是弗拉克斯曼，但是又不敢断言是男是女。她唯一肯定的是，有人在大树的影子底下走动。这当然不是弗拉克斯曼，因为那时候快十点了，根据拉金夫人的说法，他已经浑身中枪，痛苦而断断续续地朝着被捅死的垃圾堆走去。格雷森并不怀疑，皮斯奶奶看见了凶手。至于是谁，他也猜不出来。调查就这样结束了。

第三十六章
床头镶板

扫码听本章节
英文原版朗读音频

一天晚上，全部人在夫人之家的会客厅喝咖啡，艾奥尼说：

“我明天上城里，杰弗里。我可能会待上一两夜，还没确定下来。”

爱兰歌娜焦躁地说：

“怎么这么突然！我可能也想去，但是这么匆忙，我赶不上啊。”

“爱丽，我今天早上告诉过你了！”

“没错，我知道，但是这也不够时间来准备。”她闭上眼睛，靠回椅子上，不再多说。

艾奥尼瞥了一眼杰弗里，发现他在皱眉。或许他们在思考同一个问题，为什么爱兰歌娜要时间来准备才能上城里去？好让某人提前知道，然后她就能得到摧毁她的吗啡了吗？艾奥尼迅速说道：

“我今天上午收到了路易莎·布伦特的巴黎来信。她已经离开了公寓，所以我任何时候都能接管，我想还是过去一趟，瞧瞧她的生意如何。这世上再也没有像她这么随意的人。拿到钥匙后，我肯定会非常开心。她把钥匙留给了罗宾森夫人，也就是一楼的租客。我不认识她，她也不认识我，但是我给她打了电报，说明天上午我会过去取钥匙。我可不想去了后才发现她出去了。”

爱兰歌娜睁开眼睛，迅速说道：

“如果你到处装新窗帘，这可会花掉一大笔钱。带羽毛的淡黄色窗帘非常适合你的卧室。你能在黑夜里躺下来，把它们想象成从天而降的雪花，不是吗？”

杰奎琳·德洛尼恼怒地说：

“我不知道你要离开，穆尔小姐，否则我今天就不会外出了。恐怕现在推迟已经太晚。我的朋友生病了，如果我不去看看，她会非常伤心。真希望你能早点儿告诉我！”

杰弗里不耐烦地说：

“这一点儿也没必要！我能照顾爱丽！”

爱兰歌娜睁开半只眼睛，甜美地说：

“你是最适合照顾我的人，亲爱的——难道不是吗？”

“希望如此。”他对她笑了笑，不论她有没有看见。然后，他转向杰奎琳·德洛尼。

“你要用阿尔维斯车吗，杰基？回来吃中午饭吗？”

“噢，没错——我只是感到抱歉——”

“完全没必要。”说完这话，他放下杯子，走出厅房。

杰奎琳的双眼跟随着他。她脸上的每一寸肌肉紧绷，但是眼睛出卖了她。艾奥尼感觉到她快崩溃了，这可不是第一次。当杰弗里·特伦特关上门以后，她长长地吸了口气，然后再次转身，异常激动地说：

“我确实很烦恼，你知道吗？我们两个都这样离开，真不应该！我以为，每个人都知道我今天要去看朋友。”

爱兰歌娜从睫毛中间看了出去。

“我不知道，杰弗里似乎也不知道。”

杰奎琳的脸颊顿时红了起来。

“他当然知道！他允许我开阿尔维斯车。”

爱兰歌娜闭上眼睛，举起一只手，遮掩嘴里的哈欠，然后冷漠地说：

“噢，是吗？我感觉——这听上去像他在问你——你用不用阿尔维斯。你没有期待他说，你可以用吧？”

这次，她不再抑制自己的哈欠，索性拉下垫子，蜷缩在上面。“太困了……”她喃喃自语，似乎只想睡着。

艾奥尼说：“这完全不要紧，德洛尼小姐。爱兰歌娜和杰弗里两夫妻会相处愉快，出去走走对你也有好处。”

她尽量让自己的声音听起来亲切，但是就连自己都觉得冷漠。她们在这种紧绷的气氛下生活，能够出去走走，哪怕只要一天，都对人有好处，不只是杰奎琳。

十点刚过，他们就各自回房了。艾奥尼打包了几样东西。就在她来回走动，弯腰收拾行李箱时，她有种被监视的不祥预感。这已经不是第一次了。在房间时，她常常感觉有双陌生的眼睛在盯着她看。一开始，她认为是玛格特藏在房间的某个地方，随时准备跳出来吓唬她。她会打开衣柜和橱柜，再检查床底下，但是从来没发现任何人。最近，她很好奇，那个窥探书房的转轴，在夫人之家是否还有很多根？她越想越害怕。

她振作精神，收好行李，拉开窗帘，打开窗户，爬上四角床。真笨啊，怎么可以产生这种想法！如今，身处无尽的黑暗当中，她越发懊恼自己的愚蠢。翻来覆去，这种被人监视的想法令人毛骨悚然。这所房子太古老，曾经有太多人在这里生活，在这里思考。当你安静地躺在床上时，这种想法压迫着你，让你无法喘息。她惴惴不安地入睡了。后来她知道自己做梦了，但是梦已经过去，除了让你不寒而栗的可怕夜晚，没有留下一点儿什么。

她想乘坐早班车过去，起床更衣让她释然。这是一个昏暗的早上，天气不太潮湿。她穿上了外套——整齐的黑色西服和毛皮大衣，戴上一顶面纱小帽子。出发前，还不忘化妆和修剪指甲。

就在她转身，从枕头底下取出一条用过的手帕时，事情发生了！它可能在任何一天或任何时候发生，也可能以这样或那样的形式发生——这重要吗？但是，它偏偏发生在现在！床头上粗糙地刻着花朵、叶子、野鹿、弓箭手以及爱人的心结，上方还缠绕着两人名字的首字母。就在她整理手帕时，帽子被扯向了侧边，字母刮住了面纱。感觉到拉扯的她，猛地将面纱取下来，或许用一根针来缝补，就看不出上面的裂痕了。

就在这时，她发现了床头有个洞。拉扯面纱太用力，一块小镶板也被拉了出来。这个刻有字母和爱人心结的镶板像门一样打开，一堆皱皱的纸张露了出来。她有意识地抓住它们，并往外扯。眼前出现的，就是玛格特撕下的日记！褶皱的纸张，小孩的涂画。她看见了杰弗里的名字，双手僵硬起来。没有时间，没有地方容她多想，她的内心只有一股冲动——离开这个地方，离开这个可怜孩子的恶作剧。

她折好日记，塞进宽敞的衬衫里面。用过的手帕从床上掉落，她索性捡起来扔到脏衣服篮子里。关好床头的小镶板，她起身下楼，走进等待已久的的士。

阿尔维斯在他们前面疾驰，然后往左拐。此时，他们往右拐，两车分道扬镳。

第三十七章
伦敦慢车

扫码听本章节
英文原版朗读音频

艾奥尼双眼紧闭，坐在火车里面。这节车厢人头攒动，每到一个车站，火车停下，有人进来就有人出去。她才意识到，匆忙之下，她坐上了途经马布里的慢车。虽然这趟车的终点站是伦敦，但是还要途经十二个村，载上前往马布里市场的村民。如果不是着急过头，她就会等伦敦快车，晚十五分钟出发，提前半小时到达，完全不必陷入这节难受的车厢中，被人推搡。周围挤满了乡下人，他们背着网袋、挎着篮子、敞开衣服，小空间似乎容不下这么多大脚。她哪有心思阅读玛格特·特伦特那几页撕下的日记。

一到马布里市场，人就大批离去。车厢里只剩下她和一位认真看杂志的老妇女。直到伦敦附近，火车才会再次停站。随着列车提速，她的手滑进衬衫里面，取出折好的日记纸。读完一遍以后，她又回到开始的地方再读一遍。读到最后几行字时，她的内心着实吓坏了。这时，那位老夫人跟她说起话来。

“希望我没有打扰你，你似乎非常投入，我在想，你介意我把上面的窗户稍微打开一点儿吗。”

艾奥尼茫然地盯着她看。似乎之前没有见过她，不过印象中，角落里蜷缩着一个了无生气的人。如今，眼前出现了一个高挺的鼻子、一张绷紧的嘴巴和一双好奇的眼睛。她匆忙说道：

“噢，窗户——当然没问题——你想开就开吧。”

“我只打开几英尺。如果空气进不来，这个车厢就不卫生了。我在家里定了一条不变的规矩，每扇窗的上面打开两英尺，下面打开两英尺。”

这番话听起来非常单调，艾奥尼不想做任何评论。她重新折好玛格特的日记，塞回手提包里。该怎么办？能怎么办？她必须花时间来思考。

她不能保管它，这双好奇的眼睛每时每刻都在盯着她看。此时，旁边的老女人又操着一口高音，一丝不苟地说道：

“请允许我介绍自己，我是沃瑟斯庞小姐，住在马布里马琳路二十一号。这是个非常安静的街区，离购物中心不远。请问你叫什么名字？”

埃莉诺表姐曾经教她，不能粗鲁地对待一位萍水相逢的陌生人——眼下这套教育简直太不适合，但是她必须给出自己的名字，还要尽量表现得优雅。

沃瑟斯庞小姐介绍说，这是苏格兰。在谈论一番乡村景色后，回到了最初的话题。

“真希望我没有打扰到你。我一直认为，对话能增加旅途的快乐。但是，你似乎对刚才读的东西非常感兴趣。这看来不是一封私人信件，否则我就不该有所评论了。这似乎是从孩子的练习本上撕下来的几页纸，字迹非常潦草。不过，这个年龄的孩子怎么可能画出让成年人感兴趣的东西来呢。”

艾奥尼没有回答。

但是，沃瑟斯庞小姐没有就此打住。她发出一声冷笑，明显继续追问道：

“你知道吗，这真令我好奇，你竟然会对一个小孩的练习册如此感兴趣。你又自称穆尔小姐，是吧？这是不是你的侄子侄女画的？”

艾奥尼说道：

“沃瑟斯庞小姐，画这几页纸的孩子已经死了。如果你不介意，我想闭上眼睛，不愿意再说下去了。我头很痛。”

她缩回自己的角落，放空心思，不理会她突然冒出的几句话，比如，“噢，真的吗！”“我完全不知道！”“否则我肯定不会这么做！”不论埃莉诺表姐怎么教育，她再也无法忍受沃瑟斯庞小姐的教义问答。无疑，这种对话会没完没了，直到进城。撇开其他事情不管，她必须想，想，想……

这几页潦草的字迹到底承载了多大的法律力量？这可以充当证据吗？她不知道，却越发清醒地意识到，不能冒险带着它们漫步在伦敦街头。它们可能毫无价值，也可能非常重要。她没有责任去说话，或者去评论。她双手抓住包裹，知道自己必须怎么做了。她不能独自背着这种负担，也不能再独守这个秘密。一想到这里，她感觉一阵战栗，仿佛身心被冰雪穿透。接下来，她不愿再承担责任，不愿意再独自前行。一旦到达终点站，她就要把这几页纸塞进信封，寄给苏格兰场的阿博特探长。然后，打电话给吉姆·塞文，请他来路易莎的公寓。做出这个决定以后，她的内心开始释然。

第三十八章 公寓枪声

扫码听本章节
英文原版朗读音频

罗宾森夫人打开一楼公寓大门，微笑地迎接艾奥尼。这个体形肥硕的女人肯定拥有过迷人的十七岁，直到上了年纪，红苹果般熟透的脸随着肥肉舒展开来。她穿着短袖，手肘上靠近内里的肌肤依然跟牛奶一样白，眼睛跟婴儿的一样蓝，麦秆色的头发乱得像一簇圆形的稻草堆。

“穆尔小姐？”她缓慢而欢快地说道，“见到你真开心。还好你提前打了电报，不然我肯定不在家。至于钥匙嘛，另一位小姐已经拿上楼了。”

“另一位小姐？”

罗宾森夫人点点头。

“她是布伦特小姐的表姐，一位老妇人。据说布伦特小姐请她过来见见你，说说一两件她要替表妹照料的事情。”

路易莎真是不可理喻！“一位上了年纪的表姐”，这听起来就像露丝·郝明。如果说这世上有一个你甩也甩不掉的烦人精，那就是露丝。

她坐电梯上楼，一想到露丝·郝明在楼上，就让人忍无可忍。她会请求喝上几杯茶，然后粘上身来说这说那。根本就不用幻想她能在吉姆·塞文进来之前消失。

公寓大门敞开。她关上门后，把安全栓滑开，这样吉姆就不用按门铃了。这个小小的厅房里面开着四扇门，前面的卧室和厨房都留了一条门缝，左边还有一间卧室，右边则是客厅。客厅的门半掩，里面放着路易莎那些奇怪组合的家具。艾奥尼喜欢农民工艺品，但是还没想到是否要接手齐本德尔和德累斯顿家具。有一位高挑的白发女人，她穿着老式的衣服，正从远处的窗户往外看。就在艾奥尼进来的那一刻，她转身看过来，这……并不是露丝·郝明。

正当她感到困惑不已的时候，这人的黑色眼睛与她相视，艾奥尼顿时明白了。她的右手从晃悠悠的老袋子里抽出来，里面握着一把左轮手枪。似乎令人难以置信，但这把枪就是指向了艾奥尼的脑袋。白发女人说道：

“不许动，把手举起来，否则我就开枪了！”

这个没有任何伪装的声音，属于杰奎琳·德洛尼。这一切都太不可思议了，然而就是眼睁睁地发生了。你不能在近距离射程范围内，跟左轮手枪抗衡。艾奥尼举起手来。

“这就对了！”

“我手举不了太久，你是知道的。”

“不用太久，不必担心。把你的包扔到那张沙发上！不准扔向我，否则这个小玩具就走火了！”

她把左手的包扔到沙发上，杰奎琳·德洛尼缓缓地侧身移动，狠狠地抓起包来。她只能使用左手的手指，可还是把包打开了。她后退到原来的位置，把包里的东西倒在小桌上，枪口还一直稳稳地指着艾奥尼。钱包、镜子、手帕、购物清单——她只能匆匆瞥几眼，但是很快就知道了，她想要的东西并不在里面。

“东西哪里去了？”

“什么东西？”

“还装傻！”杰奎琳致命地喊起来。

“或许你可以告诉我……”

“我告诉你，我告诉你！就是那该死的几页日记！你找到了它们！”

“没错，我找到了。”

刚开始的震惊过后，艾奥尼开始平复思绪，眼下必须拖延时间。只要她手里还掌握线索，杰奎琳就不会开枪。她以平常的声音问道:

“你怎么知道我找到了它们？”

杰奎琳放低了声音。

“你以为我没有监视你吗？从你上床的每个夜晚，到你起床的每个早上。你房间里有个窥视孔，你永远也发现不了它在哪儿。如今的人，非常清楚该如何隐藏东西。我看见你发现了日记，我早就知道它们藏在这个房间里，但是我没想到床头还有个藏东西的镶板。我看见你的面纱被刮住，然后镶板门打开。我根本做不了任何事情，因为我没有时间。我必须赶远路到乌雷顿，换上这身装备，赶上快车来伦敦。话说回来，你坐了慢车，这可让我非常走运。这就是你干的事情，不是吗？如果你在站台看见这样子的我，你肯定不会过于留意，不是吗？在你找到日记以前，我就已经计划好了。你最后难逃一死，因为你手上有杰弗里需要的钱。”她的声音又变了，“这些日记去哪里了？”

路上有辆重型卡车经过。直到它离开前，发出什么声音都是没用的。隆隆声过后，杰奎琳笑着点点头。

“当这种卡车经过的时候，亲爱的艾奥尼，这就是我会打死你的时候。我会离开，告诉罗宾森夫人我害怕坐电梯——就在我走下楼梯时，有个长相奇怪的男人上来了，把你杀了——幸亏我看见了他。”

艾奥尼不确信——她不能确定——但是内心有种奇怪的感觉，现在的她不再是一个人。她不敢说，自己听到了大厅的声响——重卡车经过时，谁能听得见任何声音？但是吉姆有可能打开了外面的大门安全栓，走了进来。他有可能就站在她背后的小厅里面，两人之间只隔了一扇倾斜的门。她刚走进公寓时，这扇门半掩，但是在认出杰奎琳·德洛尼之前，她就把门给关上了。这样一来，从杰奎琳所站的角度看不到任何大厅的人。

一想到这些，她就更加坚定了。

“这些撕掉的日记哪儿去了？”

艾奥尼的声音颤抖起来。

“杰奎琳，我实在无法把手举过头顶站在这里。如果你想要我回答你的问题，你就必须让我坐下来。”

左边大概一码的地方，放着一张小椅，上面有锦缎坐垫。杰奎琳想了想，附近没有其他东西可以扔过来，所以干脆点了点头。

“你可以坐在那把椅子上，直到我结束你的生命。双手放在大腿上，不要玩花样，否则你还没反应过来，就会一枪毙命！”

坐下来是一种解脱，她已经离开了大门。不知道为什么，这似乎非常重要。如果吉姆还在大厅里面，那么……她开始好奇，为何自己会认为他在那里。如果是，这就非常重要了。他们不能处在同一条火线上。没错，这就是她在逃避的问题。她必须坚持下去，不能让杰奎琳把两人都控制住。如果她对任何一人开枪，那么另一人必须及时阻止她。就是这样——纠缠下去，随时准备发起反击，破坏她的目标。与此同时，时间——时间——时间……

但愿她能确信吉姆就在门外。

她不确信。当她在车站打电话给他时，他兴奋地喊了一句“艾奥尼”。不过，她冷静地说：

“我在一座电话亭里，准备去路易莎·布伦特的公寓。她走了，我必须过去量尺寸。你能不能……”

“当然没问题！告诉我地址，我马上过来！”

这就是对话内容。如果他真的“马上”过来，那么现在应该已经到了。这就是她认为大厅有人的原因吗？他可能就在那里。这太重要了——但是——他在吗？

这是一种微乎其微的希望。

吉姆·塞文站在外面大厅里，距离半掩的客厅房门只有咫尺之遥。重型卡车经过时，他走了进来，为这突如其来的噪声发火。随着噪声渐渐远去，他听到杰奎琳·德洛尼笑着说："当这种卡车经过的时候，亲爱的艾奥尼，这就是我会打死你的时候。"这些不可思议的言语，竟然令他吓呆在原地。他听着艾奥尼说，无法站着把手举过头顶。他听着杰奎琳说，她可以坐下来。在艾奥尼移动的时候，他明白她已经不在自己和杰奎琳的这条直线上。如果在下一辆重型卡车经过时，他想不出任何办法，那么可以尝试突然一击。毕竟，杰奎琳有可能转身，视线离开艾奥尼。

有可能不是这样——她可能先开枪——左轮手枪开火——他必须接受这种冒险。内心万般痛苦和挣扎，他必须殊死一搏，而这次是拿艾奥尼的生命在冒险。

这一次也是最后一次，他明白了这对自己意味着什么。他勇敢地面对这无法逃避的危险，内心不再痛苦地挣扎。他听见了两个女人的声音和对话内容，他能够完全重复说出来。但是，这并没有占据他的脑袋，因为他满脑子在思考该怎么办。他想过站在前门，按响门铃。但是杰奎琳太过分了，她已经无法收回说出的话。除了开枪，再也没有其他办法，而她会第一个打死艾奥尼。不，眼下只能殊死一搏。更好的办法是，附近有没有能扔出手的东西？

他看看周围，一个雨伞架，一个橡木柜，一个仿东方的黄铜薄托盘……他小心翼翼地朝着卧室的方向走去。

客厅里，艾奥尼双手放在大腿上，不停思索着时间——过得有多快——过得有多慢……

杰奎琳的声音打断了她。

“日记在哪里？你是不是藏在衣服底下了？打开衬衫给我看！”

艾奥尼解开脖子部位柔软的白色蝴蝶结，把衬衫朝着两边解开。即便在房间另一头的杰奎琳也能明显看出来，里面没有藏着褶皱的日记纸。

杰奎琳生气地喊道：

“它们到底在哪里？”

艾奥尼扣好衬衫，系上白色蝴蝶结。

“它们不在这里。”

“到底哪里去了？”

“它们在安全的地方。你可别妄想我把地点告诉你，如果你想听，我可以告诉你里面的内容。”

杰奎琳跺起脚来。

“你读过了吗？”

“噢，没错。”

“在的士上还是在火车里？你在离家之前根本没有时间！日记到底哪儿去了？”

艾奥尼平静地说：

“难道你不想知道玛格特说了什么吗？”

她又跺起脚来。

“她说了什么？”

“是你告诉她，杰弗里说她能从盆栽棚拿一根老绳子，难怪你急于找出这几页纸。”

“它们到底在哪里？”她喘着气，迅速地逼问。

“我告诉了你，它们很安全。如果你开枪打死我，那么这几页纸就落入了警察手里。”

杰奎琳一步又一步地靠近她。在灰色假发和老式软帽之下，她的眼睛如火焰在燃烧。而后，她突然不可思议地控制了自己，慢慢往回退了两步，心里琢磨艾奥尼会如何处置这几页纸。在乌雷顿的寄物处——在火车的终点站——她可能把信件放在小包裹里面了。或者放在信封里面，寄给了自己，或者杰弗里。如果是寄物处，那么就肯定有收据，就在她的包里面。当艾奥尼死了，自己就能用收据去取出来了。于是，她说：

“寄物处——你肯定放在了那里！”

“噢，没有。”

“那么你肯定是寄出去了！你可不会轻易放弃这种武器，不是吗？你寄给了你自己！或者给杰弗里！没错，就是杰弗里，然后你就能让他把我赶走了！太聪明了，但是还是不够醒目，因为我会保证，他永远收不到这封信！即便收到了——即便收到了——我也为他做了太多——太多太多！如今没有我，他可活不下去！”

艾奥尼双手紧握，抑制颤抖。她冷酷而怀疑地说：

“听起来倒是堂而皇之，除了让玛格特拿绳子以外，你还做了什么？给爱兰歌娜吃吗啡吗？”

这一刻，她感觉左轮手枪随时会蹦出枪子——杰奎琳的眼里有团熊熊火焰在燃烧。突然，她笑了起来。

“玛格特写下了这段话？有段时间，她时不时在暗示，但是我直到最后才了解她到底知道了多少东西。她总有一天会说出来，这意味着我始终要面对它。你知道吗，她威胁着说要去找你。噢，你可以这么看待我，但是你要知道我有多么讨厌这个家伙——她的伎俩、她的狡猾，以及她干扰我们的方式！我告诉你吧，她就是杰弗里和我分手的原因！杰弗里害怕她可能察觉到某些东西！我才不在乎呢！”

艾奥尼说：

“杰弗里喜欢玛格特。”

杰奎琳轻蔑地笑。

“这就是完美的杰弗里！难道你还不了解他吗？他喜欢所有人，这样会活得轻松而惬意。他喜欢玛格特，他喜欢爱兰歌娜，他也开始喜欢你。甚至于，他也喜欢我！”

“没错，他告诉我了。”

在这副老人的妆容之下，杰奎琳脸色苍白，看起来真可怕。

“我为他做了所有事情！”她说，“所有事情！没有我，他不可能解决埃德加的丑事，我一清二楚。如果我跟随他去找亚力克斯，那么我能起到更大的作用。但是他不肯带我去，因为玛格特。不过，我说服了他，让马勒担任经理。这样一来，我们就能背着杰弗里继续走私毒品。马勒行动缓慢，谨慎小心，而作为收货方的我几乎做不了什么，但是我们就是这么干起来了，杰弗里也以为他的生意好转了。但是，这愚蠢的马勒就是要出卖自己，让警察抓起来。”

艾奥尼看着她说：

“你为什么要伤害爱兰歌娜？她对你有什么不好的地方？”

“不好的地方？她抢走了杰弗里，不是吗？但是，这不是原因。我可能有自己的情感，但是我不会因此而影响正事。我们必须有钱。事实上，我们并没有想象中的那么有钱。只要你还活着，爱兰歌娜就不可能给杰弗里一分钱，所以这就扯上你了。爱兰歌娜必须拿到你的钱，然后杰弗里就能得到所有的钱。”

“当爱兰歌娜死去以后吗？”

“噢，没错，死于药物过量——这对吗啡成瘾者而言，简直太容易了。”

“那我呢？乌雷顿安全岛上，推人的目标不是爱兰歌娜，而是我对吗？”

“真聪明啊！”杰奎琳·德洛尼的声音和举止越发粗俗，“但是，我不在安全岛上，你是知道的。”

“教授在，”艾奥尼说，“雷古勒斯·麦克塔维什教授——伟大的普洛斯彼罗。现在让我告诉你，你所不知道的事情吧。在一场伦敦大雾中，我听到他说的话了。他的一只脚放在半开的门里面，他说但凡少于两千英镑，他都不会拿自己的脖子来冒险。”

其实这是一番瞎猜，但是当杰奎琳喘过气来以后，她大喊：“你——你在哪儿？”艾奥尼顿时明白了，原来她就是屋里的人，于是回答说：

“我尾随他，后来我们见到了吉姆·塞文。你命令教授这么干，但是他明显没干好，不是吗？”

“他就是个笨蛋！”杰奎琳的声音里充满鄙视，“我原本在娱乐圈，他的表演曾经引起一两次轰动。可是他有个女儿，她没有办法脱离我们的吗啡，为了女儿，他几乎愿意干任何事。但是，自从安全岛事件失败以后，他就停手了，还说这对我们是种不幸。”她的声音忧郁起来。沉默片刻过后，她漫不经心地说，“所以，我必须自己动手。与此同时，弗拉克斯曼开始勒索杰弗里了。他听到了玛格特说，杰弗里让她拿绳子。这就是他自找的，非要在我解决你之前找事。这就是小儿把戏。这个傻瓜竟然在追内莉·汉弗莱斯——我知道，他大多数晚上都溜出去找她了。对他父亲通风报信太简单了，当然他不知道这话从我嘴里出来。此后，我只需要留意时机。其实，这比我计划的还要好。暴力争执和开枪射击——这简直是上天的礼物啊。我生而幸运，你知道吗，不论普洛斯彼罗怎么说！解决完弗拉克斯曼的问题后，我就准备好对付你了。”

艾奥尼越来越麻木，但是此时的她非常害怕。可能是因为杰奎琳说出了全部事实，原来弗拉克斯曼的死唱响了她的死亡之曲，虽然他是个不值一提的小角色，但是他的死却很有必要。可能是因为一直以来受到的惊吓已经过去，她那仁慈的麻痹感得到了唤醒。然后，她说：

“你总不可能幸运到最后——教授提醒过你了。”

杰奎琳突然吓坏了，她的声音在气愤地抗议。

“普洛斯彼罗！他临阵脱逃了！还敢说他有先见之明！这种

事情可吓唬不了我——我认识他太长时间了！我告诉你，我在娱乐圈长大，如果不是聪明地爬出来，我可能现在还困在那里！普洛斯彼罗是我的舅舅，他是我母亲的弟弟！如果我没有逃出来，那么我就会成为他那可怜的女儿！还是个孩子呢，她就从高空钢索上摔了下来！一生残疾！这就是她要用吗啡的原因！请你收起自以为是的满足感，你哪里知道普通人的生活呢？你生而有金钱、有背景、有安全感，而我只能徒手打拼！我要努力争取，才能得到你一直拥有的东西！只要把你打死，我就能得到这一切了，难道这不是一种享受吗？只要有重型卡车过来，从窗户底下驶过，我就开枪！希望你准备好——”她故意拉长最后的音调，嘲弄着最后一个字眼。

在大卡车靠近窗户的隆隆声中，艾奥尼察觉到了大厅的动静。她没有听见，但却感觉到了吉姆·塞文匆匆的脚步声。卡车的咆哮声逼近，吞噬了所有细微的声响，但是她脚下的地板却在震动。

事情就发生在转瞬之间，然而讲起来却不那么容易。一秒过后，杰奎琳察觉到了艾奥尼所听到的动静。她的声音渐渐消失。已经半开的门被完全踢开。只见一只又大又闪的绿色陶土水壶，飞越空中，砸向杰奎琳·德洛尼，让她狠狠地撞在墙上。陶瓷瓶打破，一壶水洒下，与外面的喧闹声融为一体。杰奎琳那一枪打在了一个丑陋的马略卡花瓶上，而这在吵闹声中几乎让人无法察觉。

扔出花瓶的吉姆·塞文跟着进来。杰奎琳瘫倒在墙角，周围都是绿色陶瓷碎片，一壶水浸透了所有碰到的东西。左轮手枪从她手里飞了出去，落在窗户之间。吉姆·塞文走过去把它捡起来，还不忘用手帕包裹好。

艾奥尼起身，慢慢走到杰奎琳旁边。在此之前，她还怀疑自己的双脚能否撑得起来。确实能，但是她却感觉不到它们的存在。一开始，她坐在路易莎的小直椅上，路易莎的卧室水壶从她头顶飞过，那一颗企图结束自己生命的子弹，最后仅仅打破了一只花瓶。她低头看看杰奎琳，好奇她是否已经死了。她的假发和软帽滑落，一束湿润的黑头发紧贴在老式衣服上。有一处伤口很深，正在飞快地流血，沿着张开的手腕流到手掌心。当人们死去的时候，就是这样流血的吗？艾奥尼并不这样认为，她双膝跪在那摊水上，拿出手帕，包扎杰奎琳手臂上的伤口。

吉姆·塞文拨通了警察局的电话。

第三十九章
惊魂未定

扫码听本章节
英文原版朗读音频

当吉姆和艾奥尼离开时，天色已经暗下来。在警察到来之前，时间似乎在无穷无尽地拖延着。地上、手上都是水和血。憎恨和愤怒一度可怕地逼近，而又突然安静地消失了，似乎从来没有存在过。杰奎琳·德洛尼还活着。她的手腕上还有脉搏，白唇间还有呼吸，但是俨然一副死尸的模样。他们无法确定，她是否处于昏迷状态。吉姆·塞文站在她和窗户之间。他可不想等到警察过来后发现犯人在他们手里自杀。

警察接手案子以后，时间似乎匆匆而过。法医和救护车来了，抬走了杰奎琳·德洛尼，也采集了她的指纹，还给吉姆、艾奥尼和罗宾森夫人录了口供。

“你确信，她说自己是布伦特小姐的表姐吗？”

“你想要治我什么罪呢，探员？如果我认为她说假话，还会给她钥匙上去吗？她从袋子里抽出半封信，说布伦特小姐邀请她过来见另一位小姐，还准确地说出了她的名字。‘穆尔小姐还没有过来是吗？’她说，‘我来得有点儿早，那就先上楼开门等她吧。’她的语气非常亲和，我哪知道这有不对劲的地方？以前，经常有一位老夫人过来看望布伦特小姐。也不是说我没有认真看过她，但是你也知道这些老东西都穿着黑色衣服，你怎么会特别留意她们的长相？”

这是一位健谈的证人。警察花了好长时间，才让她回到现实话题当中。

艾奥尼在思索自己的口供。如果讲出来，就只会让一切显得不尽真实。她在这里，就在路易莎的房子里。一位探员在记录她的证词，但是似乎看起来不太可信。有一两次，警察奇怪地看着她，“你还好吗，小姐？”她缓慢而谨慎地回答：

“没错，我——很——好——”

他复述口供的时候，她闭上了双眼，听着每个词从脑海里闪过。这就是她说过的话，但是现在似乎没有什么意义。她签下名字，手中的笔掉落到地板上。

此后，全部人乱成一团。吉姆似乎在生气，罗宾森夫人给自己倒了一杯茶，躺在路易莎那张硬邦邦的沙发上。有人说，外面有辆的士经过。于是，吉姆·塞文带她打的回家。她惊魂未定，认为是这样。他俨然是一位已经结婚的丈夫，带她回家路上几乎都在批评她，因为她让他经历了生平最害怕的场景。他不时会问道："亲爱的，你还好吗？你确定自己没事吗？"如此语无伦次，似乎有些矫揉造作。她依偎在他的手臂里，感受着他那温暖而坚强的臂膀。

当他们到达公寓时，轮到吉姆被批评了。奶奶严厉地说道："我从来没有听过这种事情！几个小时没吃午饭了，难怪她会晕倒！不过我炖了一些汤，用不了几分钟就能热好，炉子里还有一碟奶酪和鸡蛋，原本是作为晚餐的。吃完就去芭芭拉小姐的床上睡觉吧，艾奥尼小姐，当你悲伤时，最需要的就是一场美梦！"

艾奥尼醒来时，天色已晚。除了窗户的亮光，芭芭拉的房间一片漆黑。窗帘没有拉上，挺直而漆黑地绑在窗户两边。中间有一道亮光，这是楼下街道的路灯。就在她用手肘撑起身子时，大门轻轻地打开。奶妈极为温柔地呼唤她的名字，这声音轻得无法唤醒睡得最浅的人。

艾奥尼直直坐起来。

"现在很晚了吗？我感觉自己睡了好久。"

"没错，亲爱的。"

奶妈开灯，进来拉上窗帘。

"八点钟，你是时候起来吃点儿东西了——竟然不吃午饭！我相信自己不够耐心，就直接批评了吉姆先生！我过来是想问你，需要我把饭端上来吃，还是到沙发上跟他一起吃？芭芭拉小姐有一件家居服，你可以穿上它。不用再推辞，因为如果她在这里，就会双手送给你。芭芭拉小姐从小就是个充满爱心而乐于奉献的人。所以，你就穿上吧，亲爱的，就像她所希望看到的那样。"

这是一件深蓝色的天鹅绒家居服，可谓世界上最柔软、最温暖和最舒服的东西。它让她的眼睛看起来更深邃，肌肤看起来更白皙。真好，不用再穿那件黑色外套了。脱下它时，艾奥尼感觉远离了滔滔不绝讲述罪行的杰奎琳·德洛尼。

她突然惊讶地喊道：

“警察局不会有人过来吧？”

奶妈冷酷地说：

“吉姆先生说，要见你，除非踩着他的尸体过去。所以没什么好担心的。”

艾奥尼瞪大痛苦的双眼。

“但是，奶妈，我不应该出现在这里。我还有姐姐——爱兰歌娜！我应该马上去她那里！我不知道自己怎么了……”

奶妈发出哼的一声。

“筋疲力尽，不吃午饭，难怪这副模样。”她说，“你就别再提枪击的事情了。不必担心特伦特夫人，因为有位希娃小姐打电话过来，说她会过去陪夫人，直到你回来为止。你不必担心，因为爱兰歌娜很好。希娃小姐让你不必太在意。”

不，爱兰歌娜肯定还活在梦里面。她还没有听到所有的事实——除非它与杰弗里有关，否则不太能传到她的耳里。不过，有希娃小姐陪着，她会没事的。

她走进客厅，见到吉姆。他托起她的双手，轻轻一吻。然后，奶妈端汤进来。

她不停地进进出出。有时候，她会留下来谈谈芭芭拉、她的丈夫和孩子以及吉姆小时候的生活。“这个顽固的小家伙，我就不知道有谁敢动他一根汗毛！”无论她说什么，似乎都把艾奥尼当成了家庭的一分子，她理应知道这些事情。

当她清理完餐具以后，吉姆紧挨着艾奥尼坐在沙发上。

“没人能让奶妈住嘴，”他说，“但是她平常没这么多话说，不怎么会谈到芭芭拉和我那些童年趣事，或许她认为你应该知道这个家庭最糟糕的一面。”

“她说你从来没有改变。”

“我认为也是，你会觉得我无趣吗？”

“不会。我自己的择友标准也没怎么改变。”

“我说的不是朋友，而是我们。”

她淡淡地说：

“现在谈感情还为时过早，吉姆。”

他看起来非常惊讶。

“哪里还算早呢？我对你一见钟情，第二眼就认定了你。为此，我有意远离你，来检验感情，结果发现对你的感觉越发深厚。你曾经说过，似乎已经认识我好长时间了。”

她抬头笑了笑，然后颤抖着低下了头。

他说：“你瞧瞧？”然后把手臂搭在她肩膀上。“当我在那栋该死的公寓大厅等待时，我不知道我们能否活着出来。我不会告诉你，我那时候是什么感受。除非是一生挚爱，否则我感觉不到这种伤害。当然，如果真有必要的话，你想要多长时间来考虑都可以，但是我不希望这样。现在，你肯定不想回去住路易莎的公寓——至少我应该这么认为。”

艾奥尼不由得身子一抖。

“噢，不！”

“我猜想，这就是你的感觉，所以我们还是结婚吧，这样你就能过来这里住了。”

这一次，她含情脉脉地抬起头。

“亲爱的，人们会为了得到一栋公寓做很多事情，但结婚不是我的筹码。”

他的手臂一紧。

“你太认真了！当我带你过来的时候，你是什么感觉？”

艾奥尼说：“安全。”

“我的感觉是，把妻子带回家了。我想知道，你是不是这么想。”

艾奥尼感觉到了一股冲动。以这愚蠢的时间尺度来衡量，他们相识的时间确实很短，可是这有什么关系呢？别人怎么想，别人怎么说，又有什么关系呢？这里就是她的归宿。

吉姆坚持问道：

“艾奥尼，你没有这种感觉，是不是？”

她又哭又笑地把头埋在他的肩膀上，就像那天在的士里一样。

“有，这就是我的感觉。”

第四十章
生命的美好

扫码听本章节
英文原版朗读音频

“你想到凶手是这个女人了吗？”弗兰克·阿博特问道，“最终犯人就在她和特伦特之间，很有可能两人是共犯。对他而言，幸运的是德洛尼没有控制自己，竟然向艾奥尼·穆尔叫嚣，证明自己有多么聪明。现场一共有两位证人听到了她所说的话。真令人好奇，罪犯为何非得要对他人叫嚣。当然在这个案子中，她以为自己是足够安全的。艾奥尼不会活着把事情捅出去，所以她有个说出实情的好机会，这并不会带来任何伤害。如果她没有明确说出口，特伦特可能很难澄清自己。这就会让我回到最开始的地方，重新审视案件。说实话——当犯人明显在他们之中时，你认为会是谁呢？”

希娃小姐透过最后一只为罗杰编织的袜子看向他，罗杰是她侄女艾舍尔·博克特的小儿子。她早就打好了给约翰尼和德里克所织的三双。到了明天，这双袜子也会寄出去，然后她就能专心为小约瑟芬编织漂亮的小裙子了。她语气沉重地说：

“我向来是个开明的女人，但是杰奎琳·德洛尼的一些做法引起了我的注意。你要知道，第一印象非常重要。在可怜的玛格特庭审上，我第一次看见了她和特伦特先生。两人明显受到了强烈的情绪影响。特伦特先生确实非常难过，这证实了我所听说的他对于侄女的爱。福尔克纳小姐经常谈起他。从她所说的内容，以及我自己的观察而言，他是个简单而深情的人。我当然提醒自己，不要过分受她偏心的影响。但是不仅仅福尔克纳小姐认为他举止高尚，甚至就连刻薄的汉弗莱斯先生也在一定程度上喜欢他。这种印象继续加深，他简单、和蔼，既不敏感也不聪明——这种人不符合罪犯的特征。”

弗兰克抑制住了自己的笑声。

“德洛尼呢？你认为她符合吗？”

她稍微咳嗽了一声，呵斥他的轻浮。

“从庭审现场所坐的位置，我能够近距离观察她。首先令我吃惊的是，她在夸张地装哭。同样穿着一身死气沉沉的黑衣，家里的两位小姐就简简单单，毫不突兀。尽管这样并不意味着犯罪，不少好心人都有这个习惯，但是他们大多以自我为中心，性情不稳。德洛尼小姐似乎受到了强烈的感情影响，这是难以掩饰的。虽然在这种情况下，肯定是与死去的女孩有关，但是我不认为她在痛哭。在我看来，这似乎与德洛尼小姐对特伦特先生的感情有关，她容许自我演绎。我确定，她的内心在害怕。她非常在意自己的脸蛋，但是当她握紧双手放在大腿上时，双手绷得太紧了，我担心她的手套随时会裂开。坐在证人席位，她特别平静。当被问到玛格特是否因为经常玩弄恶作剧被责骂或批评时，泪水从她眼里涌出来。她对玛格特的喜爱，以及对她死亡的悲伤之情爆发，‘从来没有！’然后她解释说，在这种情况下，惩罚只会混淆内心。我察觉到，法官非常反感这种说法。但是，我对她的这种印象已经形成了。如果说对待玛格特有何错误的话，那就是太放纵了。后来，当我们离开大厅以后，我有机会观察德洛尼小姐。她那戴着手套的双手紧紧握着一条手帕，突然放到嘴唇上，掩盖着它。同时，她知道我在看她。所以，她低下了脑袋，尽管不太及时。我越想就越相信，我看到的是她短暂的胜利光辉。”

“胜利？”弗兰克沉思道。

希娃小姐偏了偏脑袋。

“我越来越确信，这种感情不是解脱。即便解脱，也显得不合时宜。如果真心喜欢这个可怜的女孩，那么杰奎琳应该会感到悲伤和遗憾，就像杰弗里·特伦特一样，即便是解脱，那也是因为痛苦的折磨已经结束了。但是，我察觉到不只如此，还没有细细揣摩她这种不正当的行为，我就开始思索，是否玛格特不是障碍？是否真正的障碍没有被移除？约瑟法·鲍登小姐派我过来，看看特伦特夫人的情况，好让她安心。我没有什么可报告的，一切都还处在不确定当中。可怜的爱兰歌娜在嗑药，难道她的丈夫不关心她的身体吗？我无法相信，这就是赤裸裸的事实！尤其是亲睹了蓄谋已久的犯罪付诸实施，我才发觉，原来要的是穆尔小姐的性命啊！在乌雷顿安全岛上，原本被推下去的人就是她，这样她就有一大笔财产转到姐姐名下。到那时，特伦特夫人就会立遗嘱，把财产转到丈夫名下。如果她自己先死去，那么她的财产就会传给艾奥尼·穆尔。在没有后代的前提下，只要小姨子还活着，特伦特先生就无法继承任何财产。”

弗兰克耸了耸眉毛。

“杰弗里·特伦特的利益动机这么强，你还会排除他的嫌疑吗？”

“很难相信，他会参与如此精心的计划。我认为这在他的能力之外，而且他似乎非常爱他的妻子。在我待在夫人之家的最后几天中，完全看到了这一点。尽管特伦特先生明显受尽了惊吓和悲伤，但并不缺乏对妻子的照顾和体贴。至于德洛尼小姐所披露的犯罪，即她一手策划了玛格特的死亡和弗拉克斯曼的谋杀，再加上她和马勒一直在利用杰弗里所继承的事业从事非法毒品运输，而且还偷偷给他妻子服用吗啡——在这几件事情面前，任何人都会精神错乱，无暇顾及其他人的利益。然而，在我的逗留期间，特伦特先生不仅仅非常关心妻子，而且还有弗拉克斯曼夫人。德洛尼小姐对他所提的斥责是真的。他就是一个温暖的居家好男人。他与人交善——喜欢家庭，喜欢仆人，喜欢所有见过的人。这是一种难以假装的品质，我认为这是真实的。”

弗兰克举起一只手，然后又放下来。

“对你而言，整件事就发生在玻璃墙内——你能够看清楚发生了什么事情。如果我放任自己去细想，只会被这件事吓倒！”

希娃小姐在平静地织袜子。

“我养成了观察的习惯。其实这种事情不难发现。杰奎琳·德洛尼明显隐藏着强烈的情感。我不需要穆尔小姐来告诉我，这种情感是什么。唯一让我惊讶的是，她对杰弗里的感情竟然没有成为村里的八卦。”

弗兰克迅速说道：

“没有？你怎么知道？我以为村里人什么都知道呢。”

希娃小姐咳嗽了一声。

“德洛尼小姐言行谨慎，穿起衣服来似乎在戴孝。她为玛格特和特伦特夫人尽心尽力。在这种情况下，对杰弗里·特伦特存在感情也是合乎情理。”

“但是你说，情况不只如此？”

希娃小姐沉重地说道：

“就是这种激情才会引发灾难。就像丁尼生勋爵所说的，‘感情犯罪’变成了‘激情犯罪’。当我过来见你时，我感觉非常焦虑，因为我相信穆尔小姐有生命危险，但是没有确凿的证据，我们不可能采取有效行动。当弗拉克斯曼死后，我很庆幸，因为非法毒品交易把苏格兰场牵扯进来了。”

弗兰克点点头。

“杰弗里·特伦特能澄清自己也是幸运。马勒和德洛尼窝里反，出卖了彼此。但是，他们都说杰弗里不知情。他是个有名无实的头头，曾经非常能干。尽管他的这些手下看起来很糟糕，但是杰弗里本身还是挺招人喜爱的。就像我说的，他是幸运的，尽管他那时候不知道。当他看到玛格特撕下的那几页日记后，他崩溃了，我从没见过任何人这副模样。难怪德洛尼打算把房子拆了，也要找到它们。从没见过这么狠毒的事情。这个女孩在暗中观察，几乎知道所有的事情。‘杰基让爱兰歌娜吃了更多白色粉末，我希望她没有这么干。但是如果我告诉她自己知道了这件事，那么我说什么她都愿意。我只要吓唬她说，我要告诉杰弗里，那么她就会乖乖听我的话。’这种话竟然出现在她那恐怖的乱涂乱画中，在她那一堆语法错误里。最后，‘杰基说，杰弗里告诉她，我可以拿盆栽棚里的老绳子。我认为他没有说，因为他昨晚教训我了，但是如果他真的生气，我也有可能告诉老汉弗莱斯。’可怜的特伦特崩溃了，哭得像个孩子。这个女孩肯定是在出去拿杀死她的绳子前写下了最后这几句话。杰奎琳·德洛尼告诉她，杰弗里让她去拿绳子。就像我说的，他很可能无法澄清自己，所以他是幸运的。”

希娃小姐暂时放下了罗杰的最后一只袜子。

“雷古勒斯·麦克塔维什教授呢？”

弗兰克嘴唇一弯。

“或许他天生注定要被绞死，但不会是这次。没有什么确凿的证据，穆尔小姐听他说，少于两千英镑，他都不会冒着断脖子的风险。他却说自己在谈论一种危险的魔术伎俩。没有人看见他在乌雷顿的安全岛上推了两个女孩，但是包括你在内，有六个人看见他用手杖钩住了爱兰歌娜·特伦特的手臂，把她从巴士底下拉了回来。其实，他也是幸运的，但是他和特伦特都不这样认为。你知道我怎么找到他的吗？他手拿一瓶威士忌，瘫坐在地上买醉！他刚从女儿的葬礼上回来，以前买药就是为了她。他围着一条黑色的围巾，泪如雨下，想醉也醉不了！我走了，留下他一人，即便我控告他谋杀罪，想必他也不会在乎。见的人越多，就越觉得他们古怪，不是吗？”

希娃小姐表示同意。

“这个案子越来越有意思。我真应该感激，能在职业生涯里碰上这种事儿。请允许我再次引用丁尼生勋爵的话：

‘所见所闻，用以搜查，

生命的绽放，敬畏的深渊，

法中执法，勒令守法。’”

她放下织好的袜子，笑着看看他。

“早期有一句格言警句，我忘记出处在哪儿，它非常值得你学习——‘用心记住生命的美好。’”

他本可能笑出声来，或许他真的笑了。好一个莫德和她的道德观！引用丁尼生勋爵的三句话后，她织完了罗杰的袜子，完美地解决了案子！笑声之下，内心萌动，他托起她的手来，深深一吻。

“尊敬的老师，请受学生一拜！”

《女神探希娃》系列悬疑推理小说全集（32册）

帕特丽夏的系列侦探推理小说以各种谋杀案为叙事主题，设置悬念，故事情节惊险曲折，引人入胜，构思令人拍案叫绝，赢得了英国民众喜爱，在英国媒体《每日电讯》和犯罪文学协会举办的公众评选投票中名列前茅。不仅如此，该系列小说在美国、德国、法国、荷兰、意大利、葡萄牙等国广为流传，并跻身各国畅销书排行榜前列。

主人公希娃小姐是帕特丽夏塑造得最为成功的一个人物。读者把希娃小姐与柯南道尔塑造的福尔摩斯、阿加莎·克里斯蒂塑造的波洛相提并论。福尔摩斯善于推理，于种种细节中抽丝剥茧，得出案件的真相；波洛其貌不扬，有特殊的洁癖，却有着敏锐的观察和判断能力；而希娃小姐则善于伪装，深入受害者家中，与各位嫌疑人对话。三人探案风格可谓大相径庭，带给读者别样的阅读体验！

女神探希娃01：灰色面具
女神探希娃02：遗嘱之更
女神探希娃03：惴惴独行
女神探希娃04：新婚杀机
女神探希娃05：燃烧的披肩
女神探希娃06：夜访古宅
女神探希娃07：怡水别墅谋杀案
女神探希娃08：教堂谋杀案
女神探希娃09：分身诡计
女神探希娃10：凶宅梦魇
女神探希娃11：拉特老宅
女神探希娃12：格兰奇庄园谋杀案
女神探希娃13：两个重婚者
女神探希娃14：遗珠血案
女神探希娃15：悬崖旅馆
女神探希娃16：染血的外套
女神探希娃17：致命贪念
女神探希娃18：象牙匕首
女神探希娃19：穿墙之谜
女神探希娃20：消失的女孩
女神探希娃21：古村疑溪
女神探希娃22：情迷布里克
女神探希娃23：海边旧事
女神探希娃24：谎中谎
女神探希娃25：失踪迷雾
女神探希娃26：暗道惊魂
女神探希娃27：红事白事
女神探希娃28：眼观其声
女神探希娃29：匿名杀意
女神探希娃30：指纹谜案
女神探希娃31：2号继承人
女神探希娃32：地窖残影